燕赵秀林丛书·文学

门前一树马缨花

焦冲 著

河北出版传媒集团
河北教育出版社

焦冲

河北玉田人，河北文学院签约作家。获"紫金·人民文学之星"长篇小说佳作奖、《广西文学》2017年度优秀小说奖。作品发表于《当代》《人民文学》《山花》等期刊，被《中篇小说选刊》《小说月报》等期刊转载，出版长篇小说《男人三十》《微生活》《原生家庭》、中短篇小说集《没事就好》《时间的秘密》。

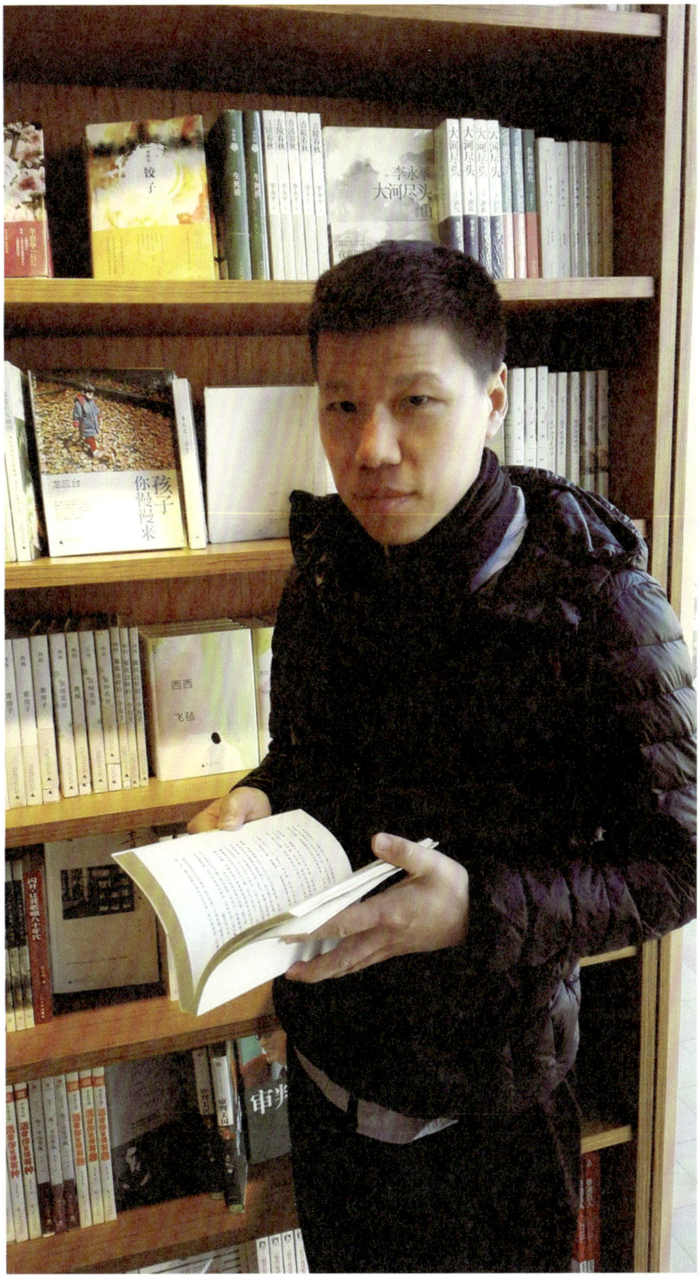
饺子
李永平
大河尽头
龙应台
孩子
你慢慢来
西西
飞毡
审判

燕赵秀林丛书·文学

编委会

主　任

王振儒　高　天　史建伟　丁　伟

副主任

刘建东　孙　雷　董素山　郝建国

编　委

王志新　刘若松　李　彬　汪雅瑛
杜卓晃　郭家仪

序言

人才兴则事业兴、人才强则国家强，人是事业发展最关键的因素。文艺事业要实现繁荣发展，就必须培养人才、发现人才、珍惜人才、凝聚人才，培育造就大批德艺双馨的文学艺术家和规模宏大的文化文艺人才队伍，构建出成果和出人才相结合的工作格局。

为了进一步推动文艺人才培养和队伍建设，打造一支德艺双馨的文艺冀军，河北省坚持以习近平文化思想为指导，组织实施了文艺名家推出工程、中青年文艺人才"秀林计划"、文艺后备人才"春苗行动"、文艺名家情系河北"故乡创作计划"，构建起文艺人才培养的四梁八柱，形成了老中青梯次衔接、省内外交相辉映的文艺人才格局。在各界共同努力下，河北的文艺人才如雨后春笋般不断涌现，全省文艺事业呈现出蓬勃发展的繁荣景象。

作为中青年文艺人才"秀林计划"的重要内容，省委宣传部会同省文联、省作协开展了"燕赵秀林丛书"的编辑出版工作，将按照"一人一书"或者"一类一书"的原则，为我省优秀中青年人才出版代表性作品，并配套开展作品研讨、专场演出、展览展示和媒体宣传等活动，形成文艺人才培养、宣传、使用一体化格局，努力推动更多优秀中青年人才脱颖而出，在新时代的文艺道路上挑大梁、当主角。首批图书，将为11位青年作家各出版一部文学作品选集，并从戏剧、音乐、美术、曲艺、舞蹈、民间文艺、摄影、书法、杂技、影视、文艺评论等11个艺术门类中各遴选中青年艺术家代表，分别出版一部优秀作品合集。

  青年是事业的未来。只有青年文艺工作者强起来，文艺事业才能形成长江后浪推前浪的生动局面。希望此次入选的中青年优秀人才，能以出版"燕赵秀林丛书"为新的起点，再接再厉、接续奋斗，立足河北丰厚的历史文化资源，聚焦中国式现代化在河北可视可感可行的火热实践，创作推出更多充满时代气息、具有河北特色的精品力作。也希望全省的作家、艺术家们，既秉持学习前人的礼敬之心，更树立超越前人的竞胜之心，增强自我突破的勇气，迈向更加广阔的创作天地，努力攀登新时代文艺新高峰！

丛书编委会
2024年9月

目录

想把月亮送给你 / 1

河东河西 / 45

月光下的少年 / 107

门前一树马缨花 / 142

悬崖 / 182

人间一场烟火 / 197

想把月亮送给你

◦ 一 ◦

唐糖和余小多的缘分，始于后者车上常备的一把伞。那可真是一场及时雨啊，事后每每想起，余小多便会兀自感慨。如果真有上帝的话，那天他老人家一定站在云端，特意朝他眨了一眨眼，最后眉一皱，头一点，否则五月的晴天不会突然闪闪电，他也不会如此"走运"。

当时，他像往常一样开着电动车送货，刚从十八层下来走到写字楼门口，就发现老天爷换了一张脸。前几分钟抱着一堆快递进门时还烈日当空，阳光火一样炙烤着天空和大地，连坚硬的水泥森林似乎也变了形，脚下的路都软了，开车时甚至能隐约闻到沥青熔化的臭味。不过送几个快递的工夫，天便黑似锅底，雨点撒豆般噼里啪啦往下砸，瞬间连成一片蚊虫都难以逾越的水幕。正是下班时间，忘带雨具的白领们站在门口望天长叹，有的打开软件叫车，却无人接单；有的干脆顶着塑料袋跑出去，旋即湿身；有人则折回办公室，等待雨停。

余小多在人群中发现一个熟悉的侧影，胖嘟嘟的脸颊，肉肉的鼻头，长睫毛扑闪着，烫成卷的披肩发几乎盖住整只招风耳，只露出一小块耳郭，仿佛为了要偷听什么，平添几分宠物般的俏皮。他记得她在七楼的712，应该是一家广告公司，几乎每周都有快递，收件人姓名是糖豆。每次签收快递她都会笑着道谢，露出两颗尖利的虎牙，直往他的神经里钻。

"没带伞吗？"他壮着胆子，蹭到她身旁，假装自若地搭讪，其实一颗心怦怦乱撞，仿佛随时都能爆裂。她歪过头，认出了他，笑过之后又不由自主地拧眉道："是啊，公司那把伞上次下雨带回家就忘了拿，早晨天气那么好，谁想到快下班了才下雨，好不容易今天不加班。"

她的语气家常中带着几分亲昵，透着不知该嗔怪谁的无奈，毫不做作和矜持，像是把他当成了老熟人。他耳朵发热，来自她身上的一股成熟女性特有的果香几乎令他难以自持，遂赶紧踮着脚跑进雨中。

凉爽的雨水暂时浇熄了体内的欲火，电动车就停在不远处，余小多记得座位下的储物箱里有把伞。翻找的时候，他祈祷着："一定要有啊！一定带了啊！"结果如他所愿，那把伞果真静静地躺在箱底，一副等待被使用的模样，好像早预料到会有此时此刻。

抓起雨伞，余小多倒有几秒钟的犹豫，怕她万一不肯接受。可即使发生那种情况，其尴尬程度也远远比不上错失良机的懊悔。于是他转身，径直走向她，低头看着她肉虫一般的手指道："给。"她稍微一愣便接过道："你呢，怎么办？"他抬头看着她说："车有篷子。"她嘴角一弯，笑着说："谢谢。"他转身欲走，她喊住他："怎么还你？"他想了想道："下次送快递时给我就行。"

没等到再次给她送快递，他便接到了唐糖的电话。她能从物流跟踪记录里翻到他的手机号码，说明她对他有印象，平时也曾留意过他，这让他在兴奋和激动之余不免徒增几分自信。

因此当她说要还给他伞，顺便请他吃饭表示感谢时，他答应得非常痛快，就好像他真的很想吃这顿饭。

唐糖跟他约的晚上七点，就在附近的茶餐厅。余小多负责安贞门这一片区的快递业务已经一年多了，主要是送件，取货比较少。下班时间不固定，件多就晚些。其实早回去也无聊，不是看电视就是玩手机，业务多一些能多拿些提成。干体力活儿就是这样，多劳多得，没有捷径。但这天他希望活儿少点儿，他知道那个写字楼里的白领下班最晚也不过六点。第一次"约会"就迟到可不好，让一个女孩等着像什么话？因为有了期待，他干起活儿来比平日卖力得多，除了在车上和电梯里，其他时候几乎都在跑。仿佛有了奔头儿的日子再苦再累都能忍受，甚至可以从中咂摸出甜蜜来。

每天送快递，几乎都会从茶餐厅门口路过几次，但余小多一次都没进去过。光从门脸儿看，就知道价格不菲，不是他可以随便去的地方。倒也并非消费不起，可仅仅为了满足口腹之欲便要承受每每想起就如同钝刀割肉般的疼痛到底不划算。还不如量力而行，在隐蔽逼仄的小店吃个刀削面、盖饭之类的，既经济实惠填饱了肚子，又不至于因为一次奢侈而自责半年多。

不到六点钟，余小多就送完了货，赶紧回到宿舍洗澡，换了身干净的衣服出门。在后来和唐糖的诸多约会中，这套程序基本没变，每次他都会保证自己干净整洁地出现在她面前，且从来不穿工装。给她送货，他也不会跟她多说一句与工作无关的话。明明想靠近，却保持着距离；明明想亲热，却故作冷淡。虽说她没要求过他这么做，但也没有明确表示过他没必要如此掩饰，那心照不宣的眼神仿佛一种默许，在无声夸奖他的得体。

这导致两个人的关系在相当长的一段时间里犹如婚外恋，即使有类似偷情般的刺激和快感，还是不能让余小多觉得满足。

他期望她能早日公开，向她的同事、朋友和家人大方地介绍他，而不是碰见熟人就立马松手，假装陌生人。明明手上还残留着对方的余温，触感上的记忆还无比清晰，却必须避开眼神上的交流。像不断脱钩的鱼儿，他的心一次次被尖利的倒刺划伤。他不明白那么温柔善良的她在这件事上为何如此残忍，难道只是因为家教甚严？

早在茶餐厅吃饭时，唐糖便暗示自己是个乖乖女，从小到大，每当她面对关键性的抉择时，都是父亲帮她拿主意。比如在哪里上小学，高中时选文科还是理科，高考志愿怎么填，包括大学没上完便出国留学等，都是父亲帮她做的主。甚至回国后找工作，选择什么性质的单位，父亲的意见也起了决定性作用。她的人生就像传说中那些财团的继承人一样早被设计好了，根本不容许有独立自主的想法和任性的规划。而事实上，她已经习惯这种无微不至、事无巨细的照顾，一旦犹豫不决或是毫无想法时，就会理所当然地请教她爸，就好像她是他的一颗棋子，任其摆布，像木偶一样没有灵魂。

"交男朋友他也管吗？"余小多的语气里有不以为然，还带着些许忧虑。

"肯定啊！目前老唐最上心的事就是给我找男友，几乎动用了他的所有关系，每月至少让我相亲两次，从回国到现在少说见了也有三十个男人，但一个合适的都没有，绝大部分看不上我，嫌我又胖又矮，有几个喜欢丰满型的，可惜又被老唐筛掉了。"她露出生无可恋的表情，却是一副事不关己的口吻。"老唐"是她对父亲的称呼，当着他的面也这么叫。

"你根本算不上胖，也就是肉多点儿，那些男人的审美有问题，都喜欢锥子脸、麻秆腿，腰细得恨不得掐一把就能断，说实话，那样的身材搂着都嫌硌手，我可不喜欢。"余小多迫不及待表明自己的观点，"还是丰满的好，抱着多舒服，肚子还能当枕头，软绵绵的。"

"看来你也是个久经沙场的老手，根本不像看上去那么单纯。"唐糖揶揄道。

"那还真算不上，只跟两个女孩子好过，还是很久以前在老家，都不长。"他回忆道，"自从来了北京干快递就再也没有碰到过合适的。"

"为什么不找？"她说，"你长得不错，应该有很多女孩子喜欢你这款，光是我的同事里就有好几个人对你花痴。"

"花痴归花痴，看看又没负担，可要谈恋爱的话，就不能只看脸了，我一没房二没钱，也没什么好工作，就一个送快递的，北京姑娘的眼睛都长脑瓜顶上，哪有人看得到我？"他苦笑着，还有自身原因，他想了想，没有说。那就是他来北京是为了多赚些钱，要把精力放在工作上，恋爱会阻碍前进的脚步，当前的生命空间里没有给爱情提供生根发芽的土壤。

"也不都是那样的，你看我，就有自知之明，没那么多要求，谈得来最重要，其次性格要好，我喜欢老实本分的，至于外貌，不一定非得多么帅，看着顺眼就行。"说这话的时候，她像个女流氓一样直勾勾地盯着他。他的眼睛像婴儿一般的纯澈，仿佛尚未被世俗污染。让她想起去年曾在某个商场见过的黑色钻石，荧光由内而外一层层漾开来，勾魂摄魄却又不咄咄逼人。据说因为丧偶，维多利亚女王便只佩戴黑色钻石，以示哀痛。唐糖很喜欢那枚黑钻戒指，但仅一克拉就标价二十万元，她不得不打消掉拥有它的念头。

两个人表面上在陈述各自的择偶条件，实则表达了对彼此非常有意思的意思。

5

二

　　高中毕业后，余小多没考上大学，家里没意向让他复读。即使再读两年，以他的成绩和资质也不一定就能考上名校，况且现在大学生满地都是，工作也不好找，还不如认命，趁早找个事情做，积累社会经验的同时顺便攒钱，等攒够了本钱，再选个合适的项目来创业。但老家的小县城里根本没多少工作机会，工资更是低得可怜，他便一直想到北京来闯闯，无奈没有门路。可巧有一次在车站遇到了上学时的师兄，师兄高中毕业后便踏入了社会，在北京做快递员，承包了一个片区的业务，正需要帮手，便把余小多带到了北京。跟着师兄干了几个月后，余小多学成出徒，公司便指派他专门负责安贞门这一块儿的业务。

　　两个人第一次做完男女之间最爱做的事情，相互依偎着躺在床上时，余小多简单概括了一下毕业后的经历。唐糖默默点头，因为无法感同身受而一脸懵懂，便去摸他左膝下方一块指甲盖大小的瘀青，问道："怎么弄的？"他瞟了一眼，努力回想片刻才道："好像是昨天躲一辆汽车时撞的。"她轻轻按下去，他夸张地叫了一声。她担心道："那么疼？没伤到骨头吧？要不要去医院拍个片子？"他笑道："没事儿，过几天就好，哪有那么娇贵。"她心疼地嘱咐道："那你以后小心些，别抢道。"他把她搂进怀里，在她额头上亲着："放心吧，为了你我也会注意，就怕碰见手潮的，想躲都躲不掉，就跟故意要撞我似的。"

　　"嗯，我明白。我上小学三年级的寒假，一个女司机开车，明明灯已经变红了，可她还是不停车，差点儿撞到我，得亏我爸在我身后，往后拽了我一把，要不然不死也得残废，气得我爸把那个女司机堵在路口骂了半天。"唐糖道,"接着他还带我去医院看了看,怕我吓破胆,精神上出问题。他对我太过呵护了,真是捧在手里怕摔了,含在嘴里怕化了,以至于我刚开始出国那阵都有点儿不适应。"

"你出国之前不是上过大学吗?当时也没离开家吗?"余小多问。

"大学上是上了,可学校离我们家才七八里地,根本没住校,只中午在学校吃一顿,下午没事了就回家。"她道,"那个学校不怎么好,各种学生都有,我爸怕我被他们带坏,现在想来,估计是怕我谈恋爱。"

她高中时成绩不好他是知道的,之前两个人曾比较过高考分数,结果她只比他高了二十多分,但她是北京人,选择机会还是比他多。他问:"后来为什么又让你留学?国外好吗?"

她从鼻子里哼出一声,道:"就那么回事,我爸非要让我去镀镀金,为的是以后找个好工作,毕竟'海归'比较吃香,留学两年多花了五六十万元,真正有用的东西没学到多少,倒是锻炼了独立生活的能力。"

她好像从来没有提过她的妈妈,就像这个人不存在似的。余小多早就发现了这点,但一直不好意思问,但进入过她的身体后,他觉得两个人之间就该没什么隐私了,可以尝试着无话不谈,便假装随意地问道:"你们家是不是凡事都是老唐说了算,你妈就是个甩手掌柜?"

"我妈跟别的男人跑了,那时我刚上幼儿园,要不是家里有照片,我连她长什么样都不记得。"唐糖若无其事地说,"我爸其实完全可以再娶,也有人给他介绍过,我后来听他的朋友说在单位里就有女人对他有意思,可他不想娶,这么多年,我没见过他往家带过女人,被我妈伤透心是一方面,可我明白他宁可当爹又当妈把我拉扯大，主要是不想让我有个后妈。"

"这么说来，他为你做的牺牲还挺大。"余小多不知自己为何竟有一丝醋意。

"对啊。"唐糖道，"所以很多时候很多事情我都不想逆着他，宁可自己受点儿委屈。当然了，从物质上来说，他从没亏待过我，人家孩子有的，他会竭尽所能让我得到。小时候家里条件一般，他只是个普通工人，刚下岗那两年还挺苦的，即便那样，哪怕他自己一年到头不买衣服、不下馆子，也让我穿得好、吃得好，不让我承受一点儿压力。他说闺女就是用来宠的，要让我过得像公主一样，不然我会自卑，在同学中抬不起头。"

"你摊上了一个好爸爸，我就没那么幸运。"余小多不无羡慕地感叹道。

"哪有那么多幸运！"唐糖将他的胳膊抱进怀里道，"还不都是努力的结果，除了犯法的事没干过，老唐什么生意没干过啊，天天外面跑，求爷爷告奶奶整天装孙子，有时好几个月不着家，最远去过新疆。在北方遇到过打劫的，在南方被人抢过钱。幸好这一切都没白费，最终有了回报，赚了些钱，不然我想去留学的话，估计只能卖掉家里的老房子。"

"确实不容易。"余小多点着一支稍微晚了些的事后烟，疲乏之余略感茫然。阳光从没有拉严实的窗帘缝隙闪进一线，犹如极薄的刀片，徒劳地切割着他吐出来的蓝灰色烟雾。

"努力吧，你也会成功的。"她翻身枕着他的小腹，目光落在其性感的喉结上，手指在他贫瘠得能摸到根根肋骨的胸口画着圈圈鼓励道。

他没有像往常一样回答"我会的"，以前他认为这句话只是她为他加油打气，眼下却听出了弦外之音，难道她要等他成功了再把他们俩的事告诉老唐吗？沉默片刻，他终究没有问出口，只略微直起腰身，靠在床头，弹了一下烟灰，叹气道："你真的喜欢我吗？"

"干吗这么问？"她调整姿势，双手钩住他的脖子，耳朵贴着胸口，慵懒地感受着他的心跳。

"我觉得我配不上你。"他道，"说实话，你也这么觉得吧？"

"你别瞎想。"她的手轻轻摸着他的脸说，"哪有什么配不配得上，我们互相喜欢就够了。"

"可老唐会觉得我配不上你。"他捻灭烟头，抓住她的手，看手相似的研究着她手心上迷宫般的纹路，仿佛那就是两个人不可捉摸的未来。

"我会做他的工作，你别着急。"她安慰他，"老唐接受不了也在情理之中，你要理解，给我点儿时间，我会想办法慢慢转变他的想法，沉住气，相信我吧！"

"我不是不相信你，我是对自己没信心。"他沮丧道，"我也觉得配不上你，你一个北京土著，还留过学，又是高薪白领，说什么也不可能看上一个外地来的快递员啊！"

"你要这么说的话，那我也没信心了。"她道，"我也觉得配不上你，你长得这么帅，工作这么努力，性格又这么好，凭什么看上我这样一个又丑又胖脾气又不好的北京大妞呢？"

她想逗他笑，但他笑不出来，反而严肃地告诫道："不许你这么看轻自己。"她点头道："我可以不这么想，可你也不能自轻自贱，明白吗？"他捏着她的脸道："好，我记住了。"

她露出一个稍显勉强的笑容，回忆道："我小时候就是个胖墩子，我爸我妈都不算胖，我长得胖多半因为管不住嘴，尤其是我妈跟了别的男人以后，老唐不知道怎么哄我。每次哭闹，

9

他就给我买东西，有时是玩具，更多的时候是零食。有一年夏天，他买了个冰柜，特别大，除了放冷饮，还有海鲜、排骨，以及各种速冻食品，直接加热或者煮熟了就能吃，他不在家时没人给我做饭，我就吃那些，等我意识到自己成了个肥妞时，初中都快毕业了。"

说到这里，他故意捏了捏她腰上的"游泳圈"，她娇嗔道："讨厌！我也减过肥，节食、运动、吃药都试过，但效果不大。十多年吃成的胖子，想要短时间内变瘦不太可能，最胖时到过一百六十斤，现在一百三十多斤，相对身高来说还是胖，那些肉特别瓷实，好像长进了骨头缝里，真拿它们没办法。上学时因为胖，连要好的朋友都没有几个，还经常被孤立，更别提谈恋爱，工作以后倒有几个女性朋友，可始终没有男的多看过我一眼。一开始我觉得你对我好不过是出于工作需要，就像很多服务行业人员的礼貌性微笑差不多，但后来我还是看出了不一样，特别是你借伞给我，可我还是拿不准你到底是不是真的喜欢我。"

他道："外貌身材只是一方面，善良才是最重要的品质，干我们这一行，就是和人打交道，形形色色的都能遇到，有些女人长得是美，对我也够礼貌，但都是装的，好在她们还能装，有的人干脆颐指气使，拿我们当仆人似的使唤来使唤去。有次一个女人让我取快件，就因为她要办自己的事，前后让我跑了四趟，气得我差点儿撂挑子不干；还有一次在大街上和一辆车剐了一下，结果那男的下车就打，再有理我也不敢还手，害怕闯祸，丢了工作……"

这时他哽咽了，她充满爱怜地拥他入怀，轻轻摩挲着，像是安抚一只受伤的小兽。想到自己因为胖和丑而受到的伤害，她不禁产生同病相怜之感，鼻腔发酸，像游泳时呛了水。他继续道："可你不一样，看到你的眼睛我就能感受到满满的真诚和善意，每次见到你笑，我就跟打了鸡血似的，不管再遇到什么奇葩的人和事，都不会觉得难受。你好像超市里卖的那种功能性饮料，但作用却比它们多得多，不仅让人浑身有劲，连心情也能变好，时刻给人带来正能量，让我情不自禁想靠近你，和你在一起仿佛成了世界的主人。"她笑着打断他道："行啦，再说下去我就成活菩萨了，我可不想出家。"对心爱的人敞开心扉让余小多觉得浑身舒畅，身体的某个部位也渐渐充血，于是他翻过身来，朝她压上去，在她耳边道："不想出家那就赶紧嫁给我吧！"

◦ 三 ◦

　　老唐和余小多第一次正式见面是在后者和唐糖交往了将近三个月之后。在这之前，他已得知女儿正在谈恋爱，问她对方是什么样的人，交往多久了，有没有照片，她皆避而不答。据以往的经验，老唐作出判断，认为这段恋情顶多不会超过一个月，而且很可能是女儿一厢情愿，等她伤了心自然歇菜，便没怎么在意。直到她晚归的次数越来越多，甚至连续两个周末夜不归宿，他终于意识到问题的严重性，觉得女儿这次是动了真格的，自己不能再袖手旁观，得帮她把把关。在他看来，女儿太过单纯，怕她遇到感情骗子是一方面，主要还是好奇什么样的男人对女儿如此长情，缘何忽略她身上诸多显而易见的缺点，能和她交往到现在。虽然老唐不理解现在的年轻人怎么想，可纯粹站在男人的角度，他深知唐糖的魅力值很低，除非当今社会的审美观倒回唐朝，否则女儿的硬件设备几乎不具任何竞争力。

如果再不把余小多引荐给老唐，唐糖估计这两个人都会对她产生不满。不以结婚为目的的恋爱就是耍流氓，余小多如是说，他认为得到老唐的首肯很重要。何况唐糖早跟他提过老唐可能成为恋情发展的最大障碍，因此更要早点儿弄清楚老唐的态度，找到症结所在，以便对症下药。在余小多看来，晚一天接触老唐，就等于在不断增加难度，同时也是在浪费时间。而老唐的不满之处很简单，那就是他长期以来的家长权威第一次遭遇了挑战，女儿还从来没有什么事瞒过他，就连她初潮时的身心保健和生理知识的辅导也是老唐找到相关书送给她，并且买了一包卫生巾。俘获了女儿芳心的那个男人究竟是何许人也？长得如何他并不怎么关心，只要女儿看对眼就行，老唐最在意的是他的工作、年薪、人品和潜能。

毫无疑问，老唐心里有个标准，一旦低于这个标准就会被他直接无视。而这个标准，其实也在逐年变化。前几年，老唐还觉得女儿不应该嫁给外地人，但随着她年龄渐大，非京籍人士也纳入了他的择婿范围。没有车问题不算大，但总得有房，最次也得有买房的实力，哪怕先弄个首付也成，总不能让女儿婚后去租房吧！当然了，老唐有实力，别说一套房，就是两套三套他也买得起，他不可能眼睁睁看着女儿去租房住。他肯定会帮衬他们，但那个未来的女婿也得先让他满意，值得他帮才行，总不能只因为女儿喜欢他，看在女儿的面子上就白送他们一套房子一辆车吧！诚然，像他这种情况，说是嫁女儿，实际上更像招女婿。他就这么一个女儿，他的一切财产早晚都会成为她的。一想到自己打拼一辈子赚下来的家业会落到个外姓人手里，他便心有不甘，可也没有办法，谁让他命中没有儿子呢！

天蓝得不像是北京会有的，坐在白晃晃日光里的余小多有些畏葸，好像晒得发晕，又像冻得缩手缩脚。他正在回答老唐的问话，这个露天饭馆是后者选的，阳光似乎成了他的帮凶，要把前者一些不堪示人的身世全部暴露。富态的老唐自带气场，肉眼泡儿下的小眼睛有着惊人的穿透力，不时瞥上余小多几眼，像钉子似的把他钉在了原罪的十字架上。余小多被对方震慑住了，尤其是当老唐得知他的老家在山西离石时嘴角露出的那一抹嘲讽，完全将余小多打败了，之前唐糖教他要不卑不亢尽量自然表现的秘籍瞬间变成了蜷在浴室角落的一团乱发——湿答答的，柔弱无力。老唐让他想起那个蛮横的开着豪车的人，一脚踹在他的肚子上，接连扇了他好几个耳光，搞得他半边脸火辣辣地疼，耳朵里虽然嗡嗡直响，却还是听见了那个人一连串的辱骂。他骂余小多："你是不是瞎？眼长哪儿去了？这车多少钱你知道吗？你赔得起吗？把你卖了也不值这辆车钱，你知道吗？我摁了半天喇叭，你他妈耳朵也聋了吗？你说怎么办吧？你说啊，你他妈又成哑巴了？"那一句句咒骂宛如锥子深深地扎进了余小多的心里，和肉长在一处，时不时就在他耳边回响着。

离石这个地方老唐去过，处于吕梁山脚下，他对这个地方唯一的印象就是穷。那边的人也不曾留给过他好印象，年轻时曾和那边的一对夫妻在北京合开过一家小饭馆。老唐当时投了五万块，他并没有负责经营，全都交给了那对一张嘴说话便让人觉得侉的夫妻来管理。当时，老唐还有其他生意要忙，只偶尔去店里打个照面，或者干脆打电话询问。快到年底时，他又打电话，想着是否能分到点儿利润，电话却无人接听，后来直接提示空号，他只好去了店内。结果小饭馆早已易主，换成了给猫狗洗澡治病的宠物生活馆。为出这口气，他亲自去了离石，多方打听终于找到了那对夫妻的家，当时把那俩人吓得不轻。他们虽然昧下了不义之财，日子却过得并不好，主要是家里孩子多。想到这儿，老唐又问及余小多家里的情况，果然孩子也不少，他上面有个姐，下面还有弟弟和妹妹。

余小多的父母当然不是当初坑了老唐的那对夫妻，但光是这些便足以让老唐对余小多反感和轻视了。他起身就要走，连个推脱的理由都没编，只说再待下去只会更难堪。唐糖连忙拉住父亲，劝道："好歹吃完这顿饭吧。"老唐道："我不像姑奶奶你那么心大，这饭我可吃不下，你饿的话就吃完再走，要不就跟我一块儿回家。"眼见气氛无法调节，唐糖更觉得尴尬，虽然早料到老唐会这样，也深知老唐在她跟前从不伪装，向来直截了当地表达情绪，可今天又不是只有他们父女俩，主角余小多还在呢，他那么脸皮薄的人怎么办？因此，她是有些生气的，便甩手道："您先回吧，我再说。"老唐这时又不着急了，他一不做二不休，干脆表明了自己的态度，对窘迫的余小多说："谢谢你看得起我闺女，但我觉得你俩不合适，你不可能让她幸福，日后只能成为她的累赘，我不会同意你们交往的。今儿我先走，你们俩把未尽事宜赶紧办好，以后就别再见面了，听我的话，你俩都不会吃亏。"

说完，他转身而去，全无半点儿长辈的风度，倒像个任性的小孩儿。唐糖气得直跺脚，朝着老唐决绝的背影喊了两声，但他头也没回，再次无声表明自己的立场。她只得坐下来，充满歉意地注视着余小多无辜而委屈的脸，半晌没言语。烤肉冒了烟，余小多将它们翻了个面，咬着自己的下嘴唇，装作没有受到伤害似的微笑道："来，吃肉，你把心搁肚子里吧，我才不会这么容易就放弃，除非你先不喜欢我，主动离开，否则谁也别想拆散咱俩。"一直噘着嘴的唐糖被他呆萌的样子逗得扑哧一笑道："傻瓜。"他趁势将一片肉塞进她嘴里，她边嚼边道："老唐的话你别太当真，他只在自己人面前才会口无遮拦，说明他没把你当外人。"余小多听出这话里的安慰成分居多，而老唐说的那些其实不无道理，以自己目前的境况，和唐糖恋爱乃至结婚只能拖累她，很可能不会带给她幸福。可因此便放手，他怎么能够？又如何舍得？他内心纠结，但并未动摇，老唐的话没有吓到他，倒是让他生出一种为了爱情非得跟唐糖厮守在一起的较劲心态，两个人势必要携手对抗一切阻力和偏见。

◦ 四 ◦

如今不是旧社会，老唐不可能像祝英台她爸那样为了不让女儿见梁山伯就把她锁在房子里。更何况作为过来人，老唐明白即使关得住她的人，也关不住她的心。越是约束，她越会把注意力放在那件事和那个人身上，倒不如放开手让她先吃点儿苦头，说不定便知难而退了。但是，在这之前，他觉得还是要费一番唇舌，毕竟有很多人生道理只有经历过才懂，可一旦了悟基本上为时已晚。他不忍心眼睁睁看着女儿受苦，之前那些单恋对她构不成实际伤害，可在这个穷小子身上，女儿倒是用情很深，这正是棘手之处。想来想去，老唐摆事实讲道理谈感情，苦口婆心劝说了唐糖一番。唐糖从头至尾都拉着脸，明摆着一个字都没听进去，只等老唐说完，她才道："我就闹不明白了，你也是一步一步打拼过来的，怎么总是拿他的穷说事儿，你非让我找一个根本不可能喜欢我的'富二代'吗？"

老唐道："正因为吃过穷的苦，才不能让你受穷，我年轻时候穷点儿不算啥，如今时代不一样了，像他那种没根基没能力的想要翻身几乎比登天还难，我可不能看着你往火坑里跳还不拉你一把，那还算得上当爹的吗？"唐糖道："你如果真的关心我，就应该帮他一把，那也就等于帮你闺女了，而不是从

15

中作梗。"老唐气道："跟你说了这么多，你怎么不开窍呢？我管得了他一个人一时，能帮他一家人一世吗？你没听他说吗？他下面还有一个妹子一个弟弟，你真要跟他结了婚，那压力得多大？一辈子都甭想过舒心日子，生生把你从小康拉到赤贫阶层！这个社会，你不站在高处，只能被人踩在脚底下，你就听我一句话吧，我能给你当上吗？你可是我亲闺女，唯一的亲人啊，我当然希望你过得好！"唐糖想了想，找理由道："我们还那么年轻，他又不是笨蛋，也不懒，怎么就没机会翻身？"老唐双手抓着脑袋，唉声叹气道："傻闺女，你能别那么天真，别钻牛角尖吗？你是不是读书读傻了？还是那小子给你吃了迷幻药？成功哪有那么容易？像你这么上嘴皮一碰下嘴皮就可以的话，这世上怎么还有那么多穷人？我辛辛苦苦把你培养大，让你上大学，去留学，可不是让你嫁个连大学都没上过的快递员，明明可以找到条件好的坐享其成，干吗非要陪他受罪？天生贱骨头吗？"

"哼！"唐糖从鼻腔里发出一声，不满地说，"我被您喂得这么胖，长得也不好看，那些高富帅哪里会看上我？好不容易遇到个相互喜欢的，您又挑三拣四，百般阻挠，您是不是心理扭曲，见不得我快乐幸福？"说到这里，她好像灵光一闪，有所顿悟似的又道："也对，到底光棍了那么多年，看别人成双成对就不好受，巴不得我也和您一样，一辈子单身，一辈子嫁不出去，只能守在您身边，给您养老送终，是不是？"

这话把老唐气得牙根痒痒，想也没想，抬手便给了唐糖一个耳刮子，扇得她"啊"的一声，后退几步，捂着脸，眼泪登时簌簌而落。他下巴抖得筛糠一样，气呼呼地说："你太让人寒心了，这么多年我吃苦受累，是为自己吗？是我想过好日子吗？还不是一心扑在你身上！要不是怕你受后妈的气，我早结婚了。要是没有你,我就算死了去也没啥大不了,还不是为了把你栽培成人,让你出人头地,不让你饿着冻着,让你吃得好穿得好。你不感恩倒罢了,可你不该说这种昧良心的话,你是硬把我往死里逼呀!"老唐瘫在椅子上,老泪纵横。

唐糖自觉刚才的话说得重了,可在气头上,并不想就此服软,她想还是应该出去待几天,毕竟说了那样伤人的话,即使父女,再见面也会僵得慌,于是收拾了几件日用品,拎起包就要出门。老唐盯着她,那意思好像是你要敢出去就别再回来。唐糖拉开门,驻足,扭头对老唐道:"咱们现在太激动,不适合谈问题,还是先冷静几天,想通了再联系吧。"老唐这时也平静了不少,道:"你走吧,我可把丑话说在前头,我肯定不会先找你。"唐糖心里一笑,知道老唐还是放心不下她,可嘴上又不好意思屈服,便用和软的口气说着口不对心的硬话。她摸清了老唐的心思,再迈出家门时便显得底气十足,也没再回应老唐,只抬脚出来,便把防盗门随手一关。客厅里暖黄色的光穿过门上的通风窗,在楼道里印下一块块菱形,很快便被一个人影盖住,接着内侧的门也被关上。唐糖侧耳倾听,到底没有脚步声传来,她没有再等,而是一级一级下了楼梯。

小区还是老的,六层楼,她家住顶层,并无电梯。每下一层,她便觉得周身轻快一些,像是卸下了无形的负担。她盘算着要去哪里,大概只能先去住酒店,余小多的宿舍里不止他一个人,以前两个人约会时也都是在外面。于是她在常去的那家酒店里开了房,并告知余小多。他敲门的时候,她正在洗澡,好歹擦了擦,裹上浴巾便去开门。亮晶晶的水珠坠在眉心、耳垂,锁骨里也汪着几滴,渐渐满了,溢出来,流向一条若隐若现的沟。余小多当即把持不住,胡乱脱下衣服,拥着她转着圈进了卫生间。浴室里的玻璃上布满水珠,水蒸气如舌头似的舔舐着两个人，这股热欲直过了四五天方渐渐凉下来。唐糖和他商量着接下来该怎么办，就算她工资再高，也不能全部奉献给酒店啊，何况长此下去还真吃不消，因此她提议两个人一起租房。他没意见，他当然希望两个人能住在一起，可他还是有所顾虑，他直觉老唐那边还会有所行动，不可能放任宝贝女儿不管，便试探着问道："老唐要是来找你呢？"

"找我我也不回去。"

见她如此，他心里半是欣喜半是愧疚，欢喜的是她如此坚决地和自己站在同一条战线，自己竟然还有如此大的魅力。此外，他还有一种抢了人家女儿的负罪感，只为一己私欲便离间父女俩可不好，在道义和良知上都说不过去。于是他道："可老唐毕竟是你爸，总不能真和他断了吧？"

"我都不怕，你怕什么？"

"我就是觉得不安，我想和你好，可咱们犯不着非得和他闹到老死不相往来吧？"

"那也得看他，他不退让的话，只能如此。"见他面露忧郁之色，她又道："怎么？难道你对未来没有信心？"她不禁想起老唐的话——你以为那个穷小子真能看上你？多半是钱！

他断然否认，搂着她说："有你在身边，干啥都有信心，再过几年，攒够钱，就把安贞门的业务承包了，那样一年估计可以赚上十多万。"她以前也听说过快递员有时月薪过万，但自从跟他接触后才了解那只是少数人员少数情况，也就"双十一"促销时提成高一些，其他时候月薪能维持在五千元已属不错。于是她安慰道："不着急，慢慢来，总会好的。"

◦ 五 ◦

两个人最后选定了北四环附近的一套高层一居室，月租五千元。这个价格超出了余小多的承受能力，但唐糖又不想住得太远或是太简陋，便提出自己承担三千五百元的月租，剩下一千五百元交给余小多，这正好是他之前的最高预算。出于男人的尊严，余小多自然不肯，他不想被她看扁。一番争执后，两个人才达成统一：原定的租金分摊比例不变，水电网费等由余小多负责，家务活全包。这样他才稍感安心，不再觉得自己吃软饭。

搬进新房子的第二天正赶上中秋，晚上两个人吃过以螃蟹为主角的大餐后，便对坐在阳台的藤椅上吃月饼、看月亮。夜色渐深，喧嚣的城市逐渐沉淀，往远处看，密密麻麻各色灯火连成一片海。近日秋高气爽，夜空似被涤荡过，一轮皓月渐至中天，清辉熠熠，天空地静，他们俩不禁肃然危坐，默默无语。半晌，唐糖方轻轻唉了一声。余小多转头问："为啥叹气？"她道："不知老唐干什么呢。"自从她离家出走，她和老唐还都没联系过对方，今日本是团圆佳节，难免触景生情。余小多道："你给他打个电话呗。"她犹豫片刻，拿起手机进了客厅。

余小多没跟着进去，隔着落地窗往里看，只见唐糖拨了两三次电话，嘴巴一直闭着，貌似没有接通，然后又转身出来。她道："不知道是不是睡了，一直不接。"余小多体贴道："要不然一起回去看看。"她冲着月亮说："没事，这么晚了，要去也是明天，我一个人就行，免得尴尬。"见她还是面露担忧之色，他便问："平常他几点睡觉？"她道："差不多就这点儿，睡得早醒得早，估计手机静音了。"少顷，她又补充道：

"可能还在生我的气，故意不接。"他笑道："老小孩儿。"她附和道："不好搞的老家伙，脾气太犟。"

如水凉意不时袭来，他们同挤一椅，拿了块毯子合披着。月亮看上去比刚才小了些，却更为通透，如玉般散发出清寒之光，仿佛能够看到背面的样子。她道："真好看啊，我家楼层低，还从没觉得月亮这么近，好像伸手就能够到。"他认真地说："你喜欢，我摘给你。"她道："好啊，你去摘。"本是说着玩的，没想到他真的起身，走到护栏旁，将手臂伸向天空。她笑道："快回来，小心掉下去，可不是闹着玩的。"他缓缓放下，回到她身旁，蹲下来仰头注视着她，悠悠地说："你放心，我一定会努力，让你想要什么就有什么，要是可以够到月亮，就算掉下去摔死也行。"月光让他的眸子更加黑亮，她轻抚着他的脸，感动道："别说傻话，有你在身边比什么都强。"他把头埋在她的双腿间，深深地吸气吐气。他的话让她想起小时候，一次和老唐闹别扭，老唐哄着她，也说过要把月亮摘给她，只要她不再找妈妈，好好睡觉。想到此，不由得鼻腔发痒，便仰头朝天吸吸鼻子，眼泪才没有滚出。

此刻睡不着对着月亮思考的人还有老唐。白天要打理生意，忙得他无暇考虑唐糖，可一旦晚上回到家，少了唐糖的存在，没有了她的说话声、脚步声和气息，即使把电视机和电脑都打开，还是孤独。那些热闹是屏幕里的，别人的，和他一点儿关系都没有。有好几次他想联系女儿，可一想到她为了一个认识才几个月的臭小子竟然将多年的父女之情弃之不顾，便气上心头。于是强忍着，没有拨她的号码，也没有发微信，只刷着她的朋友圈。结果发现这几天她发的内容居然比以前还要丰富多彩，吃喝玩乐样样俱全，字里行间洋溢着脱缰野马驰骋草原般的自由和兴奋，以及隐约的恋爱酸臭味。尤其是那张以月亮为背景，两只手牵在一起的秀恩爱自拍，甚至让老唐有些微醋意，果然女儿是给别人养的，自己再怎么对她好也是白搭，一朝遇上心上人，就把老爹忘得一干二净。因此当唐糖的电话打来时，他嘴里骂着白眼狼，没有接。如果她还有良心的话，她肯定会担心他，会来看他。如果明天她不来，老唐觉得那这个女儿真可以不要了。如果明天她来看望他，那他就相当于掌握了主动权，他就有把握让她离开那个穷小子，因为前两天他刚好得到一枚"棋子"，名叫孙敬宇。

孙敬宇是唐糖初中和高中时的同学，据老唐所知，女儿高中时和这小子暧昧过。但那不过是青春期的冲动，即使后来考到同一个城市的大学，走到一起的可能性也不大。可一旦进入社会便又是一个样，恋爱总归有了目的性，成为人生伴侣的概率自然要大得多。孙敬宇在南方上的大学，读法律专业，想当律师，想进北京的大律所。投过很多简历，也被几家律所面试过，可他相中的那家胡成律所从来没有搭理过他。后来他从朋友那里得知律所的创办人胡成和老唐还算有些交情，如果通过老唐牵线搭桥，那他八成能进律所。

获悉了孙敬宇的来意，老唐起初表现冷淡，等到对方问起唐糖有没有男友并追忆起同窗时光时，老唐顿时计上心头，便问起了小孙的家世。虽说孙家并非大富大贵，却也算得上小康水平，家里有三套房，都在四环内。这年头儿，不动产可比其他财产靠得住，况且小孙又是独苗，就算他以后不做律师，随便找个工作，也不至于为生计发愁。反正比那个送快递的强太多。不过，老唐并没有立即答应他，只说先帮忙问问，送他出门时又说等唐糖在家了，邀他过来玩。老唐担心这家伙只是为了达到目的才利用唐糖，一旦在律所站稳脚跟便过河拆桥，所以他想先让他和唐糖见个面，如果希望不大，那也没必要对小孙的工作太上心。退一步说，哪怕小孙和唐糖最后没成，但只要分散了她的感情和精力，也算是发挥了他应有的作用。

　　回家之前，唐糖给老唐发微信。老唐看到消息并没有马上回复，而是先联系孙敬宇，问他今天有没有时间过来玩，正好唐糖也在家，可以一起吃午饭。可能因为有求于人，孙敬宇颇有些上赶着的意思，当即便答应过来，说他在家闲得都要发霉了。老唐很高兴，这才回复唐糖，让她一个人回来，不许带人。即使老唐不说，她暂时也不想带余小多回去，老唐对他的态度让她觉得父亲脑子里对底层人民根深蒂固的成见一时半会儿不可能改变，还是得讲究技巧循序渐进。另外，中秋节余小多只休一天，八月十六这天还是要上班的，并不容易请假，于是他上班走了没多久，唐糖便洗漱一番，在软件上叫了车。

　　到家时，孙敬宇还没来，老唐则刚从超市归来。爷儿俩像之前没有发生过口角一样相视一笑，唐糖瞥见桌子上的一堆东西，除了水果零食，还有海鲜、肉和蔬菜等。她问："买这么多，咱俩吃得了吗？"老唐道："你舅和舅妈要来。"他没提孙敬宇。虽说唐糖的妈妈早就跟人跑了，多年来杳无音信，但老唐和小舅子倒热络得很，每逢年节便要聚一聚。这是因为两个人除了亲戚关系外，还有师徒情谊，小舅子能够把生意做得风生水起，在北京混得不错，多亏了老唐将他领进行业大门，并指点迷津。因此，小舅子还是很服这个姐夫的，老唐叫他来之前，便把唐糖的事简单说了，他自然领会姐夫的用意——吃饭次之，当说客才是主要的。

　　有人敲门，唐糖道："准是舅妈他们来了。"门一开，她愣住了，眼前这个家伙看着眼熟，一时却想不起来，但随即一个名字便从记忆中跳了出来。她惊讶地指着他的脸道："孙敬宇！怎么是你？"孙敬宇手里提着酒和月饼礼盒，笑道："还记得我，真是令人欣慰。"说着，他抬脚往里走，唐糖站在门口，摸不着头脑，像看待一个不速之客似的盯着他。老唐提醒道："愣着干吗，关门进来啊，不欢迎小孙吗？"父亲对老同学的态度和口吻，已然让唐糖猜到这两个人明显会晤过，只是这时候邀请他上门来，老唐的葫芦里卖的什么药呢？孙敬宇坐到沙发上，唐糖端了一杯橙汁给他。他眼前一亮，打量着她道："你更漂亮了。"她笑道："你可是不老实了，油嘴滑舌。"打破了最初的尴尬和生分，聊天气氛渐入佳境，他们时而追忆逝水年华，时而各叙别后境况，时而感慨长叹，时而开怀大笑，俨然一对旧侣重逢，大有旧情复炽之势。就连舅舅、舅妈登门也没能打断两个人，好像有说不完的话。

　　饭都要做好了，两个人才想到去厨房帮忙，老唐和唐糖的舅妈便出来了，故意给他们制造空间和机会。吃饭时，老唐内心已有些得逞的喜悦了，却不好表现得那么明显，同时又担心这两个人的熟络不过是叙旧，并无男女私情，于是又使出种种手段，确保两个人接下来会正式交往。一方面把孙敬宇工作的事提上日程，安抚得妥妥帖帖，一方面不时暖场，暗中示意这两个人是多么合适，另外还要给唐糖的舅舅、舅妈使眼色，让他们助攻。唐糖和孙敬宇在饭桌上一直没断过交流，她帮他夹菜，给他倒酒，眉目之间尽是情意，像是故意演给别人看，却又那么流畅自然，叫人不得不信服。

　　可能因为喝得有些多，孙敬宇的脸红扑扑的，还有些晕晕乎乎，更显得敦厚老实，这让老唐心里无比受用。老唐没有放他立刻回去，而是让他到唐糖的卧室歇一歇。唐糖也没意见，她喝得虽然不多，也有些困，因为昨晚一直想着老唐，没有睡好。小孙在自己的卧室，她便去了另外一间，她舅妈正好也在床上歪着。老唐家一共三间卧室，这一间基本上是给客人准备的，里面除了书柜书桌椅子外，还有床和一台冰柜。冰柜有些年头儿了，还是唐糖小时候用来装各种速冻食品的，坏倒是没坏，只是早就搁置不用，却没有处理掉，依旧放在角落里。看到它，唐糖就会想起自己是如何一点点变胖的。

舅妈并没睡着，听见唐糖躺在床上的窸窣之声，便睁开了眼。她没有提孙敬宇，也没有说唐糖的恋爱和婚事，却给她讲了一件往事。不过这也是她听自己老公说的，是关于唐糖的妈妈当年离开老唐的一些细节。据她说，老唐和妻子的婚姻当初并不被唐糖的外公外婆看好，且遭到了坚决反对，主要原因就是老唐家里太穷，两位老人担心女儿嫁过来受苦。可唐糖妈义无反顾，只认准了老唐，甚至不惜以自杀威胁父母，后来老人家终于屈服，这才得以有了唐糖。然而贫贱夫妻百事哀，唐糖妈过了几年清苦的日子便后悔了，可又不能和老唐离婚，那不是打自己的脸吗，更无颜面对父母，于是不声不响地跟个生意人私奔了。正因此，老唐才奋发图强，势要成为有钱人，一雪前耻。讲完了，舅妈总结道："老话说得对，嫁汉嫁汉穿衣吃饭，人长得好坏先放一边，有感觉就行，性格可以慢慢磨合，最重要的还是物质生活，那才是根本。"唐糖做出听得很入神的表情，躺在枕头上深以为然地动了动双下巴。

六

"爸，我出门啦！"

"去吧，晚上回吗？"

"不了，周一再回。"

每个周六的早晨，唐糖和老唐的对话几乎如出一辙，好像在彩排电视剧，也像生活本身的最无聊之处——日光之下并无新事。每周一三五，唐糖在家睡，其他时间便和余小多住在外面。当然，在老唐眼里，和女儿交往的人是孙敬宇。

也许恋爱中的人智商会降低，可一旦涉及感情，绝对比以前敏锐得多。中秋那次聚会上，也许老唐做得太过明显，或是唐糖突然心窍大开，总之她一下子就看穿了父亲的伎俩，他是想拿孙敬宇钳制她，或是扭转她对余小多的感情。为了阻止她和余小多的恋爱，老唐可谓煞费苦心，竟然变得如此天真甚至愚蠢，这让唐糖觉得心痛和不安。老唐如此爱她——用他霸道的自以为是的方式，根本不懂得尊重她，不考虑她的感受，不倾听她的内心。她能怎么办？只能将计就计，把孙敬宇当成挡箭牌，打着和旧日同学交往的旗号，实则跟余小多过着半同居式的生活。至于孙敬宇，他们两个之间早没了那种感觉，旧事不提的话更有助于从容相处。两个人各怀心思，相互利用，他答应帮她打掩护，必要时跟她回家吃顿饭，做出相恋的样子；而她则会在老唐跟前撺掇，让他赶紧帮小孙搞定工作的事。在老唐眼中，小孙已是准女婿，他的事自然上心，马上联络了胡成，又安排小孙和他见了几次面。没用多久，孙敬宇便如愿进了律所，先从律师助理做起。

凡事隐瞒时间长了难免露馅儿，这几乎是自然规律，何况现代社会人与人之间的联系如此方便，谎言往往不经意间便会被戳穿。中秋之后两个多月的一个周六，轻度雾霾，午后飘起了冷雨，接着变成了细雪。老唐外出归京，堵车堵得严重，他忽然想了解一下小孙在律所的情况，到底是不是真的有能力，于是给胡成打电话。胡成不经常在律所，也说不出具体的意见，挂了电话后，便让小孙的直接上司联系老唐。这位姓岳的律师并没有敷衍，颇为认真地评价了孙敬宇的工作态度、能力等诸多方面的表现，说他是个勤奋上进又聪明懂事有眼力见儿的孩子，经常加班，甚至不惜牺牲周末时间出差办理案子。老唐听了很欣慰，于是顺口问了一句："今天没加班吗？"对方道："加呢，这一周我们都在山东，在这边接了一个经济纠纷的案子。"老唐十分诧异，他稍微停顿一下，又嘱咐道："岳律师，别跟小孙说我联系过您。"岳律师连忙答应着，似乎很理解老唐作为一个准老丈人的所作所为。

　　怎么回事，难道唐糖在撒谎？这周小孙都在外出差，那她周二周四夜不归宿是去了哪里？又是在跟谁约会？中午时他刚刚问过她今天的安排，说下午要和小孙看电影，晚上还是不回家……想到前前后后这一切，他才意识到女儿原来一直在骗自己，而且早和小孙串通好，演戏给他看。老唐气得浑身发颤，胸口憋闷，猛摁喇叭并捶着方向盘，像个初次遭受背叛的未经世事的年轻人一样恣意发泄着。反正在车里，不管如何失态也不会有人看到。这个家伙！他咬牙切齿地想，还真是小看她了，竟然跟他玩起了捉迷藏，不用费尽心思去猜，和她真正在一起的准是那个送快递的臭小子。想必他也是这场阴谋的参与者和策划者，在背后不知出了多少馊主意，以期达到他那不可告人又昭然若揭的司马昭之心。他以为我老唐是死人吗？是个行将就木的糟老头子，只能眼睁睁看着他把女儿骗到手然后侵占我辛辛苦苦半辈子积攒下来的财富吗？那他就打错了算盘！只要我在这世上一天，就不会让他得逞！老唐因为愤怒和恨意逼得全身的筋骨与牙根发酸，像是刚刚坐了一宿的硬座火车接着又洗了牙一样痛苦。他决定釜底抽薪，拿余小多开刀——他才是关键所在。

　　按捺住一触即发的情绪，老唐假装什么都不知道。唐糖周六吃过早餐下楼后，老唐迅速换了衣服，又用新买的棒球帽和黑色口罩全副武装后才匆匆下楼，小心翼翼地跟踪着。她在路边打车，老唐也赶紧打车跟上，她下车，他也跟着下车，接着尾随其后进了小区。老唐没有门禁卡，跟踪到单元门口时不得不罢手，不过除了具体的门牌号，其他信息他已掌握。周二一大早，天还黑，唐糖尚在酣睡，老唐便起床出了门。他开车来到北四环旁边的那个小区，将车停在门口，本想守株待兔，但考虑到该小区有三个出口，便只身来到单元门口旁的树丛里，监视着出来的人。停在附近的一辆带着快递公司标识的电动车引起了他的注意。接近七点钟，余小多终于现身，老唐立马箭步上前，挡住了他的去路。余小多吓得一怔，随后认出面前的人是老唐，结结巴巴而又心虚地说了一声"您好"。

"走吧，先别上班，我有话问你。"老唐命令道。

余小多立在原地，没有动，努力半天，一个字都没挤出来。他有些发蒙。

"怎么？"老唐威胁道，"你不给我解释清楚，小心我告你拐骗罪！"

不知所措的余小多此刻成了被老唐摆布的木偶，上了老唐的车后他想拉上车门，老唐断喝道："不用你管。"余小多条件反射一样缩回手，眼见着车门徐徐闭合，才意识到是自动的。轻微的机械咬合声过后，余小多觉得世界突然安静了。在这宽敞、豪华而充满陌生和危险气息的钢铁空间内，他成了一头困兽，能听见自己的心跳声，仿佛被劫持了一般害怕。外面行色匆匆的上班族们一律对他视而不见，一股无助感渐渐攫住心房，让他不由得战栗。

路上不算太堵，老唐把车开到了附近的森林公园外面，这地方比较冷清，偶尔才会冒出一两个晨跑者。熄了火，老唐头也没回，看了一眼后视镜，便让余小多坐到副驾驶的座位上，后者乖乖照做。老唐开门见山道:"你还打算纠缠唐糖多久?"像避猫鼠似的,余小多不安道:"我没有纠缠她,我是真的喜欢她,想对她好,您就让我们在一起试试吧。"老唐道:"你喜欢她?喜欢她哪里?倒是说说。"余小多想了想才道:"善良、诚实,性格也好,跟她在一块儿特别放松。"老唐说:"那你觉得她长得好看吗?"老唐的口吻有所缓和,余小多觉得对方今天可能不是来找碴儿的,要好好表现才行,便道:"在我眼里,没有人比她更好看。"老唐粗暴地说:"扯淡!睁眼说瞎话!唐糖要是个外来的打工妹,每个月几千块钱工资,家里穷得叮当响,你还会喜欢她?"余小多道:"不管什么样的我都接受,只要我们俩互相喜欢。"

老唐从鼻腔里哼了一声道:"我懒得跟你兜圈子,什么条件你尽管开,只要别再缠着我女儿。"余小多心想老唐也太小看人了,他不由得带着一丝蔑视的语气道:"我只是看上了她的人,请您不要小人之心。"老唐语重心长道:"年轻人,别太天真啦,等热乎劲儿一过,问题就全来了,你考虑过以后吗?就算我答应你们在一起,你忍心看着她跟你一块儿租房?每天坐地铁、挤公交?将来有了孩子怎么办?光靠你送快递能养活他们吗?她明明可以找到比你强的,过得更好,你为什么非要拉她下水?你这么自私,还要说成爱,做人可不能这样缺德,不如坦诚点儿,想要多少钱,我给你,只求你别再耽误她的前途。如果你真喜欢她,你就该为她考虑,你们俩在一起,她注定一辈子受累,生活水准到时肯定大幅度下降,看着她受苦受累,你难道就忍心?别妄想我会帮你们,要是她不听我的话,我一分钱都不给她,我说得到做得到!"

老唐说的这些,余小多当然考虑过,这也是他觉得最对不住唐糖的地方。但唐糖并不在乎,她早就跟余小多分析过了,说老唐不过是因为脸面上过不去。这时候一定不能退缩，要硬碰硬，硬到底，哪怕是暂时断绝关系换来他们俩在一起也值得。亲情可以等到以后慢慢修补，毕竟老唐只有她一个亲人，而且疼爱到骨子里去了，几乎等同于他的生命，打断骨头连着筋，再怎么着他也不可能放弃她。老唐一年比一年老，等他年纪大了，自然会想起女儿。所以，他们俩哪怕过上几年苦日子，只要坚持过来，这一切都值得。在唐糖看来，这件事老唐默认不过是早晚的问题，即使他不认这个女儿，难道以后连外孙或者外孙女也能忍住不认？唐糖的分析合情合理，这让余小多生出自信。另外，他觉得这是老唐在试探自己，如果真开出条件，不仅辜负了唐糖对自己的信任，还会让老唐更加瞧不上自己。于是他无比诚恳地说：“除非唐糖主动离开我，否则我不会离开她，我不能保证一定让她过上好日子，但我会尽最大努力，希望您能相信我，至少给我一次机会。”

"荒唐！"老唐怒道，"给你机会，让你在我女儿身上做试验？你以为人生可以重来？"顿了顿，他又道："你就别装了，二十万元，你另找家公司，保证别再和她联系。"

余小多觉得老唐有些不可理喻，他摇头道："钱不是万能的。"

"嫌少？"老唐道，"五十万元，一口价，不能再多了，你考虑考虑。"

"不用考虑。"余小多不假思索道，"爱情不能用金钱来衡量。"

"他妈的！赶紧给老子下车，滚！"老唐吼道，同时打开车门，喘着粗气下来，仿佛怒火要把身体烧着了，必须吹吹冷空气降温。倚着车门抽了支烟，老唐终于平复情绪，认输了似的说："上来吧。"余小多拿不准对方的心思，嗫嚅道："我得去上班。"老唐道："跟我回家，带点儿东西给她，你们爱咋地咋地，我不管了。"

望着稍显颓丧的老唐，余小多在心里长长地舒了一口气。

根据老唐的经验分析，他认为这小子之所以如此嘴硬，不外乎因为以下两点，一是他不相信老唐真的会拿出那么多钱，以为老唐诚意不足，只是在试探他；二是他脸皮薄，即使心里想要，可嘴上还是不愿承认，毕竟背地里和唐糖不定怎么山盟海誓过呢，如果这么轻易就认栽，岂不是打了自己的脸？因此老唐决定带他回家，把现金摆在他面前，他就不信这个穷小子会真的一点儿都不动心，只要他稍微流露出真实的想法，那时老唐再顺水推舟就容易得多了。

余小多跟在老唐后面上楼进了门。他稍显拘谨地坐在沙发上，等着老唐去屋里拿东西。很快，老唐拎着一个牛皮纸颜色的袋子出来了，里面装着他早已取好的五十万元现金。他递给余小多道："拿去吧，慢走不送。"余小多并不知道是什么，但还是接过来，心想当着面看也许不太好。转身走到门口时才伸手往里探，一捆接着一捆，却是现金，吓得他缩回手，返身往里走。老唐正在厨房里，拿着刀子转圈削苹果，见到余小多，只抬头看了他一眼。余小多鼓起勇气道："这钱我不能要。"老唐没停下手中的动作，低着头道："既然拿了，就别废话。"余小多道："我不会要的。"说完，他放下袋子便走。老唐心里的火噌噌往上冒，一个箭步冲过来，苹果掉在地上，滚向沙发，手里的刀子横在了余小多的脖子上。老唐心想这家伙还真是倔，软的不吃只能来硬的了，不吓唬吓唬他，他是不会听话的。老唐气势汹汹地说："我告诉你，今儿这钱你不拿走，就甭想出这屋子，我可是混过黑道的，什么事都干得出来！"刀刃触到了皮肤，凉津津的，带着金属味儿，余小多以为老唐急了眼，确实有些害怕，但又觉得自己的力量会大过老唐，便想抢过刀子。老唐本没想到对方会反抗，心里更觉得不快，便与对方较起劲儿来。当时，老唐的左手掐着余小多的脖子，右手持刀比在对方的喉结处，余小多的两只手抓住对方的胳膊，欲将其拽下去，孰料老唐一个趔趄，右手滑动，刀刃正好经过余小多的咽喉，起初只是留下一道血痕，紧接着便血流如注，余小多捂着自己的脖子倒在地上，想说什么却发不出声音，只有嘴唇微微翕动着。

老唐傻了眼，后退几步，跌坐在地上，刀还在手中。

○ 七 ○

吃午饭时，唐糖给余小多发了微信，问他吃了没有，等了半天没人回。想他估计在路上送货，没有听见也没空看手机，或是看了没时间回。三点多，她又发了一条，结果还是没动静，便给他打电话，却提示关机。难道没电了？不对啊，他一般都带着充电宝，手机不可能没电，即便她不联系他，工作上的电话也不少呢。她觉得纳闷儿，倒也没有太往心里去，反正下班后她会直接回那边，见到他，一切不言自明。

快下班时，终于收到余小多的回信，说他中午就回了老家，妈妈因为脑出血住院，情况不太乐观，他当时走得急，忘带充电宝，现在刚到医院，才看到她的信息。事情发生得有点儿突然，唐糖觉得在微信里说不清楚，便拨电话给他，却被直接挂断。随即他又发来微信道："不方便接电话，我得过几天才能回京，你先回家住吧，我不放心你一个人住，不要太想我哦！"这个时候还不忘调情，让本来还想多问几句的唐糖觉得甜蜜，考虑到他情绪欠佳，就没再多问，只简单回复道："行，照顾好你妈妈，需要我的地方尽管说啊。"他回道："明白。"

当晚，唐糖回了家。一开门，老唐满脸惊喜道："宝贝女儿今天怎么回来了，难不成终于想起还有个爸爸？"唐糖没心情跟他打趣，淡淡地说："孙敬宇出差了。"老唐并不揭穿，倒了一杯雪梨汁，用无限宠溺和怜惜的眼神看着她道："还是家里好吧，喝点儿这个，润肺的。"唐糖喝了半杯，老唐又给她剥了丑橘道："别看这长得皱皱巴巴，但是特别甜，你尝尝。"唐糖毫无心情，只吃了两瓣，便推说有些累，想回屋歇着。刚进房间，老唐推门道："你和小孙闹别扭了吧？好像有心事。"唐糖忙道："没啊，您就别瞎操心了，吃错药了吗？怎么忽然婆婆妈妈的，像个嘴碎唠叨的老太太。"老唐自嘲地笑道："可能老了吧，明天你上班前跟我到中介那儿去一趟。"唐糖纳闷道："什么中介？我现在不是有男朋友了吗？"老唐道："不是婚姻介绍所，是房产中介，需要你签字。"唐糖问："签什么？"老唐走进来，坐在床边道："就咱们这个房，我想过户到你名下，找中介代办的，比较省事，你只管去一趟，签个合同，其他都不用操心，二十多天后就能下来新的产权证。"唐糖不明所以道："怎么突然想起弄这个？"老唐苦笑道："我一天比一天岁数大，就怕突发疾病，很多事都来不及办，到时候省得你麻烦，趁我还不糊涂，把该办的都办了，反正早晚也是你的，往后不定出什么政策，很有可能征收遗产税，到时更不划算。"尽管老唐说得头头是道，可唐糖还是感觉突兀，她觉得老唐还不至于老到交代身后事的地步，心里不是滋味，但因为惦记着余小多家里的事，倒也没有往深处想，遂答应了老唐。

次日签好了房屋协议，唐糖才去了公司。坐在办公室里有些心神不宁，手机一响她便马上去看，希望是余小多发来的，可始终不是。吃过午饭,她终于忍不住给他发了微信。然而,等了一下午也没有收到回复。唐糖觉得余小多有些过分,回个信息顶多也就一分钟,这点儿空闲都挤不出来吗?她拨他的号码,接连好几次,都是无人接听。"干吗去了?"她不由得嗔怪着,把手机摔到桌子上。"不会出了什么事吧?"她忽然脑洞大开,想到一些飞来横祸,但随即否定。

晚上也睡不踏实,不断醒来,还没睁开眼就伸出胳膊摸身边的手机,也不管是不是晚上,就给他发微信,而且仿佛出现了幻听,总疑心有手机震动的声音,屏气凝听时却又只剩自己的心跳。一整晚都没有余小多的消息,在家里她又不敢给他打电话,害怕万一有人接听被老唐发现,只能等出了门才打,却依旧无人接听。又试了几次,后来便被挂断。凭着女人的直觉,她认为不会是他妈妈得病这么简单,一定有其他问题,他明显在躲避,便发微信问到底出了什么事。等她到了公司,才收到他的回复,他称经过抢救,他妈妈的命保住了,但很可能偏瘫,他暂时回不了北京,只能辞掉工作,在家乡找个事儿干,他和她自然不会再继续下去,他希望她尽快彻底地忘掉他,另外找个好男人。

她不信,以她对他的为人和他们之间感情的了解程度而言,她觉得即便真发生这种事,他也不可能做得这么绝,更不可能不接她的电话,这不是他处理事情的方式。想了想,她回复道:"真要分手,我也要你打电话告诉我,或者当面说,你来不了北京,我可以去找你。"可是他没收到这条消息,她发现他提出分手后就把她的微信删掉并且拉黑了,这更加深了她的怀疑,便借用同事的手机拨打他的号码,结果直接被挂断。怎么办?一定是发生了大事,也许他的手机并不在他本人手中,否则他不会不接电话,也不可能把她删除好友并拉黑。

请假后，唐糖来到余小多的公司，找到了曾经把余小多带到快递这一行的那个师兄，但他所知的并不比唐糖多。可巧的是除了余小多的手机号外，师兄的手机里还存了余小多家里的号码，这倒帮了大忙。唐糖当即拨打，很快一个略显苍老而羞怯的男声接听了。对方的普通话有些差，但还是能听懂。唐糖称自己是余小多的同事，说他已经两天没上班了，打电话又没人接，不知他是不是回了老家。余父称儿子没有回家，家里也没发生需要他回去的大事，上次他给家里打电话，说是只能等春节才能回家，并且他并不经常和家里联系。余父在电话里说："那小兔崽子能去哪里呢？"听语气，责备大过担心。唐糖只好道："您不用担心，应该不会有事，我们再找找，有消息了告诉您。"余父叹道："真是不让人省心的家伙，没准翘班出去玩了。"唐糖心想，余小多的父亲还不如她了解余小多呢，他把工作看得非常重要，就算生病了也不会请假，怎么可能无缘无故旷工呢？

唐糖决定先回出租房，她还抱着一丝希望，如果这是一场恶作剧该多好——等她一回去就看到余小多坐在沙发上看电视，或是躺在床上睡觉，也许他只是太累，需要休息而已。她很清楚这种可能性不大，可她还是管不住自己的手和脚，疯了似的找遍每间屋子每个旮旯，甚至打开衣柜和橱柜，掀起窗帘和被子，翻开洗衣机盖子，拉开冰箱门——这时她才住手，自己在干什么呀？一个大活人怎么可能藏在这里？她难以控制地进入歇斯底里状态，站在阳台上大喊余小多的名字，一遍又一遍拨打他的号码，可唯一回复她的只有那冷冰冰的女声："您所拨打的电话已关机。"报警吧！自从周二中午起，在微信上和自己联系的那个人已经不是余小多了，从那时算起，早已超过二十四小时。想到此，唐糖马上恢复理智，去了警局。

负责接警的同志听完唐糖的叙述，又询问了几个问题，便答应可以在一定范围和限度内展开调查。警官记下了出租房的地址和余小多的手机号，之后初步分析，说可以先从小区的监控录像和利用手机定位功能来查询线索，至于其他方面，还需要唐糖时刻关注，一旦有新的发现要及时联系。唐糖说："那走吧，我跟你去。"警官道："你先回去，我们会尽快安排调查，需要你协助的话会联系你的。"唐糖道："为什么不马上调查？还要等到什么时候？"警官安慰她两句，说办案流程就是如此，着急也没用。唐糖顿时火大，说了些气话，可那位警官貌似早已见怪不怪，等她说完了，便又劝她先回去。她实在没辙，只好先出了警局。

◦ 八 ◦

余小多的失踪搞得女儿伤心得犹如发了疯，老唐这几天在真切地感受着，仿佛他也失去了爱人似的。自从他误杀了余小多，便一直在用后者的手机跟女儿联系。余小多的手机设置了解锁密码，老唐只试了一次便成功破解，这不免让他有些感动，看来这小子对女儿的爱还挺深——他用的密码正是唐糖的生日。当然，余小多和唐糖并非与众不同之人，更何况即使那些自命不凡者一旦陷入热恋，其套路和俗人亦相差无几，老唐能猜中也在情理之中。

唐糖肯定无法接受余小多已经离开这个世界的事实，让老唐对着女儿说出实情，从心理上来说尚存在着障碍，他觉得那对女儿来说太过残忍，他只能利用余小多的身份先稳住她，再让余小多从她的生活中慢慢退出，以保证经过一个缓冲期，不会对她造成太大刺激。可唐糖没有他想的那么傻，同时她对余

35

小多又太过执着，于是导致很多意外情况让老唐有些措手不及，在他明白自己再不可能伪装下去后便一不做二不休，干脆拉黑唐糖，关掉了手机。在唐糖得知真相之前，老唐决定要尽快将身后事料理好，不能给唐糖也不能给别人留下烂摊子。

房产过户手续办完后，老唐抓紧清算了自己的其他资产，包括存款、公司股份、股票，以及各种债务，并且当机立断，以方便快捷迅速为宗旨来处理。卖掉股票，转让股权，偿还欠款，追讨他人欠自己的债务，这一切完成后，他才稍微松了一口气。但还不能完全放心，还有些事需要他亲自完成。话说回来，中国的父母普遍不可能做到放任自流，即使死了变成鬼，恐怕也要暗中观察操心着孩子的人生。老唐开了余小多的手机，结果收到唐糖的很多短信，引得他再次唱叹，看来短期内她不会放弃。要想忘掉旧爱，除了时间这剂良药外，只能依靠新欢。想到此，老唐又多了一件心事。不过得先把眼前这事办完再说。

他从通讯录里找到余小多家里的电话，记下后，再次关掉手机。老唐上街，买了新卡，换到手机里打通了余小多家里的号码。没等对方开口，老唐先确认了对方的身份，得知那个略显沧桑的声音来自余父时，老唐的声音有些发颤，但他很快调整了情绪，让自己的声音听起来更为专业。他说起了标准的普通话，声称自己是彩票兑奖处的工作人员，余小多中了奖，但无法联系到本人，便通过其工作单位找到了家里的电话，要将奖金转给家里人。大概余父也听说过类似电话诈骗的事情，起初他是有所警惕的，担心对方骗他的钱，老唐耐心解释一番后才道："你重新办一张银行卡，不要存钱，只管告诉我账号、开户行和收款人就行，奖金会直接打到里面。这有什么好担心的？你的账户里本来也没钱，又怎么会上当受骗？"余父那边沉默了片刻，然后道："好吧。"

收到余父发过来的账号信息后，老唐到银行，直接从自己的卡里转了一百万元过去，并且收好了汇款凭证。本来他只想转五十万元，也就是之前给余小多而被拒掉的那笔钱。作为分手费，五十万元自然不算少，可对于一条人命来说，就显得寒酸了，权衡一番，老唐最终转了一百万元。他害怕余家的人得知事情的真相后会依仗受害者的身份来骚扰甚至敲诈唐糖，影响女儿的生活，让她一次次痛苦，因此才想出提前补偿到位，反正凭证在手，白纸黑字，双方的名字都有。从银行出来，老唐对着灰蒙蒙的天空伸了个懒腰，接着打电话给孙敬宇。

小孙果然很忙，比约定时间晚了半个钟头才到，要不是为了女儿，老唐真不想再等下去。这家伙比之前瘦了一圈儿，也黑了，倒显得更健康，像拼事业才有的样子。老唐提前点了菜，小孙一坐下，他便示意服务员可以上了。老唐不知道他爱吃什么，只拣贵的好的，摆满一桌子。大包厢里足够坐十个人的大圆桌旁只面对面坐了他们俩，另外几把椅子全空着，这让孙敬宇觉得怪异和受宠若惊。他道："叔叔，您怎么点了这么多菜，唐糖又不来，咱俩根本吃不完。"老唐道："唐糖这几天在忙什么，你知道吗？"小孙心虚，他跟唐糖已经好久没联系了，迟疑片刻才道："我们俩都太忙，最近没怎么见面，联系得少，还真不太清楚。"老唐语重心长道："年轻人忙事业也没什么不好，但感情生活也非常重要，不要想着先把事业弄好再想感情，那时多半都晚了。你们正年轻，是谈情说爱的好时光，要好好享受，过了这时候再想有现在的心境就不可能了，那时候只会想找个合适的对象结婚生孩子。没有几年恋爱做基础的婚姻是乏味的，充满不稳定性，所以即使再忙也要抽出时间兼顾一下感情生活。听我的话，你不会吃亏的。"小孙狐疑："难道老唐发现了什么？"他只好点着头，不知如何作答。

老唐对他的反应似乎不太满意，撂下筷子直截了当地说道："说实话，你对我家唐糖有感觉吗？"

"当然有。"小孙条件反射似的脱口而出，"您怎么这么问？我对唐糖很认真的。"

"既然如此，那就加把劲儿。"老唐道，"我估计你也知道，她以前和别人好过，可能还对那小子抱有幻想，不过你放心，那家伙不会再出现啦。他一声不吭回了老家，彻底伤了我闺女的心，唐糖这几天丢了魂儿似的，我安慰她根本不管用，这时候她最需要的可不是我，你的机会来了，可你们却没有联系，你觉得作为男朋友你合格吗？"

小孙明白了老唐的意思，原来唐糖失恋了，这是要他乘虚而入追唐糖。看来老唐什么都知道了，只不过没有戳穿，想给他个台阶下。平心而论，小孙对唐糖并非完全没有感觉，而且从现实来考量，唐糖是个非常不错的结婚对象，模样虽然差了些，身材又过于丰满，可其他条件却高于别的姑娘不是一星半点儿。家里人也希望他找一个家庭条件好的女孩，不能让对方拖累了自己，若是能帮到自己则更好。想到这儿，小孙立刻对老唐表明心志道："您就放心吧，我知道该怎么做了。不瞒您说，以前我确实想过知难而退，不过您这一点拨，我算是开了窍，我会努力，保证不会让您失望。"

这孩子，怎么跟做工作报告似的。老唐心想，女儿其实不太喜欢话多的人（想想余小多的样子就能猜到），可现在也顾不得那么多，有个人总比没有强。他又嘱咐道："重要的是行动，有空了你就好好陪陪她，我相信你的能力，拿出对待工作十分之一的劲头对待她，肯定会有收获。要有心，别只做表面功夫，最后能不能走到一起，只能看你们的造化，我其实帮不上忙。"小孙继续点头。老唐道："不说了，吃菜吧。"

唐糖觉得身边的人最近都有些反常，尤其是在余小多失踪之后。首先是老唐，他不光将房产过户给了她，还将公司的股份转到了她的名下，俨然一副交代后事的姿态，就好像他预料到自己大限已到似的。难道他查出了绝症？突然想到这种可能，让唐糖不安。最近她只顾着和余小多在一起，从而忽视了老唐，尽管隔上一天也会见面，但她明白自己的全部心思都在余小多身上，根本没有注意到老唐的细微变化。她打算调查一番，趁老唐不在家时翻了翻老唐的抽屉和柜子，但并未发现确诊单或抗癌药物之类的东西。转念一想，如果老唐刻意隐瞒，这些东西必定不会让她找到。虽然尚存疑惑，可暂时也只能不了了之，因为这当口孙敬宇又来烦她了。这个人竟然主动约她去吃饭、看电影，做一些情侣之间才会做的事，被她拒绝了两次后依然锲而不舍。难不成他要来真格的？她搞不清他的真实目的，于是在他又一次邀她吃晚饭时答应了他，她倒要看看他究竟有何居心。

可一顿饭下来，孙敬宇却并无任何值得怀疑的言行，不过是聊聊工作和生活。吃饭时，给她夹菜，帮她撕掉炸鸡的皮——因为她不吃鸡皮——表现得很周到。如果非要找出疑点来，恐怕就是他询问了余小多的近况，不过这其实也说得过去。既然他决定了要追她，又知道她和余小多的关系，自然会先了解一番情敌的状况。难不成他知道余小多失踪了？唐糖觉得这极有可能，毕竟他知道余小多的公司，稍微打探就能得到情报，作为一个律师，这应该属于必备技能吧。这次见面，唐糖没有告诉他实情，谎称她和余小多相处得还像以前一样好。孙敬宇也没有多问，只是越来越频繁地邀请她出来吃饭或者干别的事情。唐糖并没有太过抗拒，余小多的事压在她心头，其实她很需要找个人放松一下。她对孙敬宇并不反感，高中时甚至暗恋过他，因此渐渐地，对他也没了戒心。两个人在一起时都不再提起余小多，仿佛这个人已经出局了。唐糖相信，再这样下去，她和孙敬宇确定关系是迟早的事。他向她表示过几次要进一步发展的意思，可每次她都装傻，在余小多失踪这件事没搞清楚之前，她没心思做感情上的某些决定，这样不管是对自己还是对孙敬宇都显得不负责任。

◦ 九 ◦

新的产权证到手的那一天，老唐告诉唐糖要早点儿回家。唐糖刚一进门，老唐正把汤往桌上端。桌上已摆满凉菜和热菜，都是唐糖爱吃的。怎么回事？又不是她或者老唐的生日，准备这么好的饭菜干吗？唐糖问："怎么做了这么多好吃的？有什么值得高兴的事儿吗？"老唐笑眯眯地看着她说："能给宝贝女儿做饭，和咱家糖豆一块儿吃饭，对我来说就是世上最开心的事。"唐糖道："那还不容易？就算以后嫁人了照样可以啊！"老唐叹道："感觉不一样，女儿有了老公就不会对爸爸像小时候那么亲啦，快坐下。"唐糖洗手时，顺便用冷水抹了一把脸，她觉得老唐今晚一定是有什么重要的话要说。

没什么胃口，可为了让老唐高兴，她还是尽量多吃，还陪他一起喝了红酒。老唐喝得比她多，不时给她夹菜，每次夹菜还顺带回忆一些关于这道菜的往事，像极了日本电视剧《深夜食堂》的情景。比如那道红烧肉，自从记事起，唐糖就知道自己不吃肥肉，每次吃红烧肉都会把瘦的咬下来吃掉，肥的则丢到老唐碗里。但据老唐说，她在四岁之前特别爱吃肥肉，往往还没嚼几口便囫囵咽下。四岁那年冬天，唐糖得了重感冒，打针吃药输液，反反复复将近一个月才彻底好了。大病初愈，老唐问女儿想吃什么，唐糖只说了一个字：肉。于是老唐几乎顿顿都给她做红烧肉，中午吃了晚上还吃，连续一个多星期终于把唐糖吃伤了，不光闻不得肥肉味儿，就连看也不想看。直到现在，肥肉仍然是唐糖最讨厌的食物之一。

老唐喝得稍微高了，大着舌头絮絮叨叨讲着唐糖的小时候，大部分事情唐糖都记得，因为老唐不只讲过一遍。每每触景生情老唐就会提起，每次都津津有味，就像那些歌手唱起自己的成名作时一样感情充沛，仿佛烂熟于心，却自以为是第一次开口。看来，老唐也老了。唐糖有一搭没一搭地听着，顺便收拾桌子。等她洗完盘子碗后，老唐已经躺在沙发上打起了呼噜。她弄不动老唐，也不想叫醒他，便拿了被子给老唐盖上。她习惯性地拨打余小多的手机号，每天她都要坚持拨打几次，她还没有放弃。自然像以前一样提示关机，放下手机，她先去洗了澡。接着回到房间，准备睡觉。

睡不着，睡不沉，翻来覆去，就像地震发生前的某些动物一样烦躁不安。迷迷糊糊中，唐糖听见客厅有动静，接着卫生间传来水声，想是老唐酒醒后在洗漱。等到老唐卧室的门响后，唐糖猜他应该是进了房间。拉开窗帘一角，窗外是一轮明月。唐糖干脆下床，穿上棉拖，轻轻拉开门，去了客厅。果然，老唐不在沙发上。窗帘没拉，银蓝色的月光如深海的水一般浸入了多半个客厅。她站在窗前，望着月亮，耳畔传来一阵轻微的噪声，听起来像是冰箱这种电器发出来的。应该不是幻听，虽说最近她有些神经衰弱。这冰箱是年初才换的，难不成又出了毛病？这声音让她好奇，便进了厨房，她站在冰箱旁聆听，却发现错怪了它。她再次竖起耳朵辨识，才发现声源所在——那间已经多年未用的卧室。

轻轻转动锁扣，门便开了。这间卧室朝北，窗帘拉着，里面漆黑，只见插线板上的红灯犹如鬼怪的眼睛一样亮着——原来那噪声来自那台老冰柜。早就不用了，干吗又连上电？唐糖想，肯定是老唐无意中插的，却忘了拔掉。她开了灯，本想拔掉电源就离开，却见冰柜里有东西，好像是一些旧衣物。怎么把衣服放冰柜里啊？老唐脑筋错乱吗？她推开冰柜的透明门，将衣物往外拿，在她拿到第三件时，看见了一张脸。尽管双眼紧闭，脸色瘀清，嘴唇苍白，眉毛和头发上结了霜，她还是一下子就认出来这就是她朝思暮想心心念念的余小多。

　　唐糖猝不及防地惊叫半声，连连后退，后半声硬被她咽了回去。她浑身颤抖，一遍又一遍深呼吸，想努力让自己镇静，可除了没有继续出声外，她整个人像软体动物似的瘫在地上，愣怔着。许久，她才艰难地立起来，再次走近冰柜，壮着胆子把脸凑近——没错，就是余小多。电源才拔掉没多久，冷气围着她的脸，可她一点儿都不觉得冷，因为心早已结冰。唐糖拿出所有用来遮掩的旧衣物，抱住余小多的腰，费了很大劲才把他拽出来。她把他搂在怀里，发现他的伤口在喉结处，这让她想起一剑封喉那个成语。她抚摸着他的脸，忍不住的泪水像在给他洗脸似的。渐渐解冻后，余小多的身体慢慢变软，脸色也好看了一些，可是他没有呼吸，没有脉搏，那双眼睛再也不会睁开……

　　也不知过了多久，唐糖才发觉身后站了人。不会是别人，除了老唐这个凶手外，还能是谁呢？唐糖放下心爱之人的遗体，站起来，转过身怒视着老唐。如同发疯的野兽，她挥舞双拳用尽全身力气捶着老唐的胸口，直到胳膊抬不起来。接着用脑袋撞击老唐，嘴里不住地哭喊着"为什么？为什么？"……老唐像木头一样，任凭女儿发泄，一句话不说，直到她扑在自己的怀里才抱住她，轻轻拍着她那由于抽泣而颤抖的肩膀。见唐糖

消停了，老唐才开口："对不起，对不起，我也不想这样，我只是想吓唬吓唬他，没想到……""为什么不送医院？"唐糖从他怀里挣脱，打断老唐道，"为什么不救他？你不用辩解，就是故意的，你就是杀人犯，杀人犯！我要报警，你要给他偿命！"说着，唐糖转身跑了出去，去找手机。

老唐跟在她身后，她以为他要阻止她，可是并没有。抓起手机，摁下了"1""1""0"三个数字后，她迟疑了，没有勇气摁下拨出键。老唐站在她身后说："打吧，一了百了，反正该做的事我基本上都做完了，只要你不可能再跟他结婚，我搭上老命也值得。"

事情为什么会变成这个样子呢？唐糖觉得自己要崩溃了，她扔掉手机，坐在地上抱着头，眼泪再次汹涌而出。老唐木然地看了她一会儿，便坐到客厅的沙发上一支接一支地抽烟。抽了得有七八支后，唐糖坐到了他身旁，搂着他说："得把他扔远点儿。"

老唐诧异地注视着女儿泪光闪闪的眼睛。她又道："我不想失去一个爱人，再赔上一个爸。"

老唐摇着头道："不行，早晚都会查出来，不能连累你，我早想好了，明天就去自首。"

唐糖的手搂得更紧了："不，我不怕，反正活着也没什么意思。"

"你不能这么想！"老唐悠悠地说，"你得好好享受人生。"

她道："他都死了，我还有什么人生可言？"唐糖那哀怨的口吻中带着几许负气成分。

老唐扭头看着她道："你不好好活着，就对不起他的死，也对不起我搭上一条命。"

唐糖没作声，她好像体会到了人为什么会失语。

43

老唐又交代："今天产权证已经下来了，股份也转到了你名下，其他资产也都折了现，连同我所有的存款存了新办的两张卡里，用你的身份证开的户，密码是你生日。银行卡和一些其他值钱的玩意儿都在你床下的盒子里，就是小时候装零食的那个机器猫图案的铁盒。股份的事以后如果出现问题，你就找你舅，他会帮你搞定。另外，我还给余小多家转了一百万元过去，就当作补偿吧，凭证也在盒子里，你要留好，以后可能会用到。最好不要和余家的人产生任何瓜葛，人心叵测呀。"

唐糖深吸一口气，又慢慢吐出来道："您觉得这一切值得吗？就一点儿都不后悔吗？"

老唐道："说实话，我有一点儿后悔，但一想到你再也不可能跟那个穷光蛋结婚，不会受苦受累过日子，我就觉得欣慰，觉得值。"他的语气中透着自豪，像为真理而就义的英雄。

唐糖冷冰冰地质问："世界上那么多穷人，难道都不配追求爱情，都该死吗？"

"他们有追求的自由，"老唐道，"但他不该招惹你，他应该找和他差不多的，比如服务员、售货员之类的，而不是你这种白领。门当户对永远都不会过时，如果我不拦着你们，即使能走到结婚这一步，你们也不会幸福，迟早会离婚。不管怎么做，我都是为了你好。"

还是那套话，唐糖已不想再和他争辩，即使一条人命，也难以改变他的想法啊！她歪头看向窗外，竟然能看见月亮，它一脸严肃，躲在角落里窥视着人间，看上去和十年前百年前似乎没什么不一样。

明天，明天会是什么样？唐糖不敢去想……

河东河西

◦ 一 ◦

成年以后，更为准确地说是从国外生活的第二个年头儿开始，周岁延半夜睡不着时经常会想起儿时奶奶给他们兄弟姐妹讲过的一个故事。究其原因，多半是由于奶奶去世时他正在国外镀金，没能参加她的葬礼送她最后一程。四个兄弟姐妹中，奶奶最疼他这个长孙，简直到了偏心的地步。周岁延懂事以后就盼着赶紧工作赚钱，并暗自祈祷奶奶健康长寿，好让他有机会孝敬她。可人长大后便身不由己，周岁延在国内上完本科后去了巴黎留学，奶奶饶是活到八十六岁，也没能等到他工作赚钱。倒是老太太不怎么看重的没有周岁延学习好、连高中都没上便进入社会的两个孙女和小孙子，既给她买吃的穿的，又在她弥留之际陪在身边，葬礼上还为她披麻戴孝，守灵烧纸，扎扎实实尽了贤孙的本分。

遗憾让周岁延对奶奶的缅怀之情又加深一层，除了会梦见小时候和她一起生活的片段外，每当失眠时，眼前就会浮现出冬日里和两个妹妹一个弟弟盘腿坐在热炕头上听奶奶讲故事，以及爷爷抱着狸花猫听评书、抽旱烟的温馨画面。奶奶没上过学，斗大的字不识一箩筐，但她的故事一个接一个。随着岁月的流逝，那些故事在周岁延的记忆中只剩下零星的言辞和陈年气息，但有一个，从头到尾他都记得很清晰，就像昨天奶奶才讲过。

从前，有哥俩，老大敦厚老实，勤劳肯干；老二机灵乖巧，好逸恶劳。老二生就一张巧嘴，用甜言蜜语将父母哄得很是受用。而老大拙嘴笨舌，只知一味傻干，功劳被弟弟抢走也不晓得，或是知道但不在乎。老二娶了个老婆，亦是奸诈狡猾；老大则一直没有娶亲。父母相继归西，不多的家产几乎全被老二霸占，老大只得了一间茅屋。老大每天上山砍柴，日子过得清苦。一日，砍柴时，他救下一只受伤的大雁，岂料这只大雁会说人话，为报答救命之恩，送了一只箩筐给老大，并嘱咐他一番话。老大依言行事，在黄昏时分将箩筐挂到指定的树上，念两遍"南来的雁，北往的雁，往我箩筐下俩蛋"便回了家。等到次日早上再去看，果然满满一筐蛋。老大将蛋卖掉，贴补家用。老二夫妻俩坐吃山空，眼见老大过得不错，媳妇便让老二探个究竟。老二来找老大，老大一五一十说了，并把箩筐借给老二。老二照老大说的去做，次日清晨满怀期待去看时，筐子里却装满了大雁的粪便。

故事并无稀奇之处，之所以对此印象深刻，周岁延觉得那是因为故事中的兄弟俩与他和堂弟周岁鸿的情况类似。他就像老大，仿佛锯了嘴的葫芦。而小他两岁的周岁鸿虽说不上巧舌如簧，却见人说人话见鬼说鬼话，甚至能为了达到目的而假意逢迎。爷爷很喜欢堂弟的机灵劲儿，堂弟每次说话都能把他哄得眉开眼笑。奶奶则更喜欢周岁延，她认为过日子需要踏实本分，靠本事吃饭，而非狗掀门帘——全凭一张嘴就可以。兄弟俩还没有上学时，在亲戚们的眼里，周岁鸿远比周岁延出彩，后者也曾获得过些许赞美，但不外乎"老实""善良""仁义"这类听起来像好话，细品却不是滋味的内涵之言。稍微懂事后，周岁延更体味到这不过是"窝囊""废物"的委婉表达。因此，每当有人再这么说，他便垂头瞪着眼珠子看着地面，像在发泄愤恨；每当别人夸奖堂弟时，他也会跟着笑笑，心里酸酸地想：你们就捧他吧，最好把他捧上天，总有一天他会忘乎所以，乃至闯下大祸。

  上学后，周岁延的优势愈发明显，尤其是等到周岁鸿进了学校两相对比后，前者的光芒如夜空的一颗恒星，闪耀在小村庄的上空，照亮了小镇，几乎闪瞎了那些以前曾忽略他或是看不上他的亲戚朋友。为此，奶奶也着实跟着他扬眉吐气，逢人便道："我早看出来这孩子有能耐，他心里啥都明白，就是不屑说。"简而言之，让周岁延大放异彩的不是别的，只是功课，是从家长到老师都看重的成绩。从小学到初中，每次考试他都能名列前茅，并在县里市里的竞赛中拿到不错的名次，奖状贴满了一面墙。五年级时，奶奶送了他一支金笔，笔尖用金、银、铜合金制成，耐磨、绵软、弹性强，价格比普通钢笔贵了好多倍。给他这支钢笔时，亲妹、堂妹和周岁鸿都在旁边，奶奶说："只要你们学习好，我也给你们买。"但另外三个人皆成绩平平，没有人能盖过周岁延。金笔他只用过几次，便收了起来，后来怎么找都找不到，为此伤心很久。

  上到初中后，不管哪类考试，每次周岁延都稳拿第一，且甩出第二名好几十分。老师们惊叹不已，期望着他能为这所没什么口碑的镇中争光。但周岁延在初二下半年便转了学，这是父亲经过慎重考虑之后做出的决定。周岁延的父亲本在县城交通局上班，也曾想过在县城安家，可户口和财力都不允许。周岁延上初二时，父亲小小地升了级，从科员转去做会计，于是为了儿子着想，他稍微走了后门，办妥户口，又借了些钱，在县城买了地，盖了房子。周岁延转到县二中上学，高中则考上了最好的县一中。虽然离开了镇中，但很长一段时间里，他一直是那里的传说。

周岁鸿在中心小学和镇中的知名度和堂哥不相上下，不过，他是"坏"得出了名。三年级之前，兴许是年纪小，尚没多么顽劣，表现既不突出也不算太糟。学习中不溜，没得过任何奖励，倒也没有不及格或留级。五年级开始，黄土坎村的孩子们一律进入高庄子中心小学，这里汇集了临溪镇西部九个村子的五六年级学生，周岁鸿在这里迅速变"坏"。他开始逃学，拉帮结伙，打架斗殴，勾搭漂亮女生，扎老师的车胎，半路上劫家里有钱的或是学习好的学生，朝他们要钱或单纯进行羞辱。周岁鸿长得不高，人黑黑的，脸圆圆的，眼睛小小的，乍看有点儿狡黠和可爱，谁也没想到只用了一个多学期，他就成了学校的霸王，连那些发育早的大个子也对他言听计从，甚至一些老师提起他也觉得头疼。

他在中心小学叱咤风云时，堂哥已在镇中一鸣惊人，此时俩人基本已无交集，只偶尔在回家路上碰见。周岁鸿的混混形象是周岁延当时顶瞧不上的，他以堂弟为耻，不高兴别人知道他们的关系，因此即使遇见，也不会打招呼。但有一次，他不得不面对。那是个冬天的傍晚，周岁延值日，平时跟他一起走的两个伙伴没有等他，他只能独自回家。过了高庄子，到兰泉河大桥时，天色已晚，日头只剩半个，眼看着往黑暗里坠。有个很陡的坡，周岁延下了车子，才推上来，就有几个人骑着自行车将他围拢。为首的一开口，他便听了出来，是隔壁班的陈冬冬，家就住在高庄子，五六年级时两个人曾同班。他质问："知道哪儿做错了吗？"周岁延摇摇头，他并不知哪里得罪了对方，他觉得他们俩属于井水不犯河水的状态。一个人道："给你提个醒儿，昨天上学你跟谁一起走的？"周岁延想起来了，昨天半路上遇见了本班的女同学李玲儿——难道传闻是真的？李玲儿真的和陈冬冬在恋爱？

"离我们老大的女人远点儿！"一个人学着电影里黑帮马仔的语气道。

周岁延忍不住笑出了声，心想这些人真够幼稚的，便道："知道了，以后不会再搭理她。"

"你笑啥笑？"陈冬冬不高兴道，"她是不是喜欢你？"

"我哪儿知道？"周岁延道，"你去问她呗，真是岂有此理，老鹰不管管起小鸡来了！"

"再唧歪一句试试！"陈冬冬不太懂周岁延的比喻，只当他在骂自己，便朝他胸口推了一把。其他人好像早就看周岁延不顺眼，等着这一刻似的，很多只手朝他推搡过来。他气不过道："一帮傻逼。"这句话让这伙人下手更狠，直接推倒他的车子，踩踏他的书包，拽他的衣领，让他吃了几个脖儿搂和耳刮子。周岁延缩着脑袋，不再言语，心想好汉不吃眼前亏。忽然，一声呵斥传来，这伙人全住了手。说话的正是周岁鸿，他道："干吗呢？欺负老实人算啥本事？有种朝我来！"天已黑了，周岁延看不清周岁鸿的表情，只见后者神气地昂着头，在他身后还有三五个人。

陈冬冬道："你谁啊？敢来多管闲事？"

"连你周大爷的声音都听不出来？还在江湖上混？"

陈冬冬嗫嚅着："周岁鸿？"

后面有人道："我们周爷的名字也是你随便叫的？"

陈冬冬的口气顿时软下来，却又不想当着这么多人丢面子，他讪讪地解释道："我们没有欺负他，就问件事。"周岁鸿道："我看见的可不是这样，书包谁弄的？车子怎么倒了？"陈冬冬连忙让跟着他的人把车子扶起来，拣起书包，又拴牢在后座。

"去，跟我哥道个歉。"周岁鸿道。

陈冬冬迟疑着，到底还是走到周岁延面前说了一声"对不起"。

周岁鸿道："有烟吗？"

陈冬冬赶紧掏出半盒，周岁鸿拿到鼻子前闻了闻，不屑道："你就抽这个？"

"下次有好的再给你，这次真没带。"陈冬冬道。

周岁鸿熟练地点了一支，随后朝周岁延道："哥，你要不要还上？他们打了你几下？"

这不堪的一幕居然被周岁鸿撞见，真叫周岁延无地自容，他道："算了，我回去了。"经过堂弟身边时，周岁延道："别告诉家里人，免得他们担心。"周岁鸿道："明白，你慢点儿骑。"

当时，周岁延还担心堂弟万一哪天不小心说漏了嘴，那家人亲戚又会怎么看他？原来他只是个成绩好的懦夫？竟然需要自己的弟弟罩着？如此担心一阵，却始终风平浪静，陈冬冬等人也再没找过他的麻烦。事隔多年，想必周岁鸿早忘了吧。周岁延却记得，每每想起，还是略觉不堪，像是揭了伤疤。

◦ 二 ◦

一条兰泉河将黄土坎村分为东西两部分，周岁延家住河东，周岁鸿家住河西，奶奶和爷爷的房子也在河西。周岁延的爸爸是老大，周岁鸿的爸爸是老二。周岁延有个妹妹，周岁鸿有个姐姐。周岁鸿的姐姐和周岁延同岁，较之晚生十天。周岁鸿比周岁延的妹妹大两岁。周岁延的爸爸在县交通局工作，后调到市里；周岁鸿的爸爸是个农民，除了种地，还开了豆腐坊，养了几头猪。周岁延特别喜欢叔叔家的豆腐，一点儿假都不掺，滴上酱油或撒些盐就能吃得唇齿留香，秋冬时节还能喝到热乎乎的豆浆、吃到豆腐脑儿。

早先，河东并无人居住。自20世纪80年代以后，村里的年轻人，也就是周岁延父亲那一代逐渐成家立业，填平河东坑洼之地，靠一己之力盖了红砖灰瓦的新房。因此河东没有老房子，一水儿大瓦房，且规划整齐，高低大小院落布局皆雷同，街道也是笔直的。河西住的多是老人，房子旧的居多，街道曲里拐弯，还有很多死胡同。周岁鸿家住的房子便是多年前爷爷奶奶家盖的，房矮，窗小，房顶铺着小黑瓦，瓦缝里生着野草，堂屋的地没有抹水泥，只砌了红砖。直到周岁延家搬到城里后，他家的房子便宜卖给了叔叔家，周岁鸿一家才住进大房子。

周岁延的父母都是高中毕业，在村里算得上高学历，加之周岁延的爸爸吃商品粮，因此格外受到村里人崇敬，就连村长和书记也高看他一眼。别人家的孩子都是八岁才上一年级，周岁延七岁时便进了学校，村里唯一的民办教师每次见到周岁延的父母都要夸周岁延聪明懂事。后来他的妹妹满七岁时也破例进了学校。老师说，哥哥那么聪明，妹子肯定也差不了。岂料这话言之过早，周岁延的妹妹勉强上完初中后进了县城的职教中心，毕业后工作过几年，婚后则专心当起家庭主妇，相夫教子。

起初搬离黄土坎村，住到县城后，周岁延难以适应。他不喜欢喧闹的马路上车来车往，不喜欢学校里富贵人家孩子的趾高气扬，不喜欢周围都是陌生人，见面连句话都不说。他怀念安静、自由、广阔、充满青草香的兰泉河畔，怀念镇里学生们没见过世面的淳朴面孔，怀念亲戚伙伴，甚至怀念乡邻间碰头就会问一句"吃了吗？"的热乎劲儿——尽管他很少主动问候。

人挪活树挪死。其实树只要连根拔起，侍弄好了一样活得好好的，因此更别说人了。环境这东西，只要时间足够，就会成为习惯，并从中找到乐趣，毕竟生命那么长，无聊的时间那么多。没用上半年，周岁延发现了县城的好：相对乡镇来说，这里的物质可谓极大丰富。虽然那时候县城里连肯德基店都没有，高楼也不过就那数得过来的几栋，但对周岁延而言，书店、影院、商场、公园和其他娱乐场所已叫他物质方面和精神方面都得到了充足的慰藉。而且，学校里各种各样的人也让他见了世面，拓宽了视野，影响了他之前尚未成形的人生观。不知不觉中，他变得越来越像县城里的人，老家的人和生活渐渐远去，愈发相见不如怀念。

县城距离黄土坎村说不上远，不过五六十里地。可当年交通不便，只有镇里到县上才是柏油路，村里到镇上多是土道。从镇上到县里的班车一天才两趟，且人满为患。周岁延一家搬进新家时，按照风俗要"添宅"，只那一次，爷爷奶奶和其他亲戚全来了，占满了客厅，连卧室厨房里都是人。周岁鸿的爸爸赶着毛驴车将父母载到镇上，车上垫着去年收获的玉米秸，既减轻颠簸，又是毛驴的口粮。其他亲戚则骑着自行车到镇上，然后一大家子人挤上汽车，那些给周岁延家带的鸡蛋几乎全被挤碎了。后来，爷爷奶奶就再也没去过周岁延家，他们禁不起折腾。寒暑假时，周岁延会跟着父母回老家，他和妹妹会在老家住上一段时间。更多的时候，其他亲戚会来城里看他们，其中来得最勤快的当数周岁鸿和叔叔。

印象最深的一次是周岁延高二时秋天的某个周末，叔叔带着堂弟毫无征兆地出现在家门口。敲门时不过上午八点多，原来他们是大清早出发，骑摩托车来的。周岁延还在睡懒觉，被吵醒的他对这两个不速之客表现出明显的冷淡，母亲的脸色也不大好看，只有妹妹和父亲还算热情。听说他们还没吃早饭，父亲便让母亲多煮几个鸡蛋，并去外面买了油条和包子。在厨房里，母亲低声叮嘱周岁延和妹妹，让他们把零食藏好，别放在明面上。周岁延明白母亲的意思，却没有行动，那样做太明显了，肯定会伤害叔叔和堂弟。饭桌上放着叔叔带来的豆腐，下面堆着这一季新收的各种粮食，有花生、红薯、红小豆、绿豆，还有南瓜、冬瓜等菜蔬。母亲瞥了一眼，不屑道："这是卖给咱们的。"当时周岁延没太懂这句话，后来他才明白母亲这么说是因为每次叔叔来串门，临走时父亲都会塞给他几百块钱。而这次，叔叔来的主要目的是跟父亲借钱，他要给周岁鸿买一辆车。

几个人吃了一顿不尴不尬的饭，食物和房间内的温暖空气让周岁鸿和叔叔的脸色恢复正常，被秋日晨风吹出的高原红消失了。周岁鸿也不再畏畏缩缩，变得稍微活泛，偶尔还跟周岁延或他妹聊两句家常。他跟周岁延说话的腔调让后者本来便已存在的距离感又增加一层，叫他想起闰土多年后管迅哥叫的那一声"老爷"。当然，这很可能是周岁延过于敏感，兄弟俩分开才不过三年多，中间也有见面，又不是封建社会，即使生疏，也不太可能那么严重。可怎么说呢？反正老家的亲戚们一旦束手束脚坐在客厅里，周岁延就感觉那里的空气僵硬了，冷却了。他不由自主地用一种居高临下的眼光审视着他们，既非怜悯，也说不上讨厌，只是觉得他们不该出现在这里，仿佛入侵了他的生活，影响了他的情绪。他们已经不是一类人了，之前一起度过的那些时光一去不复返了，感情淡了，他们中间隔着很深的沟壑。周岁延即使想跨越，也无能为力，何况他不想也不善于虚伪地应酬。

几句闲话后，叔叔聊起此行的主要目的。原来周岁鸿被退学了。

"怎么搞的？"爸爸看了一眼侄子，不等叔叔往下说，便问，"他又闯祸了？"

"唉！"叔叔叹气道，"这孩子，真不省心，本想让他混个初中毕业证，实在没事干就当兵，锻炼几年，回来结婚，谁承想还不到一年就要毕业了,他居然跟老师动手,把人家打了。"

"她先打我的！"周岁鸿立马分辩道，"她冤枉我，下手还重，我干吗跟她客气！"

"人家是老师，是长辈，还是个女的，再怎么着，你也不该还手！"叔叔道，"给她打两下怕啥？能少块肉？你就不能忍忍？我不指望你像你大哥学习那么好,至少别给我惹麻烦！"

周岁鸿瘪着嘴没再言语，朝堂哥瞟了一眼。后者迟疑片刻，道："老师打学生也不对。"

"她就是故意找碴儿，看我不顺眼。"周岁鸿像是找到了靠山，感激地望着周岁延。

"谁让你整天偷鸡摸狗不学好。"叔叔道，"大侄子，你甭替他说话，这孩子再不管真要废了。"

"后来怎么解决的？"爸爸问。

"校长把我叫到学校，老师去医院检查、拍片子的钱我出了，那老师年纪不大，好像刚从师范毕业。"叔叔笑道，"那面相也不是省油的灯，我先是说了不少好话，可听校长那意思，非得把周岁鸿抠出去不可，我心一横，就没再客气，骂了他们一通，拉上儿子走了。"

"你们没看到,我爸当时真叫'帅呆了'!"周岁鸿来了精神,忍不住道。

"小兔崽子!还不是为了你。"叔叔道,"这辈子我都没丢过那么大的脸。"

"太便宜学校了。"周岁延道,"这事儿真要闹开,学校的责任应该更大。"

"哪儿有工夫跟他们耗。"叔叔道,"算了,反正他不是念书的料,趁早该干啥干啥。"

大家为此笑笑,气氛因此而短暂活跃。周岁延的父亲问兄弟接下来有啥打算。叔叔道:"他没啥一技之长,从小就喜欢车,打算让他开出租,本子拿到手了,寻思着先给他买个二手的,但他非要新的,说是好拉生意,看了看,少说也要五六万元,我手头拿不出这么多——"

"差多少?"爸爸打断叔叔的话。

"看你方便。"叔叔红着脸道,"五万元不嫌多,一万元不嫌少。大妹二妹那儿借不到多少,他妈那边的亲戚更指望不上,全靠你了。"

周岁延的妈妈一直在饭厅,和客厅只隔着一道推拉门。这道门除了晚上睡觉时关着,其他时候等于不存在,因此,客厅里的话她听得真切。此刻,丈夫朝她喊:"那张存折上有多少?"她并不进来,身子倚着门框,眉头攒成一座小山道:"那张存的定期,儿子明年考大学,那是给他存的学费,你忘啦?"

"不是还有别的吗?"

"别的都是零碎钱。现在不比从前,煤气要钱,水要钱,米面要钱,连炝锅的葱花都得买,你一个月就那点儿死工资,能剩多少?"

"干吗说这些！"爸爸摆出当家的架势和口吻道，"把定期找出来，赶紧，又没多少利息。"

"嫂子，你放心。"叔叔道，"明年麦秋之前，我起码能卖出三窝猪。"

妈妈拉着脸回房间取了存折，丢给爸爸。随后朝小叔子道："他叔，你别怪我，我向来有话直说，不像你哥，他是不当家不知柴米贵，心里没个算计，凡是亲戚们来了，叫几声哥，他就绷不住了，每回都不让人家白张嘴，你说你又不是大官，充那个胖子干啥？他的工资要不是我管着，这点儿钱也存不下，等到用钱了，又要埋怨我不会过日子。"

"是啊，我知道，一家有一家的难处。"叔叔道，"嫂子别担心，我保证不耽误大侄子用钱，这可是咱们老周家第一个大学生，也是咱们村第一个，说出去我脸上也有光啊！"

妈妈叹口气道："你明白就好。"

爸爸去了趟银行，取了三万块。叔叔带上钱就和周岁鸿回去了，午饭也没吃，说是下午种秋麦，还有两亩地黄豆要趁响晴的天儿收上来。爸爸妈妈便没再多留，一家四口送这对父子到门口，周岁鸿骑摩托，叔叔坐在后面抱着装了钱的书包。突突一阵响，冒出一溜烟儿，摩托车很快消失在拐角处。

◦ 三 ◦

转年麦秋时节，周岁延考上了杭州一所大学的法律专业。其实，这并非他的第一志愿，但他不想复读，他认为再来一遍也不见得就比这次考得好。自从转学，尤其是进了高中后，他逐渐意识到"山外有山，人外有人"，之前在小镇创造的辉煌只是因为那里的学生素质本来就低，才显得他水平似乎高了些。

可进到县一中的全是尖子生，他已没有任何优势，当排名始终徘徊在第九十名左右，任凭他再怎么努力也没有挤进过前80名时，他便意识到自己的能力以前被高估了。别人高估，他自己也跟着高估，其实他的智力和天赋只够做一个还不错的普通人。普通人也许没有什么不好，这个世界上绝大部分都是普通人，可又有几个心甘情愿呢？如果给普通人下个定义，他认为应该是因为没有实现理想才不得已退而求其次的人。不出意外的话，大学毕业后，就像父母期望的那样，找个还算过得去的工作谋生，然后娶妻生子，湮没在芸芸众生之中。一想到这儿，他便对尚未开始的大学生活失去了兴趣，仿佛面对一部提前知道了凶手的推理电影，提不起半点儿兴致。

如果对世上诸多不了解的事物想当然地发表意见和看法，那么总有某个时刻会愧悔，假如没有，那这个人便没救了，连上帝都不给他救赎的机会，让他至死活在盲点和局限中。周岁延认为：一个人的成长就是不断意识到以前的自己有多么无知和幼稚，这世上存在的任何事物都具其合理性和价值，都值得了解，甚至体验一番。如果不是上大学，他很难看到更广阔的世界，也就不可能有进一步完善和提高自己的认知和追求，也就不会想到去留学。长出"留学"这棵草，固然与前人的经验有关，但肯定不是简单的东施效颦。从大二开始，周岁延暑假就没回过家，而是找地方打工，起初只能找一些和专业无关的事，但也能管中窥豹，对现实社会有些微观的感受。到了大四实习时，他进了一家律所做助理，便是这段经历，让他下定决心要继续深造，出去看看，因为他觉得他不适合过早工作，他不屑于与三教九流打交道，削尖脑袋争得一杯羹。

首先，他自觉性格不适合。人也是动物，再高级也高级不到哪里去，尤其到了社会上，动物性便会或主动或被动地放大，成为主宰个人命运的主要因素。既然是动物，就有强有弱，有食草和吃肉之分。周岁延早早看清了自己，除了在考试成绩上能和人争一争，其他事情上一点儿竞争力都没有，况且他也没有这种欲念，他喜欢与世无争的生活，他不想伤害别人，也不想别人打扰自己。潜规则对他而言太可怕，让他把握不住并且厌烦至极，从而想逃得远远的。可分数一目了然，多就是多，少就是少，永远公平着，他喜欢靠分数证明自己。但人不能永远活在象牙塔里，总得与外界打交道，好在还有钻研学术这种职业，否则周岁延真要绝望了。然而，国内的学术环境他觉得并不纯粹，起码不是他想要的那种。

其次，那段实习生活所接触到的律师圈子和他之前所想象的律政界大相径庭，这也是他选择留学的一个重要因素。本来，他以为工作是有意义的，起码对别人有帮助，体现出一点儿人生价值。可到头来，他发现天底下所有工作的本质不过是为了谋生，终极目的只有名和利，名其实也是为了转化成更大的利。三百六十行，行行为赚钱，律师亦不例外，甚至因为知法懂法，反而更能钻空子谋财取利。他做不了违心的事，违心的话说了都脸红，只想实事求是，怎么可能成为合格的律师呢？人情社会里，没有关系休想扬名立万，没有圆融的交际能力更别想如鱼得水，他注定无法取得世俗的成功。再者，当律师，过几年再跟合伙人开律所也不是他想要的。因此他决定留学，考研，并换了专业——社会学。

经过一番努力，周岁延考取了巴黎的一所大学。之前，他跟父母商量过留学的事，他担心家里负担不起费用，因先要过去学一年语言，之后才是正式课程，学完下来要三年，每年花费再省也得十五万元左右。父母起初不同意，怕他出去就不想回来，他们希望儿子能在身边，至少也得在国内。其时，周岁延的父亲已调到了市里的交通局，县城的房子早卖了，一家人住在路南区的郁花园小区。妹妹正在谈恋爱，在周岁延去巴黎之前，她结了婚，对方是个公务员，也在交通局上班。周岁延以为家里怕花钱，便说如果不行，那就再考，争取奖学金。父母思来想去，决定答应他，真让他再考的话，那不定要蹉跎几年，结婚更没时候了，还是早点儿把他送出去，也好早点儿回来过稳定的日子。这几年，父亲手里有了点儿权，多少谋了些私利，本以为可以养老用，岂料全搭在了周岁延身上，为法兰西的教育事业添砖加瓦。

因课程安排紧张，周岁延的三年留学生活几乎全部交给了书本，连出去旅行都很少，只在巴黎周边和同学们逛过几次，当然，那也是因为他没有更多的欧元。第一年，他住在学生公寓，空间小，厨房公用，做饭很不方便。他是需要做饭的，法国菜吃不惯，中餐馆的也不对胃口。第二年，他搬了出去，和一个同学合租。这位同学和他同省不同市，家里开旅行社，主营欧洲路线，不差钱，自己租了一套两居室的公寓，在周岁延住进之前，那间朝西的小卧室已空了好几个月。同学来巴黎五年了，其间换过好几个学校，只有这一个有望读下来。每周总有两三个晚上，同学夜不归宿，这倒让周岁延更能清静地学习。但只要回来就会带女人，一般都是留学生，且不挑食，有国内的、日本的，有几次甚至是印度的或东南亚的。

周岁延按时起床，做早餐，前一晚回来的女人往往会跟着共享，她们都说好吃。有一次，一个国内的女生甚至说有家乡的味道，之后便和周岁延聊了两句家常。女生问："你有女朋友吗？"同学替周岁延回答："自从我认识他，就没见过他跟女的亲密过——咦？"同学发出阴阳怪气的语气道，"你不会是 Gay（同性恋）吧？"周岁延脸一红。女生道："放心，大方承认，没人歧视你。"他摇头道："真不是，我就想毕业后再结婚。"同学道："你这么老派，干吗还出国？"女生问："毕业后你准备回国？"周岁延道："不一定，我想在这儿找工作，找不到再说。"同学道："那要看你找什么工作，实在不行跟我去做导游，也能混饭吃，总比回去自由。"周岁延觉得不至于沦落至此，没想到同学竟然一语成谶。

毕业后，签证眼看着到期，再找不到工作只能回国。周岁延不想回，三年的时间不足以让他爱上这里，但他已习惯了这里由于人生地不熟而带来的冷漠和疏离感，让他觉得无拘无束，连呼吸都是自由的，无牵无挂，就算死了也不可怕。回老家，即便是市里，又能有什么发展？去北上广？不，还不如留在这儿，等到年头儿一够便申请移民。然而，合适的工作不那么容易找，社会学这个专业本身就很难找到对口的，加之他有些高不成低不就，又是外来人口，导致他短期内竟连骑驴找马的驴都没能找到。最后，权宜之计，他只好跟着同学去做导游。

大部分旅游团在巴黎停留两三天，然后前往下一个申根公约国。巴黎圣母院、卢浮宫、埃菲尔铁塔、凯旋门这些是必游景点，像香榭丽舍大道、先贤祠、圣心教堂、红磨坊以及塞纳河游船等则视情况而定，选择其中的两到三项，最后当然是拉到九区来消费。这些景点，之前周岁延不是特别熟悉，跟着同学带了几次队后他才试着单独带队。国内的同胞们购起物来真可谓大手大脚，各种名牌，诸如香奈儿、古驰、普拉达、路易·威登、迪奥等在他们看来如同大白菜般廉价，不论男女老少，每个人手上几乎总会提着一堆袋子，手指头没有不被袋绳勒出红印的，意气风发如同打了胜仗般。

自出国后，周岁延便一次都没回过国。上学时是真忙，也有经济上的原因，毕业后就是发自内心地不想回。随着年纪渐大，父母越来越想儿子，光靠打电话已不足以解思念之情，于是家里买了电脑装了网络，每个月总要与儿子视频两三次。周岁延没什么可说，爸爸的话不多，在画面前看一会儿便躲开，妈妈的话多，妹妹和老家亲戚的变化，生老病死婚丧嫁娶事无巨细，都要告诉周岁延，后者嗯嗯啊啊，毫无兴趣，妈妈就像在和领导做汇报。就是通过妈妈，他得知了堂弟周岁鸿这几年的情况，用妈妈的话说："谁能想到呢？他倒发了！"妈妈的口吻里透着艳羡，酸溜溜的，她注视着周岁延，潜台词仿佛是："为啥成为有钱人的不是我儿子？难道不该是我儿子吗？"周岁延不知如何回应，佯装不感兴趣，其实盼着妈妈细说。妈妈却不提供原委，只表述现状，就像人们只在乎一个人多么有钱，却不管他的钱如何赚来的。她只说周岁鸿成了大老板，开豪车住别墅，过年时给每个孩子的红包都上万元，那个气派哟！周岁延忍住好奇，故意表现得冷淡，没等妈妈说完便推说有事挂了视频。

◦ 四 ◦

"地陪"这工作本只想当成过渡，可"简单的动作重复做，不需要动脑"倒让周岁延越来越上道，一干就是两年多。他觉得自己退化了，堕落了。有时他甚至想为什么自己非要那么努力地学习呢？原来是为了离家更远，为了来巴黎做导游。但他骗家人说在一所大学做助教，只要努力干下去就会成为教授，因此爸妈即使想让他回国，也不好意思劝他。让他没想到的是这个远隔重洋的秘密有一天竟然会被周岁鸿撞破，而且毫无预兆。

说没有预兆也不尽然，那天早晨刷牙时，周岁延在卫生间发现了一只蜘蛛。他想起奶奶一旦在房间里发现蜘蛛就会说有客人来，当然那只是封建迷信，并无根据。十点多，他到戴高乐机场等待国内的旅游团。联系上对方的领队后，团员陆续办好入境，只剩俩人迟迟未出。其他团员被周岁延领上大巴，他和领队等着那俩人。领队给他们打电话，他们一直说"快了，快了"，就是不见人影。足足多等了一刻钟，才见俩人悠闲地晃出来。胖男搂着瘦女，两人都戴着太阳镜和棒球帽，亲密地往外走。男的脖子上挂着狗链子那么粗的金链，腕上戴着金表。

周岁延不满地看了一眼他们，转身欲走，忽听胖男大喊："大哥，大哥，真是你吗？"

话音才落，胖男已迅速截住周岁延，摘掉了墨镜和帽子。周岁延定睛细看，认出是周岁鸿，他比记忆中高出一头半，脸大了一圈，肉把本来开阔的五官挤得集中，显得眼睛更小，肤色倒白净了些，整副身板宽厚得近乎圆柱体，只在眉宇之间残存着一抹往昔的痕迹。

"你……来玩啊？"周岁延惊讶得不知该说什么。

"对啊！"周岁鸿紧紧抓着周岁延的胳膊道："我跟大妈要了你手机号，本想到酒店再联系，没想到你来接我们，是大妈告诉你的吧，早知道就赶紧出来不跟那空姐磨叽了。"

"空姐？"周岁延不知从何说起，边听他说边领着他们往外走。

"我早让你出来，谁让你不听！"周岁鸿身边的女人用撒娇的口吻埋怨道。

"吃醋啦？"周岁鸿一手搂着女人，一手搂着周岁延，歪头看女人。即便没谈过恋爱，周岁延也能感觉到这俩人的如胶似漆，不由得揣度着他们的关系到底有多么不正当。因他曾听母亲说过周岁鸿几年前便结了婚，已有了孩子。于是，故意煞风景道："你儿子几岁了？"

"五岁，上幼儿园呢。"周岁鸿非常自然地回答，毫不避讳这个女人。

"这位是？"周岁延问。

"叫她安妮就行。"周岁鸿轻描淡写，随之朝安妮浓墨重彩道："这就是我总跟你提起的我们家最有学问的人，我大哥周岁延，大我两岁，是不是看着比我还年轻？"

安妮点头道："你呀，一看就是历经沧桑的脸，人家还像少不更事。"她耳垂上的水滴形玉坠随之摇晃，衬得一张小脸更加娇媚。

"欺负我没学问吧，这么文绉绉的。"周岁鸿奚落完安妮，又对周岁延道："她也是大学生。"

"得了吧，我那个破大专还值得一提？"安妮捏了周岁鸿的胳膊一把。

来到大巴前，周岁鸿诧异道："哥，你没开车？要不咱们打车？"

领队早想严肃地告知这俩人以后不能耽误大家时间，但见他和周岁延是亲戚，就没多话，这时便道："周先生，还是跟随大部队，别搞特殊化，出了问题都不好交代。"

周岁延也道："是啊，先上车，大家等你们很久了，上了车最好跟他们说声抱歉。"

坐下后，周岁鸿拿出手机，和周岁延交换了号码，互加微信，接着把周岁延拉进领队建的微信群，这次旅行的人都在里面。领队简单说了几句，并跟大家介绍了周岁延的身份，周岁延也说了几句套话。

63

回到座位后，周岁鸿问："哥，你是兼职导游吧？"

周岁延正不知怎么解释，便顺坡下驴道："我是帮个朋友的忙，以前上学时干过导游。"

"一个人在国外真不容易。"周岁鸿慨叹。

按照惯例，周岁延在群里发了手机号，方便团员旅行时遇到问题随时联系。接着又替周岁鸿道歉，但没人理这茬儿，似乎并不买账。周岁鸿朝堂哥笑笑，在群里发了一句"对不起，耽误大家时间了"。依旧没人回应。随后，他发了个一千元的红包。群里的人不再潜水，抢完红包便发"抱大腿""土豪"之类的表情，并配以"谢谢""没事的""耽误一会儿没关系"之类的话。周岁鸿也发了两个插科打诨的表情，一脸征服后的得意和厌倦。

当天下午，游览了卢浮宫和埃菲尔铁塔，晚上没做安排，好让大家充分休息，为接下来紧凑的行程做准备。卢浮宫内藏品约四十万件，短期内想全部看过来是不可能的。旅游团的安排只有两小时，目标在"镇馆三宝"，即《蒙娜丽莎》、《米洛斯的维纳斯》和《萨莫色雷斯的胜利女神》，看过这三样就算来过卢浮宫了，其余则走马观花。对于这三宝，周岁延觉得也就那样，他更喜欢写实主义的画作，比如西班牙画家穆里罗的《小乞丐》、里贝拉的《跛足孩子》，还有法国勒南三兄弟描绘普通人生活的画作《铁匠坊》《农民一家》和《农民的午餐》。这些画拥有着高超技艺的同时更是记录了那个时代的世俗风情，着重表现了底层人们的艰辛和快乐，让周岁延有所触动，他认为艺术还是应该为人服务。而周岁鸿比较感兴趣的是安格尔的画，这位画家擅长画大屁股裸女，比如《泉》《大宫女》等。周岁鸿在这些画作面前逗留良久，摸着稀疏的胡楂道："这屁股太夸张了，我一直都不喜欢西方女人的身材，亚洲男人吃不消啊！"

晚上，周岁鸿没吃团餐，而是在安妮的建议下去了一家网红饭馆。这家饭馆主打法国乡村菜，最著名的是牛肉，据说肉和菜都是自家农场的绿色食品，很多大明星慕名而去，比如国际球星 Paul Pogba（保罗·博格巴）。周岁延从没来这家餐厅吃过饭，也许是因为贵，毕竟一整套（前菜＋主菜＋甜品＋酒水）吃下来人均要一百二十欧元左右。确实美味，差不多是周岁延来法国后吃到的最好吃的食物，可如果不是周岁鸿请客，他是舍不得吃的。周岁延吃得小心翼翼，安妮却表现大方，不时和两个兄弟聊天。从谈话中，周岁延得知她和堂弟认识也才三个多月，是这次欧洲之旅的发起人。而周岁鸿对她几乎百依百顺，吃过饭又在附近的香榭丽舍大街逛了一个多小时，安妮一通买买买，周岁鸿和周岁延帮她拎着大大小小的包。她试衣服时，周岁延小声对堂弟说："你也太宠她了，别出什么事。"周岁鸿笑道："钱不就是给心爱之人花的吗？大哥放心，我自有分寸，她用处挺大的。"周岁延不再言语，心里直懊悔，怪自己多嘴。

之前一直听妈妈说起周岁鸿和其他亲戚的变化，却因为没有回国而缺少直观感受，距离导致他并不关心地球另一端那群和自己曾吃过一锅饭的同姓人。在他看来，与这群人的缘分已然尽了，恐怕这辈子见面的机会都有限得很，和陌路人差不多。一奶同胞血脉相连只剩名头，周岁延无法切身体会他们的成长和变化，他是家族发展中的缺席者。在巴黎深夜的街头，从河面拂来的凉风吹醒了微醺的周岁延，他打了个嗝，一股"82年拉菲"的气味儿悠悠飘出。当周岁鸿对着波光粼粼的塞纳河说出兄弟俩上次见面还是周岁延高中毕业时的那一刻，周岁延意识到眼前这人确是小时候的那个周岁鸿长成了这么老。

借着那一晚找回来的一点儿似曾相识之感,在接下来两天的旅行中,周岁延主动询问着家里人的情况。周岁鸿一一告知,其实倒也没什么令其感到惊讶的,左不过是生老病死。亲妹妹有了一个女娃,现在又打算生二胎;堂妹一家在周岁鸿的帮衬下住进了市里,两个孩子都已上学,大女儿酷爱唱歌;大姑的风湿病更严重了;小姑得了糖尿病;叔叔依然喜欢种地,人家的别墅院子里是草坪和花卉,他家长满各种蔬菜和玉米花生;爸爸前两年退了休,闷了时会去叔叔家坐一坐,两个人经常去钓鱼,有时甚至开车到兰泉河垂钓。

活着的人说得差不多了,周岁鸿说起了奶奶弥留之际的情形。奶奶的肝癌查出时已扩散,年纪太大也不适合手术,在医院挨过一阵后回了老家,疼痛到极点时会打一支周岁鸿搞来的杜冷丁用以缓解。她是在后半夜一点多咽的气,儿子女儿孙男娣女等挤满了那间老屋。周岁鸿说:"老太太没受多少罪,从医院回来不到两周就走了。那天晚上十二点多来了精神,之前一直躺着,突然坐起,腰板也挺了,大伙儿彼此看看,没说破,都知道是回光返照。她拉着大伯和我爸的手回忆了几件他们儿时的事,再三嘱咐等她死了要把那条半身黑裙子给她穿着火化,这辈子她没机会穿,从小到大一直穷,等有钱给自己买吃买穿时已经老得不成样子,腿上身上都是老年斑,根本不敢露。说完这些,她的目光朝屋里每个人的脸上扫过,好像要看我们最后一眼。末了,闪过一丝失望,我们都知道她在找你哪!她最喜欢的就是你,最惦记的也是你,唉!她没说,我们也没人提,没一会儿,她又躺下了,像是累了……"周岁延一声不响地听着,饶是极力克制,泪水依然不自觉地披了满脸。

"你现在开公司?"良久,周岁延才从回忆奶奶的情绪中抽离,换了一个话题。

"对啊。"周岁鸿道,"搞建筑。开了两年多出租,没赚到什么钱,倒是认识了个包工头,开始跟着他干,从小工到大工,后来自己干,前几年弄了个公司,主要盖楼,别的工程也接。你不知道,咱们那个小县城的房价平均都七八千元了,市里发展得不行,最高也才两万元出头。"

"你老婆知道安妮吗?"周岁延望着以埃菲尔铁塔为背景不断切换角度自拍的安妮。

"知不知道都一样。"周岁鸿道,"又不是啥大不了的问题。我在外面怎么搞她都不管,回到家是她老爷们儿,是孩子们的爸就够了。男人嘛,做大事就得不拘小节。"

周岁延尴尬地笑笑,又说:"看她年纪不大。"

"刚毕业一年,现在还是我的助理呢!"周岁鸿道,"盘儿靓,会来事儿,带得出去。"

三天的时间很快就过去了,周岁鸿他们下一个目的地是瑞士。临走的前一晚,吃过饭,三个人在塞纳河左岸的咖啡馆里坐着。周岁鸿道:"哥,你没想过回去?"

"我回去能干啥?"

"总比在这儿当导游强。"周岁鸿道,"我看出来了,这就是你的工作。"

周岁延稍显窘迫,随后道:"我在申请别的工作,发了简历,再等等看。"

"这地方来玩几天还行,长期住下去,搁我可受不了。"周岁鸿道,"太无聊,还是老家好。"

"你这大老粗一点儿浪漫都不懂!"安妮道,"大哥那么文艺的人,适合巴黎。"

"嫌我土别跟着我。"周岁鸿佯装鄙夷,实则打情骂俏。

"那好,晚上分床睡。"安妮娇嗔道。

67

周岁延没再说什么,次日送他们去机场时,他嘱咐周岁鸿:"别告诉我爸妈,省得他们担心,又催我回去。"周岁鸿点头道:"哥,混不下去了就回去,别硬撑,北京上海我都有熟人,找个工作肯定不难。"

◦ 五 ◦

周岁鸿的欧洲之行结束三个多月后,周岁延不得不踏上了回国的旅程,并非堂弟告密,而是母亲查出了乳腺癌,需要做手术。父亲道:"你就回来吧,外国再好有你妈重要吗?"他的语气近乎央求,透着人到暮年的无助与可怜,但他又分明清楚这是要挟儿子回到身边最有力的王牌,因此拿捏得恰如其分。当然,这时候,父母不管有什么要求都不显得过分,周岁延没有任何理由搪塞或推脱。他知道这一去再想出来恐怕阻力重重,但又别无选择,只能尽快将这边的事安置妥当,该退的退,该辞的辞,该扔的扔,然后拖着简单的行李去了机场。

从巴黎到北京飞了十多个小时,又从机场转去南站坐了三十多分钟高铁才到达本市。周岁鸿亲自开着奔驰新款550e来车站接他,他让堂哥坐在副驾驶,上车后便开了按摩功能。已是晚上九点多,周岁鸿问堂哥是先吃饭还是先去医院,周岁延说不饿,在车站等车时吃了一碗面。周岁延的母亲一周前做了手术,幸而发现得早,并无生命危险,需再观察一段时间即可出院。座椅的按摩效果虽比不上泰式四手"马杀鸡"按摩的,却也并非华而不实的摆设,要力道有力道,要技术有技术,正适合旅途劳顿的周岁延。没说上几句话,他便不由得闭上眼睡了过去,直到被汽车喇叭声吵醒。

睁开睡眼,只见一座窄小的桥,对面停着一辆看不清牌子的车，正与奔驰对峙，双方各不相让，较劲地按着喇叭，都开了远光灯，作势要闪瞎对方。对方的车差不多行至桥中间，而周岁鸿的奔驰才刚拐进桥口。周岁延道："让他先过吧，这要僵持到什么时候？"周岁鸿像没听见他的话，满脸神气与轻蔑并存，气势汹汹地按着喇叭，直到对方关了远光灯，认输了似的往后退时，他才道："有本事你就别倒！牛逼个啥？一个破雅阁，有啥资格让大奔让道！"堂弟的话让周岁延睡意全无，露出尴尬的笑，像在看一场笑料低俗的电影，恨不得马上离场。过桥之后，周岁延问："还有多远？"堂弟道："马上就到，知道你今天来，我爸、我妈、我姐和艳美他们都在医院等着呢。"艳美是亲妹，堂妹叫艳丽，"这么多年没见她们，也不知道她们变成什么样了。"周岁延自顾自地点点头，心间涌起一股近乡情怯之感。

　　母亲比周岁延想象中更为憔悴，眼窝深陷，整个人不止瘦了一圈，皮肤蜡黄，一张脸像骨头架子上绷着陈旧的破布，眼睛像是布上落了烟灰，烧成两只炎炎的洞，脖子以下的病号服和白被像要将她掩埋似的。她竭力露出笑容面对儿子，这让周岁延心里更加难受。坐在床边，抓住她干枯的手臂，周岁延只叫了一声妈就再也没有说出别的话，极力克制着才没有让眼泪流出，他怕会影响母亲的情绪，不利于病体的康复。

　　母子俩对坐半晌，其他人才打破沉默，问了几个周岁延的行程问题，继而简单叙旧，气氛逐渐活跃，但终是稍微压抑，都知道这不是聊天儿的场合。父亲让周岁延回家睡觉倒时差，他不想回去。母亲道："我累了，回去吧，艳美留下就够了，岁延你睡够了再来替她。"

　　回去的路上，父亲说："你不用太担心，你妈这病发现得早，做了手术基本上就没什么事了，医生说复发的概率很小。"

"怎么没去北京的医院？"周岁延问。

"国内最权威的医生给做的。"父亲道，"咱们这儿的设备和北京那些医院的差不多，关键还在技术，手术很成功，医生我觉得挺靠谱的，贵是贵了点儿，出诊费多少我也不清楚。"

"谁找来的？还没给人家付费吗？"

"周岁鸿啊。"父亲道，"不给钱人家怎么可能干活儿？都是他找的，你妈这个病他帮了大忙。我一听是癌就没了主心骨，你又不在家，根本不知该咋办，多亏他跑前跑后，又找医生又联系医院，一分钱都没让我花，全是他一手包办，从小真是没白疼他！"

"花他的钱算什么？咱们又不是没有！"周岁延道，还有半句"又不是没儿没女"咽了回去。

父亲看了一眼周岁延，像是不认识他，他没想到儿子反应这么大。想了想，解释道："按理说不该花他的钱，我也问过他多少钱要给他，可那小子就是不说，我要是一个劲儿地问倒显得生分，那点儿小钱对他来说不算啥。"

"那也不能让人家花钱呀。"周岁延道，"这让他心里怎么想。"

"还能怎么想？至亲骨肉，让他尽点儿孝道也是应该！"父亲道，"人家可不像你那么敏感！"

"这么说是我多心了？"周岁延反问。

"这事儿往后再说，眼下最要紧的是你妈没事就好！"父亲道，"你以为咱家很有钱吗？我们本来盼着你大学毕业就能工作，谁知你要留学，一去就是五六年，把家底差不多掏了个空。你是一分钱没往家拿过，你妹家的日子过得也一般，我又退了休，除了几千块的退休金，还能有啥进项？你真是读书读傻了，啥都不懂！你妈这病着，你不想想以后怎么办，非抓住这种鸡毛蒜皮的小事不放，你脑子里整天想啥呢？心里到底有没有我们？"

　　周岁延不服气，还想反驳，但见父亲动了气，知道他有高血压，只得住了口。心想日后要找堂弟说清这事，他不想占别人的便宜，尤其是周岁鸿的。自从周岁鸿去过法国之后，周岁延便对其产生兴趣，并通过母亲打听到了很多有关周岁鸿的情况。他晓得家族里的人都在上赶着巴结周岁鸿，据说一些八竿子划拉不着的亲戚，甚至多年没什么走动的也来套近乎，只为沾沾光，而周岁鸿来者不拒，非常会做人，搁不住几句好话就要给人家的孩子谋个差事。不仅如此，他还为家乡修公路，兰泉河上的那座危桥也翻了新。他在老家投资了两个水泥厂、一个造纸厂和一个碎石厂，用以解决农村年轻劳力的就业问题，搞得老家的空气灰蒙蒙的，但没有一个人不说他好，就连七八岁的小孩儿都知道他。尽管周岁鸿是他的堂弟，他想从中获得好处比其他人更加名正言顺和容易，可越是如此，周岁延越觉得应该离他远一点儿，最好是井水不犯河水，一辈子不相干。他瞧不上那些没骨气的群众难看的吃相，更讨厌周岁鸿的所作所为。他不明白这个世界什么时候变成了这样，不就是仗着几个臭钱做点儿别有用心的贡献吗？怎么就成了大人物？

　　洗过澡，周岁延反而更精神，躺在自己的房间里，闭着眼胡思乱想。除却母亲生病这件事让他忧心，呈现在他面前的这个国度、城市和亲人让他感觉陌生，不知所措，竟然和第一次到达巴黎时的心情相仿，可那时毕竟有对新生活的期待和憧憬，甚至可以说是雄心壮志，现在则只剩迷茫，兼而有种走下坡路的懊恼。既然离开了，看见了外面的世界，就不应该再回来。可亲情、人伦是天底下最温柔却霸道和强大的杀人武器，他又能怎么办呢？

次日晨起，洗漱完毕，周岁延说要去医院。父亲让他吃过早饭再去，他回说不饿，到医院再吃。父亲似乎理解儿子的心情，没再多说什么，只让他先走，说自己晚点儿再过去。周岁延下了楼，打了一辆车。这座20世纪70年代曾被一场地震夷为平地的城市除了面积不断扩大外，几乎毫无特色，连道路也是横平竖直，一眼就能望到头。乡音曾因一位早年唱评戏晚年演小品的老艺术家而被全国人民熟知，此刻钻进耳朵里，他并不觉得亲切和好玩，只感觉土气和滑稽，而他早已不会说家乡话了。

母亲已醒，精神似乎比昨天好了些。周岁延买了早餐上楼，和妹妹一起吃，母亲自有病号餐，只看着他们吃。她颇感欣慰地说："上次你们俩一块儿吃饭还是你妹结婚前吧，转眼她都快成两个孩子的妈了。"周岁延的目光落在妹妹的肚子上，道："看不出来。"妹妹说："刚两个多月，哪儿能看出来？"周岁延道："你想要个男孩啊？"妹妹道："赶着算呗，男女都行。"周岁延道："妈喜欢男孩。"妹妹道："那你快结婚，她可成天盼着当奶奶而不是当姥姥。"周岁延"喊"了一声道："哪壶不开提哪壶。"妹妹道："说正经的，哥你有女朋友吗？"母亲插话道："就算有，他这一回来也没希望了。"妹妹道："那就重新找一个，我认识不少和你年纪相当的。"周岁延不想让她再提这茬儿，便道："你回去歇着吧，这儿有我就够了。"妹妹哼了一声，穿上外套道："你好好想想，想通了我安排你们见面。"周岁延把她推出门外道："快走吧，你什么时候成媒婆了？"

"跟妈说说，你咋想的。"等护士检查完毕，母亲吃过早饭后，拉着周岁延的手问。

周岁延没想过，不知该怎么回答，只是不言语。单人病房里很安静，听得见母亲稍微吃力的呼吸声。她又道："医生说复发的概率很低，但并不等于零，我也是奔六十岁的人了，不求多长寿，再活个十年八年，看着你结婚，成家立业，听到有人叫声奶奶，我就没啥遗憾了。"

"您别乱想啦。"周岁延道，"做了手术跟健康的人一样，该吃吃该喝喝该玩玩。"

"唉！"母亲叹气道，"人一老自身就没那么多欲望了，只为儿女活着，就想看他们过得好。"

"我一个人过得挺好的。"周岁延道，"别为我操心。"

"怎么可能？"母亲道，"你现在年轻，老了怎么办？像我生这场病，有你爸你妹，还有那么多亲戚，当然，最挡济的还是周岁鸿，以后可要好好谢谢他。可你呢，不结婚不生孩子，在国外漂着算什么事？一想到你的将来，我就头疼，你就听妈一次话，过个安稳日子吧。"

"您什么意思？让我在这儿找工作？结婚？"周岁延问。

"不然呢！"母亲的口气理所当然，在她看来这是最为正确的选择。

"不行。这哪儿找得到好工作？如果在这儿生活，我干吗还要留学？"周岁延觉得荒唐。

"不求多好，稳定的，能养家就行。"母亲道，"你也老大不小了，我和你爸年纪越来越大，就想你在身边，北京都觉得远。好工作赚钱多又怎样？比得上一家人在一块儿重要吗？"

周岁延不吭声。母亲抓紧他的胳膊道："就当妈求你了，就算为了我，你别那么自私了，牺牲一下你的自由，中不？"一着急，母亲的方言跑了出来。怕她情绪激动影响病体，周岁

73

延只得违心地点头,心想先来个缓兵之计吧,私心暂且收一收,等母亲病好了再从长计议。

◦ 六 ◦

本市的工作机会并不多,适合周岁延的更是少之又少。浏览了几个招聘网站,他发现除了一般性质的公司职员,剩下的大多是服务行业和各种推销性质的业务员。这些工作他都看不上,如果非要找一个符合他所学专业的工作,基本没有。是啊,这个城市统共才有一所大学,还是省院之下的分校,文化产业几近荒芜,学术氛围根本谈不上。大部分人都在做生意、办工厂、开公司,似乎他们根本没有精神需求,谈论最多的话题只有吃穿用度,此外就是网络热点、社会新闻,以及明星八卦。衡量一个人的价值时,他们首先注意的不是这个人的谈吐和气质,而是他的资产、赚钱的本事,以及是否"风趣"。在家乡人的眼中,风趣指的其实是擅长交际,八面玲珑,低俗搞笑,以及能说上几个段子。

"你要求太高了,赚钱多的就是好工作。"周艳美不屑,出主意道,"要不,你进律所吧。"

周岁延确实关注了几个律所和法律咨询公司的信息,可规模不算大,光是招聘广告看起来就不怎么正规,因此并无意向,然而这差不多是他唯一能选择的领域。为了不再忍受旁人的"关心",考虑几天后,他最终还是向其中两家律所投了简历。在大学实习之前,他已通过司法考试,获得了律师从业资格。一周后,陆续接到两家律所的电话。面试过后,两家律所在同一天给他打来电话,通知他可以上班。斟酌一番,他选了唐韩律所,放弃了另一家相对来说规模较大、待遇较好的。唐韩律所是由唐姓和韩姓合伙人创办的，除了这两位律师，底下办事的还有三四个，每个人各管一摊，出师后即能独当一面，不像另一家律所里的律师们多是彼此合作的关系。周岁延喜欢一个人从头到尾跟完一个案子，不喜欢别人插手，也不喜欢分工协作，因此才选了这一家。

一般而言，需试用半年以上才能独自接案子，但唐老板对周岁延另眼相看，说他是名校毕业，且有留学背景，上大学时亦曾实习过，因此决定先让他跟着韩老板熟悉三到四个月，如果表现良好，那他就能出徒。周岁延欣然应允，竟也生出几分斗志。人就是这样，一旦接受某种设定和规则，融入当下环境，就会放下清高的心气，不管是为了名和利，抑或只是五斗米，都将使出浑身解数。

不管哪种类型的案子，只要报酬合适，谈得拢，律所都接。但整体而言，民事案件居多。周岁延希望早日碰到一个大案，那样就能获得较多的提成，以便尽快还清周岁鸿给母亲治病垫的钱。他不想欠周岁鸿人情，能用钱还清的尽量还清，不想每次看见周岁鸿就为此耿耿于怀，搞得头抬不起来，一颗玻璃心更是五味杂陈，仿佛后者替他尽了当儿子的职责和孝道，显得他非常无能和不孝。因此在母亲出院，父亲请亲友们来赴宴表示感谢的那天饭后，周岁延将周岁鸿叫到自己的房间，势必说清楚这件事。

"没多少钱，甭放心上。"酒足饭饱的周岁鸿面红耳赤，眼神游离，一副心不在焉的神态。

周岁延讨厌他这种不当回事的语气，好像他是雷锋，做了好事故意不留名，实际上却非常享受施恩的感觉。他自己可能意识不到，但周岁延经过观察，认为这才是事实。

"花你的钱算什么呢？"周岁延道。"他们儿女双全，轮

75

不到你摆阔！"后面这句只是在心里说。

"哥，你这就见外了啊！"周岁鸿道，"我小时候，大妈大伯对我一直都很照顾，每次跟我爸来城里都没空过手回去。我开出租买车的钱还是他们借给我的，要不是他们，我可能开不了出租，也就认识不了那个包工头，成不了今天的我。现在他们年纪大了，用得着我，我伸把手也是应该的，别说我不差这几个钱，就是个穷光蛋，我也得想办法筹钱，对不？"

"你说得在理，可一码归一码，我有我的原则。"周岁延道，"你想过我的感受吗？你把我的分内之事做了，让别人怎么看我？让我心里又怎么过得去？你说是不是这个道理？"

"噢……"周岁鸿思忖道，"照你这么说，我是好心办了坏事？那你说怎么办，我听哥的。"

"花了多少钱？你给个数，我打个欠条。"周岁延道，"短期我还不上，但肯定要还你。"

周岁鸿仰着脖子，墙角有一块黄色的痕迹，那是漏雨导致的，因为是顶层。他想起几年前有一次来城里时还曾住过这间屋子，那时周岁延在上大学。他出了片刻神才道："行，手术费六万元，请专家的费用，住院费，还有随后几期的放射化疗，总共二十万元。不过我有个要求。"

"后面的治疗还没做，你就把钱给了？"周岁延道，"什么要求？你说。"

"这钱你不能跟家里要，你自己赚的我就接受。当初我跟大妈大伯说好不用他们操心费用，现在你反过来朝他们要钱的话，倒像我说话不算话，这点儿小钱都出不起似的。"

"行。"周岁延道，"我也没想过跟他们要，咱俩的事，不用告诉别人，我慢慢还你，别着急。"

"没问题。"周岁鸿道，"我一次性刷了二十万的预付金，不够的话医院会找安妮，现在看来应该是够了，你就先给我这么多吧。"他表情变得严肃起来，像在谈生意。堂哥就是一根筋，他早摸透了他的脾气，明白多说无用，便答应了，心想让堂哥有点儿压力也许是好事，正好可以安心工作，省得总想往国外跑，以后再物色个合适的女人，了却大妈大伯的心事。

天不遂人愿，人生常态。周岁延越希望早些赚够钱，钱来得越慢。律所接的案子都不大，报酬不高，多数小打小闹够吃够过，不过是劳动纠纷、离婚财产分割、讨债等，这些民事案子的费用一般五千元起，两三万元便已封顶，再提成给律师本人根本没多少，况且案子本就不多，竞争又激烈。两个多月后，周岁延越发觉得没意思。但也有好消息，母亲的病灶清除得非常成功，气色逐渐恢复，如果忽略平坦甚至凹陷的左胸，那她和健康人已毫无二致。再过个一年半载，届时母亲的情况如果趋于稳定，周岁延还是想离开，就算不去国外，也要到北京或上海寻求发展。在这里太屈才了，他的心蠢蠢欲动，但在家人面前却表现得心如止水。每天按时上班，很少按时下班，经常出门，但因为只是去周边县市，很少在外地过夜，都是当天去当天回。为此，他考了驾照，总不能一直让韩老板和另外一个助理律师开车。

这天一大早他便出了门，开着公司的车在市中心的某个路口接上了韩老板和助理律师。目的地是本市下面的兴安县，但现在已升级为县级市，毗邻周岁延的老家蓝田县。昨天已大概获悉了案情，上车后吃过油条、烧饼和老豆腐，韩老板又详细给这两个人说了说。简而言之，就是帮助一群建筑工人向开发商讨薪。开发商和建筑工人都是本地的，所涉及项目是位于外环的一处小区，入住率已近五六成，但工人的工资还没有按照约定期限付清。据找到韩律师的三个工人代表反映，他们和开发商面对面交涉过两次，当初与他们签订合同的那个包工头在项目结束后没多久出了车祸不治身亡。其上面的开发商便以此为借口，不承认这笔款项，甚至耍赖，让他们去找那个死人要钱。劳动仲裁根本不管这事，实在无路可走，工人们才决定找律师。这也是大部分人的心态，只有在其他途径行不通时才会想到法律，可见当地人的法律意识之淡薄。周岁延想，这也是工作难以开展的原因。但韩律师比较乐观，他认为正因此，市场才值得开发，才有潜力。

一个多小时后，在韩律师的指挥下，车子直接开进了当地的城建办。这里的一位副主任和韩律师有着拐弯抹角的亲戚关系，昨天已打过招呼，让这位副主任先和开发商调停一下，也许事情能好办点儿。毕竟开发商属于地头蛇，韩律师等人与其素不相识，若贸然前往挑人家的刺，恐怕不会有好果子吃。副主任正在开会，让他们等了半个多小时，才与韩律师在办公室见面。副主任开门见山道："这案子我看你们还是别接了，昨天电话里不方便说，这开发商很牛逼，这骨头我怕你们啃不动。"韩律师道："那不行，案子既然接了，再难都得试试，何况他不按照合同办事，到哪里都说不过去。"副主任道："我知道劝不动你。说实话，昨天我跟他打招呼，倒是很客气，可那是表面上，我又没啥实权，他怎么可能把我放在眼里。"韩律师道："他说什么了？"副主任道："他说欢迎咱们，随时恭候大驾，可我听着像是反话，跟咱们示威哪！"韩律师道："他这么说，那咱们就去，我又不是第一天当律师，什么无赖没见过，还能被他吓唬住？"

副主任开着自己的车在前面带路，韩律师驾车紧随其后。从后视镜里，周岁延瞥见韩律师一脸郑重，知道这一遭必定棘手。开发商欠了二十多个建筑工一百多万元的工资，根据之前的约定，即使成功，酬金也高不到哪儿去。但韩律师觉得这是宣传的好机会，有社会热度，就算闹大也无妨，倒能让其他人知道律所，所以一定得接，并且要全力以赴。二十多个建筑工早已聚在开发商公司门口等着他们。下车后，那些人立马围上来问东问西。韩律师安慰几句，让三个建筑工代表拿上合同等资料一同进去。前台的人打了一个内线电话，很快，开发商带着两个人到了。开发商自我介绍，姓何。何老板不卑不亢，始终沉着脸。随后带他们进了写字楼旁边的一处小平房，他说在这里谈比较方便。周岁延等人感到纳闷，和韩律师以及助理面面相觑，但来不及多想，随之进了低矮的房间。

  开发商不说话，也不邀请他们坐。房间里只有三把椅子和一张桌子，墙角那盆发财树垂头丧气，看来很久没浇水了，桌面蒙尘，有几道手印，这应该是一间早已废弃不用的屋子。周岁延顿觉不快，心想这何老板也太坏了，明摆着不把他们放在眼里嘛！韩律师倒镇定自若，直截了当说明来意。何老板没等他说完，便对他们道："明确跟你们交个底儿，这钱我现在拿不出。"顿了顿，他不满地朝那三个工人看了一眼道："真是长能耐了，我可记住你们仨的模样了。"

  三个人不约而同愣怔着，求助般看向韩律师。韩律师道："何老板，没有谁能凌驾于法律之上，白纸黑字的合同，签名虽然不是你，可盖的是你们公司的章。"何老板道："那就上法庭吧，你们跟李主任打听打听，我怕过谁？"副主任见话不投机，便道："何老板，那点儿钱对你来说还不是九牛一毛，他们辛辛苦苦干完活儿理应拿到工资，虽然行事有点儿莽撞，可你大人有大量，何必跟他们计较！"何老板冷笑道："如果他们耐心等着，别跟催命鬼似的，我可能会尽快付清。现在啊，难喽！"周岁延忍了半天，实在气不过，开口道："怎么就没跟你们好好交涉？可你们当回事了吗？敷衍了事推三阻四，这时候装什么大尾巴狼！"

何老板尚未说话，他后面的两个人箭步冲上前，一个抓住了周岁延的胳膊，一个抓住衣领，却没进一步动手，而是看着何老板，像在等待他的命令。等了几秒钟，何老板嘴角一歪，冷笑道："放开他。"周岁延整整衣衫。何老板道："愣头青。"顿了顿，他又道，"我跟李主任私下商量一下，各位稍等。"李主任紧随那仨人出了门，韩律师等人在这里等了十多分钟也不见反馈。正纳闷儿时，忽见窗外围着一群人，开始还以为是门外的建筑工人进来了，细看却是另外一群人，一律五大三粗，虎视眈眈，盯着屋内的人。

"咋回事？"助理律师见这阵势，慌得声音发颤。

韩律师等人走到门口，才一推开门，便有三五个大汉堵住了门口。韩律师试着往外迈了一步，那些人伸手便将其推搡进门内。

"你们干什么？"韩律师怒道。

那些人一声不吭，像不会叫的看门狗，脖子微扬，嘴角上牵，仿佛随时都能狂吠或咬人。六个人只得关上门回到房间。其中一个工人道："咱们被围堵了。有一次我们来也这样，过了一天一夜才放我们走。"韩律师道："就干等着，没想办法？"工人道："报警也没用，来了个警察，看看就走了。""妈的！"韩律师骂了一句粗话道，"真是无法无天，跟地痞流氓有什么分别，我就不信治不了他们。"随后，韩律师拨了110，接警的人确认了情况后道："对不起，我们现在警力不够。"韩律师气道："那我们怎么办？难不成一直困在这儿？"对方道："你们先等等，我们想想办法。"韩律师听出来了，警察不愿意管，只好挂了电话。助理律师大概是第一次遇见这种暴徒，惶恐地走来走去。周岁延倒没有特别害怕，他认为对方不敢动真格的，只是做样子吓唬人而已。可困在这里终究不是办法，想来想去还是无计可施，便站在窗前看着。其间，韩律师给李主任打了一个电话，李主任道："何老板说你们什么时候决定不管这事了就给他打个电话，他会立马让人撤离。"韩律师冷笑道："什么玩意儿！让他做梦去吧！"

中午时分，一辆面包车开到房前，搬出了许多盒饭和啤酒。围住平房的人皆一手端着盒饭，一手攥着啤酒对瓶吹。见此情景，屋里的人才觉得饥渴。正焦虑时，周岁延的手机响了。来电显示是周岁鸿，他不想接，便摁断，可随后又打了来，他只好到走廊上去接。周岁鸿道："哥，听说你去兴安了，啥时候回来？"周岁延不想跟他细说，只道："事情有点儿麻烦，还不知道。"周岁鸿道："听律所的人说是替人讨薪，欠钱的是哪家？"周岁延只得告诉了他。周岁鸿道："哦，老板姓何吧？"周岁延道："你认识？"周岁鸿"嗯"了一声道："一起共过事，需要我帮忙就说啊。"周岁延道："行，目前还不用。你找我什么事？"周岁鸿道："没什么大事，快到鬼节了，明天给爷爷奶奶去上坟。"周岁延心想自从回了国，还没回过老家，也没给爷爷奶奶烧过纸。虽然他不信这一套，可入乡随俗，这也代表了活人的一份心意。于是道："那行，明天联系吧。"

直到下午一点多，事情才突然出现转机。何老板带着两个跟班，来到门口，驱散众人，进了房间。尚未开口，已是满脸堆笑，道："不好意思，让各位受惊了，我刚才有事出去一趟，让他们好好招待，结果这俩人会错了我的意思，竟搞来一帮人，真是抱歉啊！"那两个跟班连忙低头认错，将刚才的所作所为大包大揽，直说自己的老板并不知情。韩律师等人不知何老板

81

又要唱哪一出，为何态度像是换了一个人，便道："不对吧，李主任给我打过电话，还劝我放弃这个案子。"何老板笑眯眯道："唉，李主任也是担心，怕咱们之间伤了和气，上午我只是跟各位开个玩笑，千万别当真。"韩律师道："是吗？那现在怎么说？"何老板道："早就饿了吧，咱们先吃饭，饭桌上慢慢谈。"周岁延道："吃饭就不必了，工人的薪水什么时候发？"何老板道："我已经安排了财务处理，他们都已经排队去领了。"接着又对那三个工人道："你们三个快去吧，就在二楼。"那三个工人听说，连忙一阵风似的跑了出去，顾不得填饱肚子。

韩律师想不通事情何以解决得如此痛快，稍微发蒙后随即道："饭就不吃了，我们还有事。"何老板道："那可不行，既然是周老板的朋友，就是我何某人的朋友，好不容易来一趟，怎么也得吃完饭再走。"韩律师不明所以道："哪个周老板？"何老板道："还能是哪个周老板？就是周岁鸿大老板啊！"周岁延瞬间明白了，脸随即沉下来，像是地心引力过大，抿着嘴沉思片刻，才不情愿地开口："他给你打电话了？"何老板道："我们早就认识，经常通电话，要不是金融危机那年他拉我一把，我早就破产啦！"一股郁闷之气顿时在胸腔里来回乱撞，周岁延心里道："怎么哪儿哪儿都有周岁鸿？我好不容易找个工作，想自食其力，他也来搅局！"更让他气愤的是没想到如此棘手的事，堂弟一个电话居然就能轻松解决，那自己工作的价值和意义又在哪里？何老板见周岁延不说话，以为他还在生气，又道："三位，快请吧！"韩律师之前并不知晓周岁延和周岁鸿的关系，这时联想到两个人的名字，才恍然大悟，便让周岁延决定要不要吃这顿饭。周岁延见何老板一脸殷勤，心里莫名烦躁，可想了想，他赌气道："走，不吃白不吃！"

七

十里不同俗,蓝田县这地方凡事都讲究提前,上坟亦如此。比如清明和鬼节,都要提前四五天祭奠,这样能让故去的亲人提早收到钱,采购在那个世界过节的必备品,若是当天才上坟就来不及了,在他们看来,"汇款"也需要一段时间。农历七月十一正赶上周六,早上八点多,周岁鸿就到了堂哥家楼下。时间还早,他先上楼,顺便看看大伯大妈,然后才同堂哥下楼。前些年,周岁延的爸爸和叔叔也会去上坟,近两年,都是周岁鸿一人代劳。家里的两个女孩早已嫁人,算是"泼出去的水",按照风俗她们不仅不用去,更没资格去。

响晴的天儿,阳光透过玻璃洒进车厢,制造出梦幻般的光影,配合着一首接一首草原风格的歌曲节奏轻轻摇晃着。坐这种车真是太舒服了,像在摇篮里,不管听什么歌似乎都能接受。但连听了七八首后,周岁延还是忍不住道:"怎么都是草原情歌?有些还是蒙古语,你能听懂?"周岁鸿道:"去年我一个人自驾去内蒙古,住蒙古包,吃烤全羊,喝马奶酒,听他们拉马头琴唱歌,尽情吃喝玩乐,觉得那才叫生活。不像咱们成天忙着赚钱,细想真是没啥意思。听这些歌,就像回到了草原,心情舒畅,后来就买了很多专辑,有很多是当地的草根歌手,大众并不知道,你肯定听都没听过他们的名字。"周岁延道:"你觉得辛苦就提前退休呗,反正钱早就够花了。""够花不是目标。"周岁鸿道,"天生劳碌命,忙惯了,真要让我歇着,难受,肯定憋出病。"周岁延哼了一声,他没想到周岁鸿也有这么矫情的时候。

快出城时,经过花店,周岁延下车买了两束菊花,一束黄一束白。上车后，他问周岁鸿到哪里去买冥币纸钱等供品。周岁鸿道："从县城过时再买吧，那地方多的是。"果然如他所说，这时节路边有很多临时搭起来的小摊，专门卖上坟用的物品，花样繁多，各种样式的冥币、水果、点心等一应俱全。每一种周岁鸿都选了不少，之后又加了两挂鞭炮，后备厢几乎被塞满。周岁延看着这些花花绿绿的东西，叹道："这得半小时才能烧完吧？"周岁鸿道："不光给爷爷奶奶，还有老太爷和老太，他们的坟地在一块儿，每次都顺便给他们烧点儿。"

墓地在村子北边一道沟渠的岸边，小时候，他们兄妹几个经常来这道沟渠里捉鱼，如今它早已干涸多年。才交处暑节气，坟头上覆盖的野草总体还是绿的，透着一丝半缕的黄。周岁鸿竟然带了一把镰刀，将野草割断划拉到旁边的田畴处，才露出坟头来。周岁延想，镰刀可能是叔叔让带的，上坟上的有了经验。一块墓碑上竖体并排刻着爷爷奶奶的名字以及生卒年月。周岁鸿先点了鞭炮，噼里啪啦一阵响，烟雾腾起又渐渐消散。在呛人的硫黄气味中，周岁延将点心和水果摆在了墓碑前，菊花放在墓碑左右。周岁鸿打开一瓶茅台，又点了一支烟，搁在墓碑上，做好这些，才开始烧纸。周岁鸿从旁边的灌木丛里折了两根树枝。火很旺，烤得人脸发烫，两个人各执一根树枝，翻腾着冥币金箔，辅助燃烧。周岁鸿嘴里念叨着："爷爷奶奶使钱儿来吧，孙子送钱来了，今年我哥也来了……"他说得非常自然，就像爷爷奶奶在世时和他们聊天似的。周岁延开不了口，只一味烧纸，想起以前的时光，眼睛不由得湿了。等到周岁鸿去给坟圈子更里面的老太爷和老太的坟烧纸时，周岁延才跪到墓碑前，叫了一声"奶奶"，并说："对不起，孙子来晚了。"周岁鸿点着纸就想离开，但瞥见堂哥正跪着，嘴唇好像在动，便等了一会儿，直到周岁延起身，他才过去。

纸钱终成一堆灰烬，周岁鸿把茅台酒围着灰烬洒了两三圈，剩下的则洒在墓碑上。香烟早已燃尽，一阵秋风吹落了烟灰。

待到情绪平复，两个人相互拍掉身上的草籽草叶，那种默契恍若回到儿时，虽然只是稍纵即逝，却令周岁延心里一动，像被小时候常玩的来自打火机内部的微弱电流击中了。回到车旁，周岁鸿点了一支烟，将烟盒递给周岁延，后者没接。刚才在坟前，周岁延脑子里一直想着奶奶讲过的那个故事，他从没跟别人提起这件事，此刻却生出倾诉的欲望。注视着堂弟认真抽烟的模样，不禁觉得好笑，便道："你还记得奶奶讲的那个故事吗？"

"哪个？"周岁鸿弹了弹烟灰，望着堂哥道，"她的故事太多，差不多都忘了。"

周岁延三言两语重复了一遍故事的梗概。周岁鸿的回忆逐渐苏醒，脸上放光道："哦哦，想起来了。'南来的雁，北往的雁，往我箩筐下俩蛋'这个嘛，记得记得。"扔掉烟头，周岁鸿喝了一口水道："其实，老大没必要把箩筐借给老二，他可以直接给他蛋，让他换钱。"

"老大实诚。"周岁延道，"不懂变通。从另一面看，这讲的是'授人以鱼不如授人以渔'的道理。"

"可能老二不喜欢钓鱼，或者他根本学不会钓鱼。"周岁鸿打开车门，两个人钻了进去。

关好车门，周岁延道："其实，昨天你不用给何老板打电话。"

周岁鸿道："那现在你还可能困在那里呢！他这人以前混过黑社会，心狠手辣。"

"不至于吧？"周岁延觉得堂弟危言耸听。

"哥，你太善良啦，外明不知里暗的事，这世界比你想象

85

中复杂黑暗得多。"

"既然他这么坏，你干吗还跟他打交道，听他那话，你还曾帮过他？"周岁延道。

"人在江湖身不由己，啥样的人都得结交，做生意比不得在职场当白领那么简单，你知道哪块云彩有雨？在社会上混，万事不求人不可能，就算再有钱，也有比你有钱的，比你有本事的，总有用得着别人的时候。所以即便是再看不顺眼的人，名声再不好的角色，面子上也要过得去，闹僵了对谁都不好，多个冤家多堵墙，多个朋友多条路。"周岁鸿顿了顿道，"其实也谈不上朋友，不过是互相利用，有钱大家赚，现在不都讲究共赢嘛！"

周岁延本以为堂弟是个粗人，生意做得成功多半靠的是运气，没料到竟也有自己的一套理论，讲得头头是道，可见是从实践中总结出的经验教训，想来他的从商之路并没有自己想象中的那么一帆风顺，不定遇到过多少大风大浪呢！想到此，周岁延不由得心生佩服。

"咱们回村里看看吧，我带着老房子的钥匙呢。"周岁鸿发动了车子。

"好。"周岁延答应着，暗自掂算，自从搬家到市里后，他就再也没回过老家，不知如今黄土坎村变化有多大。不过两三分钟，车子便开进了河东，绕了一遭，经过周岁鸿出资修建的兰泉河大桥到了河西。总的来说，村庄的变化可以概括为：老人和小孩儿比以前多，青壮年比以前少；道路比以前平坦好走，再也不怕下雨变泥泞；房子盖得比以前又大又好，甚至有了二层小楼；兰泉河里的水比之前又少又脏，空气也明显不如以前了。这大概是农村共有的变化吧，周岁延犯了职业病，用自己的专业知识来分析着社会的变迁。

周岁延没去自家曾经的房子,两个人只把车停在奶奶家的老宅旁,到院子里站了一会儿。多年没有住人,疏于照看,老宅早已变成一座荒宅。半人高的杂草长满院子,无处下脚,小时候就有的黑枣树、香椿树、榆树、桑树和桃树都还在,枝杈横生,旁逸斜出,像是没人管教的野孩子。凭吊一番,周岁延才出来。比他先出来的周岁鸿此刻正被一群人围着,都是村里的,有青壮年,有老人,也有孩子,熟络地跟周岁鸿问东问西,还有人邀请他去家里吃午饭。大部分乡亲,周岁延皆不认识,有些看着面熟,却和记忆中的对不上号。那些人里面也有朝周岁延看上一两眼的,但随即又去和周岁鸿去说笑,仿佛对他是谁并不感兴趣。这让周岁延有一种被忽略的感觉,倒也轻松,如果真有人认出他,和他聊天,真不知该如何周旋。周岁鸿似乎将堂哥忘记了,兀自享受着做明星的感觉。周岁延默默走开,回到院中。三十年河东三十年河西——这句俗语无端地冒了出来。他想,如今这时代,可谓日新月异,根本不用三十年,也许十年,甚至五年的时间,就能改变一个人,改变一个时代的追求。

回去的路上,周岁延有些消沉,周岁鸿也略感困倦,于是在县城找了一家不错的饭馆解决了午饭,又在路边树荫下打了个盹才上路。随后两人一直没怎么说话,像是话题说完了。直到驶入市郊时,周岁延看见不远处的种玉山上有一座类似塔的建筑,出于好奇,才开口:"那儿在建什么?"周岁鸿看都没看,便道:"清廉塔。""青莲?"周岁延想起了红莲寺和李白,便问:"哪两个字?"堂弟道:"就是清正廉明的清廉。"周岁延觉得好笑,便问:"有什么用?建在山上了吗?"周岁鸿回答:"就在种玉公园的半山腰,还有两个月就建完了,以后专门用来接收群众的举报信。其实,这工程就是我的公司包下的。"周岁延道："难怪你知道得这么多。"

"对了，工程队里有个你的熟人呢。"周岁鸿道。

"谁？"对于所谓的熟人，周岁延没什么兴趣。

"你猜。"

"我哪能猜到，起码给个范围或者提醒吧。"

"上初中时，他欺负过你。"周岁鸿道，"领着一帮人。"

"陈冬冬？"

"对。"周岁鸿道，"这么多年了，你还记得？"

"那种事忘不了吧。"周岁延揶揄道，"我又不像你，天天跟人打架闹事。"

"他混得不怎么样。"周岁鸿道，"初中毕业后哪儿都没考上，去了他一个亲戚在北京通州开的废品收购站打工。因为偷东西，吃了两年牢饭。出来后回了老家，有前科，不好找事，也没什么真本事，只好卖力气，做小工，接着是大工。前几年才跟着我干，终于当上了监工。"

周岁延没说话，没想到那时不可一世的陈冬冬竟会沦落至此。

周岁鸿继续道："你猜他老婆是谁？你也认识。"

"不会是李玲儿吧？"周岁延道。

"就是她。"周岁鸿道，"想不明白她为啥非要嫁给他，可能真是王八看绿豆，现在已经有两个孩子了，大的上四年级，小的上一年级。"

周岁延已想不起李玲儿的模样，只道："你这么关心人家干什么？"

"不是我关心，每次我上山查进度，他都要炫耀。"堂弟道，"他还问起过你呢，想看看去吗？"

"我干吗去看他，赶紧回家吧。"

八

被围堵事件过后，周岁延收获了爱情，如果用他的标准来定义，应该说是基于多种世俗利益之下的稳定性恋爱，几乎与爱情无关。对方是小唐，就是被围堵时在一起的那个助理律师。周岁延不想要婚姻，不渴望爱情，这世上也许有适合他的人，可他认为碰不到，也不想为此寻寻觅觅，毕竟有很多事都比恋爱婚姻有趣得多，重要得多。是小唐主动的，在这之前，她对周岁延并没有那方面的意思，起码没有透露出任何信号。可自从那件事之后，她像自身发生了化学反应，对周岁延明显热情了，早上会给他买果汁，中午吃饭会要求和他一块儿去，下班了还要问他有没有时间参与比如看电影之类的恋人之间才有的娱乐活动。起初，周岁延是拒绝的，但后来经过一番慎重考虑，接受了她的追求。如果非要找个人结婚的话，那在一定范围内，她是谁都无所谓的。要求特别高就等于没要求，换句话说，周岁延认为自己可以去适应任何人，哪怕是一个小学文凭的农村姑娘，他觉得也能找到共同语言。反正他结婚不是为自己，只是要给父母一个交代，让自己活得像大多数人那样"正常"。就像一个天生走路快的人，只要他愿意，他可以屈就任何一个比他走得慢的人，与之携手到老。就这样，他们俩好上了，如果不是发生那件事，也许他们能走进婚姻。

清廉塔即将竣工的前几天晚上，陈冬冬不慎从塔顶坠落，没有人知道他是当场摔死，还是多挨了一会儿才断气，因为被发现时已是第二天早晨。他真正的落塔因由不得而知，只有那个夜晚的盛大烟火目睹了他的自由落体运动，可它们什么都不会说。为了庆祝本市获得承办国际园艺博览会的资格，晚间八时许，人民广场上燃起了烟火，持续二十分钟左右。人人都看过烟花，但由政府出面，且添上一份属于全市人民荣誉的烟花还没有人见过，因此那一晚的人民广场人山人海，像举行跨年联欢晚会一样热闹。对于这个自从四十多年前因为一场灾难而被关注的城市而言，后来的日子里他们活得太过平凡而憋屈，尽管这里的土豪大款堪称全国之首，可这个城市从来没有拿得出手的东西，犹如江郎才尽的神童再也得不到世人的瞩目，而现在终于能扬眉吐气，怎能不叫市民兴奋呢！

　　塔高九层，基本已完成，已进入最后的验收阶段，再适当修饰即可。夜风浩荡，陈冬冬穿着他平时干活儿穿的衣服裤子，上面沾满了不同时间段的灰渍和泥点子，散发着体力劳动者特有的气味。他的两个孩子都不喜欢这味道，回家不洗澡不换衣服的话，便拒绝和他亲近，除非塞给他们零花钱。此刻，秋风将这些气味吹散了，只有夜晚干燥的凉气往鼻子里钻。望着远处的点点灯火，陈冬冬觉得凄凉和孤独，还有一丝恐惧，有一种跳下去的冲动，想要一了百了。当身体开始坠落时，脸是朝上的，陈冬冬从未如此轻松过，像一片羽毛，像一只大海里优哉游哉的鱼儿。烟花在这时冲上了天，一朵接一朵，硕大，绚烂，富足，像某类人的生活那样五彩缤纷而又持久。陈冬冬觉得自己与这美好的景致近在咫尺，似乎触手可及，于是伸出手，并且因为感动而流下两行热泪。但很快，便冷了，干了。

　　直到一个多月后，周岁延才得知坠塔的人原来是陈冬冬。在李玲儿来律所找他之前，他只听同事和朋友们提过此事，但并未关心是谁，就和网络上每天出现的新闻差不多。除了前台，周岁延几乎是最早来到办公室的。那天才一进门，前台便告诉他有人找，正在会议室等着。周岁延问是哪个客户。前台道："以前没来过的人，她点名找你，说认识你。"周岁延猜不出来是谁，毕竟认识他的人基本不会来律所找他，而且听上去像是公事。没有多想，回到办公室拿了本和笔便进了会议室，只见一个中年女人坐在桌旁，微微低头，见他来了才起身。

"周岁延，你还记得我吗？"中年女人朝他露出一个勉强的笑容。

她的头发烫过又染过，可能时间久了或是本来使用的药水质量便不好，导致它们如同干草堆在脑袋上。额头光而油，两道文过的眉毛已现出赭红色，眼睛大而黯淡，鼻子小巧，眼角和嘴角都在配合着脸颊往下耷拉，整个人仿佛在强打精神。周岁延端详片刻，才依稀勾勒出她少女时的轮廓，脱口而出道："李玲儿？你怎么来了？"

"我有事找你。"她迫不及待，并不想寒暄，直奔主题。

"不管什么事都得慢慢说。"周岁延让她坐下，道，"你先等等。"说着，出了门，泡了两杯绿茶，顺便问前台那女人有没有透露找他什么事，前台摇头道："她不肯说。"端茶进了会议室，递给李玲儿一杯，周岁延道："你怎么知道我在这儿？"

"一个姐们儿介绍的。"她道，"开始我还以为是重名，后来听她详细一说，我就确定是你。"

周岁延笑了一声，又问："陈冬冬呢？听说你们结婚了，还好吧？"

"不好。"她啜了一口茶，补充道，"他死了。"

"什么？！"周岁延惊讶地望着她。

"我就为这事来找你的。"见他的表情不像装的，她道，"上个月从那个塔上掉下来摔死的倒霉鬼就是他，你还不知道吧？你事情那么多，平时那么忙，哪有闲心关注这些没用的。"

"我知道这件事，但我不知道是他。"周岁延道，"这也太意外了。"本想说些安慰的话，可鉴于这么多年没见，他不知该说些什么，只好搓着手，好像很抱歉似的。

"是啊，天塌了一样。"她倒冷静而克制，像是在替别人抒发胸臆。见周岁延注视着她，又道："我都麻木了，这一个多月我一直为这事讨说法，无时无刻不在想着他的死，伤心又绝望，可眼泪已经流不出来了，再说，眼泪也解决不了问题。"

"你是说，陈冬冬的死不是意外？"周岁延试探着问。

"不。"她道，"说实话我也不知道他怎么掉下去的，但警方说是自杀，我无法接受。"

"其实，也有这种可能吧。"

"不可能！"她加重语气，随即意识到不够友好，便恢复陈述事实的口吻道，"以前日子是艰难，可这几年好多了，尤其是跟着周岁鸿干，当上监工以后，不用亲自卖力干活儿，总之，日子是有奔头儿的。两个孩子都是他的希望，就算再想不开，也不会丢下孩子不管。他真要有什么心事，肯定会跟我说，不会一个人闷在心里胡思乱想。他不是那种悲观的人，何况最近也没遇到什么压力特别大的事，也没见他有反常的表现。自杀说不通。"

"你的意思是让警方重新调查？"

她叹气道："倒也不用，再说，那谈何容易？重要的是，我和孩子们还得活着。"

"那你想要什么？"周岁延有些搞不清她的心思。

"我觉得这应该算工伤。"她道。

"可那时候又不是工作时间。"周岁延明白了，她是想要赔偿。

"他要不是监工，大晚上的怎么可能去塔上？"李玲儿道，"不去塔上就不会发生这种事。那时工程马上就要验收，他肯定是想查看查看，黑灯瞎火的，一不小心就掉了下去。"

"这都是你的猜测。"周岁延觉得她的理由过于牵强，便又问："你最后一次见他是什么时候？他有没有说过反常的话或是有什么反常的举动？"

"就是掉下去的当天早上，和以往没什么不一样。"李玲儿道，"难道你也怀疑他是自杀？"

"知道那天发生了什么事才好说。"周岁延道。

"哼。"李玲儿冷笑一声道，"想不到你和那些律师一个样，我真不该抱什么期望。上学时你那么正直善良，还以为你能帮我的忙！看来我错啦，人都是会变的。说实话，我也能理解你的顾虑，毕竟陈冬冬在你兄弟手下干活儿，你犯不着为了一个死人，为了我这个寡妇跟你兄弟伤了和气，何况他还是那么有头有脸的人物。"

"对不起，打扰了！"李玲儿起身欲走。

等到她快走到门口时，周岁延道："等等。"

"还有什么事？你不想帮我，我也懒得跟你多说。"

"我不是不帮你，可法律讲究的是证据。"

"能有什么证据？人都死了。"她重新坐下道，"实话跟你说，我去找过你兄弟，他只见过我一次，知道我的来意后，就再也不见我，想法儿躲着。"

"周岁鸿怎么说？"

"你兄弟没直说，但那意思很明白，人不是因工死的，他只肯象征性地安慰一下，顶多也就二十万元。"李玲儿道，"二十万元够干啥？连房贷都还不清。说这只是可怜我们的抚恤金，换句话说，他们一点儿责任都没有，我当然不同意！"

"事情就是这样，你想要补偿，就得拿出证据。"周岁延道，"总不能胡搅蛮缠。"

"你不跟他们胡搅蛮缠他们就觉得你老实窝囊，就欺负你！"李玲儿道，"跟他们犯不着讲理。以前有理走遍天下，没理寸步难行，如今这世道有钱有权走遍天下都不怕，我一个没钱没势的妇女，摊上这种事儿只能死缠烂打，豁出这条命也得讨个说法！"

"你要这态度，我没办法帮你。"周岁延道，"想让我帮你，就得相信法律。"

"我不信法律，我就信你。"李玲儿道，"别的律师一看是我，马上找各种理由推脱。我知道他们怕砸了自己的饭碗，只要你不怕，肯帮我打官司，那我就照你说的办。"

"那好，这得从长计议。你先回去，让我想想，有什么需要我会找你。"周岁延和她交换了手机号码，又叮嘱她不要再去找周岁鸿，先回家整理一下陈冬冬的遗物，兴许能找到有用的东西。李玲儿握住周岁延的手，像抓住救命稻草一样，半晌才说出一声"谢谢"。

◦ 九 ◦

之所以没怎么经过大脑便应承下来，很大程度上出于意气用事。对于弱势群体，周岁延觉得理应怀着悲天悯人的情怀，作为律师，更应该去帮助他们。此外，这件事涉及周岁鸿也是一个主要因素，仿佛上天故意安排，给他机会去找出周岁鸿的不光彩，他怎么能放弃呢？想来周岁鸿的发迹史不可能清白，正好利用这件事深入调查，予以曝光，让那些崇拜他、视他为榜样和偶像的人为之震惊，以此警醒世人。如此一想，周岁延意气风发，准备全力以赴，竟一点儿都没觉察出自己的天真，更没想到此事会招致身边人的极力反对。

　　首先对他发难的是以父母为代表的家人和亲戚，按照质疑和责备的先后顺序依次为爸爸、妈妈、妹妹、大姑、二姑、大姑的儿子、二姑的女儿，外加一个远房表叔。总而言之，他们或多或少得到过周岁鸿的好处，认为周岁延这样做太不厚道，甚至到了恩将仇报的地步。他们都劝他不要管，如果周岁延一意孤行，对周岁鸿造成负面影响还在其次，让他们最揪心的其实是兄弟失和。面对众人的指责，周岁延甩出的是同一套说辞，他辩称这样做是为了维护周岁鸿，如果当事人闹到上面去，让来自大城市的律师接了这案子，恐怕对周岁鸿更加不利。这些人听了他的解释皆恍然大悟，说他想得更周到更长远，于是语气缓和，指责变成了抱歉和感恩。周岁延从不跟家里人说工作上的事，那么这些人怎么获知的呢？周岁延认为是周岁鸿在背后捣鬼。为何叔叔、婶婶、堂妹都没有跟他交涉呢？那样做就等于暴露了周岁鸿在暗中关注着此事，他只想发动其他亲戚的力量，来让周岁延妥协。看来这案子必有蹊跷，周岁延想，好不容易抓住了把柄，怎么能轻言放弃呢？

　　其次，韩律师和唐律师等同事也劝他不要接手此案。韩律师分析，即使赢了，对他和整个律所也不会带来任何利益，即便有那么一点儿经济回报，但整体而言弊大于利，这种风险性太大的案子就算有信心有证据也不能接，何况证据不足。韩律师苦口婆心道："我明白你想一战成名，获得业内认可，但这等于刀尖上舔血，也属于不正当地博出位，大家都不接自有不接的道理，我们也没必要逞能！"面对韩律师，周岁延不能再使用糊弄父母亲戚的那一套说辞，他只能实话实说道：

"我就是看李玲儿可怜,想帮她讨回一个公道,我就不信还没有公理了。"韩律师道:"傻孩子,那也犯不着为了她搭上自己的前途,让整个律所的人跟你吃挂落吧!"周岁延道:"您放心,我一人做事一人当,大不了我辞职,跟律所撇干净关系,我只是为了我的心。"韩律师无奈地摇头:"你咋这么犟哪!"

"你真打算离职吗?"晚上吃饭时,小唐问周岁延。

"看情况,现在还没到那个地步,往后很难说。"周岁延坦诚道。

"那女人和你什么关系?你干吗那么卖力地帮她?"小唐掰掉披萨的硬边,只吃软的部分。

"她还有她老公我们同学过,不过初中以后就再也没有过联系,要不是这案子,也碰不到。"

"那上学时你是不是喜欢过她?"小唐的语气酸溜溜的。

"你想什么呢?怎么可能!"周岁延道。

"那你干吗非要接这案子?肯定是旧情难忘!"小唐的叉子扎透了一块黄桃。

"你别无理取闹。"周岁延道,"本来就够烦了,几乎没人支持我。"

"大家都不支持说明这事本来就有问题。"小唐放下叉子道,"我就不明白了,康庄大道你不走,为啥偏偏往没人走的路上拐,到时候弄一身泥看你怎么办!"

"你认为,人活着就得随波逐流,就得走大家都走的路吗?"周岁延一脸严肃。

"那当然。"小唐道,"你又不是天才,你只是个普通人,比别人多不了什么,你不像大家一样活着,你还能活出什么新鲜花样?"

"也不是刻意要活得与众不同,但起码得知道自己想要什么吧！"周岁延道，"我做这件事并没有什么目的，就是想做，想帮她，想找出真相。"

"哟，别把自己说得那么伟大，不食人间烟火似的。"小唐奚落道，"哪有真相啊？你不过是个律师，就算是上帝，也不会插手人间的事。'天地不仁，以万物为刍狗'，你不懂啥意思吗？"

"不懂。"周岁延赌气道，心想：人人内心都有一套他人难以撼动的生活准则，哪怕是歪理。

"那就虚心接受，听人劝吃饱饭。"小唐居然来劲了，继续道，"你以为坚持会让你变得更强大，其实有时候放手也会变强。"

真不知道她从哪里看来的这些鸡汤，周岁延泛起一阵鄙夷，白了她一眼，什么都没说。

"说话呀，你到底放不放手？"

"不放又怎样？"周岁延道，"大不了分手！"

"嗬！你想分手就分手，你当我什么人？"小唐道，"睡够了是吧？"

"你能不能讲点儿理。你情我愿的事，有什么好说的，还这么大声。"周岁延制止道。

"那我小点儿声。"小唐直凑到他脸上道，"要分手也行，但你得帮我一个忙，从此互不相欠。"

"我没这个义务。"周岁延以为她在开玩笑，但她的表情比浏览卷宗时还认真。

小唐不理他，兀自道："我想在蓝花楹水岸买套三居室，你让周岁鸿给个内部价吧。"

"凭什么？"周岁延心里一惊又一凉，突然意识到小唐和他好的目的就在此。蓝花楹水岸是周岁鸿新开发的楼盘，广告打得满大街都是，地基刚打好便已开始预售。

"你要不帮忙，我肯定叫你好看。"小唐近乎咬牙切齿。

"那我倒要领教领教，我可什么都不欠你的。"周岁延说完，起身欲走。

"回来！"小唐道，"结了账再走。"

周岁延迟疑片刻，拿起小票到前台，付钱之后才离开。

几乎每个认识周岁延的人都对他接手陈冬冬这个案子给出了反应，只有周岁鸿按兵不动。他不可能不知道，周岁延猜测，李玲儿来找他的当天，周岁鸿就知晓了此事，却假装不知，可见，堂弟是在等着他上门。他表面上越是沉着镇定，越证明他心里有鬼。这么一想，周岁延便也不急着去找周岁鸿董事长，而是先接触了平常与陈冬冬关系还算密切的工友，了解情况，但几乎没有得到有用的信息。可能因为这几个人都不是头目，无法提供有价值的信息。只有一件事引起了周岁延的注意，有个工友说陈冬冬曾经和项目经理发生过争吵，但具体吵的什么，在场的人离他俩比较远，并没有听到。他们猜测多半是工程上的事，因为陈冬冬和项目经理并无私交。周岁延打听到项目经理胡小全的电话并打了过去，对方痛快地接听。周岁延说明来电目的，并问他有没有时间见个面详谈，胡小全说他在外地忙另外一个项目，过几天回市里，到时再找他，或是有什么事在电话里说也行。他觉得在电话里说不清，便让胡小全回来以后给他来电，对方满口答应，配合度高到令周岁延生疑。

随后，周岁延又见了李玲儿两次，其中一次还去了她家，仔细检查了陈冬冬的私人物品，都是些平常物件，没有留下任何只言片语。他的手机里储存了很多照片，其中有一部分是关于清廉塔施工现场的，像是在记录工程进度，包括各种建筑材料及采购清单等。这些照片也许用得着，周岁延便将照片传到了自己的手机里一份，接着又浏览了陈冬冬的微信及通话记录，他生前最后一通电话是打给李玲儿的，在他坠塔的当天中午曾与一个没有备注姓名的号码通过话，李玲儿并不认得这个号。周岁延记下此号码，让李玲儿将手机收好，不要使用也不要删除手机里的任何数据。李玲儿答应着，又问他有没有计划，要不要再去找周岁鸿。周岁延叮嘱道："没有我在场的情况下，你不能单独见他，如果他想见你，问你什么，你必须先告诉我。"李玲儿道："明白。"周岁延道："等时机成熟了，我再找他，有进展我会随时联系你。"

十

这是周岁延第一次进入周岁鸿的办公室，之前不止一次听亲戚们描述过，及至见到实景，其奢华与俗不可耐的程度还是让他目瞪口呆。进门，过玄关，绕过一扇古典屏风，左拐才能看到办公桌，后面墙上挂着一幅巨大的书法作品，只有一个"周"字。字幅下面是北欧风格的书柜，里面摆着精装书、青花瓷茶叶罐，以及玉白菜、铜牛、招财马、貔貅等各种材质的风水类摆件。办公桌上还有一座半米高的假山流水喷泉，其间水汽氤氲，汩汩作响。左边是一套真皮沙发，茶几上放着树化石茶盘，茶盘上有一套紫砂壶茶具。

除此间外，还有盥洗室、卧室、餐厅、书房和绿植房五个房间。周岁鸿带领周岁延一一领略，其中留给周岁延印象较深的是绿植房，依托阳台所建，三面墙一面落地窗。内中并无奇花异草，都是些常见品种，但都是有些年头儿的，那棵半人高的玉树正值花期，满枝白粉相间密匝匝的小花如繁星。周岁延听人说过，玉树要三十年才能开花。其他植物也都如在热带雨林气候中一般，长得硕大、气派、招摇而又诡异。

　　参观完毕，兄弟俩面对面坐在了沙发上，安妮笑着斟过茶后便自动消失。周岁延端起茶盅，一口喝光，自己又倒满，说了一声"真不错"。他尽量表现得不见外不拘束，可置身其间，周岁鸿还是令他感到陌生。周岁鸿不知堂哥夸的是办公室还是茶，只笑笑没说话。

　　"李玲儿来找过我，她认为陈冬冬的死有蹊跷。"周岁延开门见山。

　　"哦，你相信她的话吗？"周岁鸿不动声色，半晌才道。

　　"我愿意去查查，我记得你说过，这世界远比我想象的复杂黑暗。"

　　"查到什么了？"

　　"还没有，但我觉得陈冬冬的死应该是意外，目前来看，他没有自杀的理由。"

　　周岁鸿笑道："也许他喜欢往下跳。"

　　"只能给李玲儿二十万元？"周岁延转移话题。

　　"她想要多少？"

　　"我不知道。"

　　"她没跟你说？"

　　"没谈这个。"

　　"应该谈谈。"

　　"她想要的不是钱。"

　　"她想要更多的钱。"

　　"不是钱的问题。"

　　"问题是钱的多少。"

　　"钱不能解决所有事。"

　　"这事可以用钱解决。"

"你想出多少？"

周岁鸿笑眯眯地摇摇头，点了一支烟，吸了一口才道："哥，你为啥要帮她？"

"为了你，我不想别人抓住你的把柄。"

"我没什么把柄可抓。"

"那是别人不敢抓。"

"你敢是吧？你多能耐啊！从小就比我能耐。"

周岁延听出了堂弟的讽刺，但一点儿都不生气，甚至有些欣慰，这才是周岁鸿的心里话。

"你是不是一直都看不起我？"周岁鸿脸上笑盈盈的，口吻却从未有过的严肃，他继续道，"你其实不是想帮她，你是想出我的丑，你嫉妒我的成功，嫉妒我比你受欢迎，对不？"

周岁延的目光停留在紫砂壶上几秒，默默点头，忽而眼皮一抬道："你难道瞧得起我？"

"我很敬重你，从小到大，现在也是如此。"周岁鸿道，"一个人活了三十多年还那么死心眼儿也挺不容易的，尤其在这个人人都能识时务的社会里，哥你可真是珍稀动物，令人敬佩！"

周岁延不理堂弟的奚落，试探道："我联系上胡小全了，约好明天见面。"

"不用跟我说，我不想知道。"周岁鸿道，"你该怎么办就怎么办吧。"

"你不怕？"

"芝麻大的事我也怕的话，我还能成为现在这样吗？哥，我觉得你太自以为是了。李玲儿不过是利用你，就算你帮她打官司，找出你想要的真相和正义，对我也不会有什么影响，你以为我有那么容易搞垮吗？再说了，就算我身败名裂，你真的能开心吗？你又有什么好处？"

"你这么有自信，为什么不拿钱摆平？"

周岁鸿呵呵笑道："不急，我得给你施展的机会啊！让你知道自己有几斤几两。"

"那就等着瞧。"周岁延起身便走。

周岁鸿站在门口，目送堂哥进了电梯才关门。转身只见安妮笑吟吟地望着他道："谈崩了？"他叹道："死脑筋。"安妮请示："要给胡小全打电话吗？"周岁鸿摇头："他知道该怎么说。"

回来的路上，周岁延接了一个国外电话，是他那位做导游的同学打来的。闲聊几句别后情况，同学才道："你是不是给巴黎高等社会科学研究学校发过简历，留了我的电话？"周岁延先愣了片刻，随后反应过来："对，我回国前给很多大学发过简历。"同学道："你没看到他们给你回的邮件吧？"周岁延道："自从回了国，我就没上过 Gmail（谷歌邮箱）。"同学道："你一直没回复，人家给我打来电话，发了邮件给我，我已经转到你 QQ 邮箱了，回头你看看。"周岁延道："是让我面试吗？"同学道："好像不用面试，直接去工作，试用期半年。"周岁延喜出望外道："啊？是吗？等我回到家就看。"

到家后，周岁延查收邮件，内容和同学说的相差无几。发简历时，周岁延基本没抱希望，尤其是这所算不上严格意义上大学的院校，隶属于素有法国精英教育之称的"大学校"系统，他更觉得没门儿。学校给他的职位是研究员，并将待遇情况发给了他，留了一个学校的电话，让他尽快给出答复。周岁延一时间有些踌躇，于他个人而言，自然很想去，只是父母那儿不好开口。母亲的病已无大碍，可他们真正想要的是留他在身边，是养儿防老。周岁延不免左右为难，需要考虑一番才能决定，就算走,也得把陈冬冬这件事办完。

次日下午,周岁延见到了胡小全。在聊天过程中,胡小全可谓知无不言,问什么说什么,像是提前排练过,这出乎周岁延的意料,他本以为对方可能会有所隐瞒。问到他和陈冬冬为何事争吵时,胡小全亦坦言道:"你可能有所不知,其实很多工程都会偷工减料,短期内不影响安全不算大问题,比如用稍次的产品替代国标,或者适当扩大箍筋间距节省用料等,这在圈内几乎是公开的秘密,除非遇到地震之类的自然灾害,否则在一定年头儿内不会出问题。可陈冬冬这人爱较真儿,我也不明白周董为啥非要让他做监工,不管物料采购还是施工方式,他都要仔细过问,非要按照国家标准执行,这不是断了大家的财路吗?要都这么做,能有多少赚头?那天实在把我气急了,才跟他吵了起来,并没什么大事。"

周岁延之前也咨询过在北京做律师的同学,那个同学听说这个案子,曾建议他剑走偏锋,抓住工程质量不放,挑出毛病让开发商赔偿,只要想挑,总能挑出来,看来胡小全说的不假。便又问:"那后来他找过周岁鸿吗?"胡小全道:"应该找过吧,就算没找,周董时不时也会来工地,他应该也会说的。"周岁延问:"那周岁鸿对此事什么态度?"胡小全道:"还能什么态度,周董这人仗义得很,当然是有钱大家赚,让我们别跟陈冬冬一般见识,该怎么做就怎么做。"

胡小全走后,周岁延独自去了清廉塔。自出事后,暂时没有举行落成剪彩等仪式,也是因为有些细节尚待完善,加之地处市郊,比较偏僻,除了登高外,没什么可看,因此并没有人来游玩。正值黄昏时分,余晖给塔身镀了一层金光,竟有几分庄严和神秘。周岁延拾级而上,共九层,在每一层,他都站在窗口远眺一番,像是在凭吊逝去的人。没有什么证据能表明

103

陈冬冬是从第几层掉下去的,但肯定是四五层往上吧,周岁延想。越往上走,空间越小,至八层楼梯时,仅能容身一人,窗口和轴心的距离也越来越窄,而窗口还是很大。上到第九层时,天色渐黑,初冬的小风吹得周岁延脸又痛又麻,他不禁打了一个喷嚏。他只好转身,打算下去。这时,他的目光被墙上洞内的一豆荧光吸引,便移步近前。这些洞想来是为了以后建成搁置举报信的信箱预留的,那丝微弱的绿色荧光源自一只手环。周岁延拿起手环,发现手环上还系着一个小巧的月牙形物件。根据经验判断,这可能是一个U盘。果然,稍微研究后,便发现了USB接口。是谁放在这里的?里面又有什么内容呢?他马上回了家。

尽管已有所怀疑,但U盘里的内容还是让周岁延颇为震撼,全是周岁鸿近年来和各路官员勾结的证据,每一笔都记得清清楚楚,时间地点人物及涉及金额,包括周岁鸿和这些人应酬交际的照片。其中还有几通电话录音,是陈冬冬和周岁鸿的,日期最近的一个,也就是陈冬冬坠塔当天中午的那通电话,内容是周岁鸿通知陈冬冬晚上七点半到清廉塔第八层进行交易。通过前几个电话录音,可以获知,陈冬冬收集这些证据是想要挟周岁鸿,跟他一手交钱一手交货。那晚具体发生了什么不得而知,但陈冬冬的死,周岁鸿脱不了干系。周岁延马上找出他记下的那个手机号码,用新买的一张卡打过去。对方接听,"喂"了一声,问找哪位——是堂弟——周岁延没出声,挂了电话。没想到,证据竟然以这种方式出现了。

装好U盘下楼,打车直奔李玲儿家。下车后,周岁延迟迟没有上楼,望着李玲儿家窗户里透出的光亮,翻来覆去想了又想,终究还是给周岁鸿拨了电话,得知后者还在办公室,便让他等着。安妮已下班,只有周岁鸿一个人在,周岁延将U

盘丢过去，让他自己看。

周岁鸿神色不定，问他："哥，你从哪儿得到的？"

"陈冬冬到底怎么掉下去的？"

周岁鸿沉默片刻才道："我就猜他肯定备份了，这个小人！"

"这个U盘放在塔的顶层。"

周岁鸿抬起眼皮看了他一眼道："我讨厌被人威胁，他要我五百万元买下这些资料，没谈妥，在八层窗口发生了争执，我夺过了U盘，同时不小心把他推了下去。我想过救他，可等我跑下去时，他已经没了气息，我只能走掉。"

周岁延脸色煞白，不知该说什么。他是想找出周岁鸿的劣迹，可不至于看他毁灭。他定了定神才问："还有别人知道吗？"

"应该没有，除了你。"

"安妮知道多少？"

"你这是替我担忧吗？"周岁鸿望着周岁延道。

"就算是吧。"

"我有分寸。"周岁鸿道，"哥，你想怎么办？"

周岁延问："你打算给李玲儿多少钱？"

"两百万元？"周岁鸿的口气似乎在征求堂哥的意见。

"不能再多点儿？"

周岁鸿道："你放心，以后我会让人多加照顾他们。"

◦ 十一 ◦

半个多月后，周岁延办了辞职手续，订好了去巴黎的机票。父母那边没有费多大劲便说服了，虽然不舍，可他们还是希望他能生活在他喜欢的环境里，尽可能快乐一些。临走前一天中午，摆了家宴，亲戚们都来了。饭后，周岁鸿问周岁延想不想再去看看兰泉河。周岁延欣然答应。走高速，不过一个多小时，便到了兰泉河的大桥上。凭栏远眺，无边落木萧萧下。

"有件东西，物归原主吧。"周岁鸿说着，从兜里掏出一支钢笔递给周岁延。后者瞬间愣住，脑袋里嗡的一声，像是置身盛夏的森林，蝉鸣钻耳，心里却极静，眼眶随即湿了：这不是小时候奶奶送给他的那支钢笔吗？

"怎么在你那儿？"

"奶奶给你买这支金笔让我嫉妒死了。"堂弟道，"那天去你家玩，你出去了，我见它放在桌上，就顺手装进了口袋。"

周岁延无话，接过钢笔，爱惜地摩挲着。

这时，周岁鸿拿出U盘道："你收着吧。"

"还给我干吗？"周岁延道，"我给你是想让你扪心自问，自首还是怎样，凭良心选择。"

"我真不知道。"周岁鸿道，"你来替我决择吧！"

周岁延犹豫着接过U盘："你以为我不会大义灭亲？"

"放心去巴黎吧，家里不用惦记，有我呢。"周岁鸿答非所问。

周岁延盯着河水，这才发现河水已变得很黑，深不见底的那种，已和童年时完全不一样。他攥紧U盘，手心里湿漉漉的，想到年迈的父母，想到亲情，想到良知，想到飞往巴黎的飞机还有三天——三天的时间够做出一个决定吗？……

106

月光下的少年

◦ 一 ◦

杨天岭最怕老师把他叫到外面单独谈话。根据他的经验,一旦被老师叫出去就意味着闯了祸,轻则挨训,重的话可能被罚站。反之如果是好事儿或者表扬一个人,老师从来不避任何人,还要大张旗鼓在所有同学面前褒扬一番。总体而言,老师很少表扬谁,但孟爱玲除外,她是经常受到老师表扬的女孩。就在不久前,老师颇为动情而欣慰地称赞她是个尊敬师长、心地善良并且不慕虚荣的好姑娘。除了讲课文的时候咬文嚼字外,老师还没有在任何一个学生身上用过如此高雅、书面化的语言。教室里很多二年级的学生听不懂这么文绉绉的字眼,但大家都知道是好话,因此屏气静听,其中不乏眼红羡慕者,但绝不包括杨天岭。目前来说,他最讨厌的两个人就是老师和孟爱玲。在他看来,孟爱玲仗着爸爸是村支书便妄自尊大,不可一世,而且虚荣心极强,极会来事,专门讨老师的欢心。那次她被表扬,是因为她从家里带来抹布把老师用的那张破旧不堪的讲桌擦得锃亮,几乎能照进人,就连上面那些不知被哪朝哪代的调皮学生画上去的字迹和图画也清晰可辨了。重要的不光是她做了,而是人家的初衷本是只做好事不留名,谁知竟被老师发现了（鬼知道是不是她早就看见老师进了校园大门才开始擦桌子）。最让杨天岭看不惯的是在老师表扬她的时候，她昂首挺胸，红着脸，很像每天早上站在鸡窝上打鸣的大公鸡，看似羞涩，其实心里得意得就要上天了。老师本来就想巴结村干部呢，还不知道从哪里入手，现在对他的宝贝女儿好一点儿也算打好了前站。后来老师的讲桌就有人争先恐后抢着擦了，但杨天岭一次也没擦过，他注意到孟爱玲也没再去擦，而别人再也没有得到过表扬。

  那是下午第一节课，最后一个单元复习完了，老师让大家做习题。老师先是出去了，杨天岭没注意，后来老师在窗户外面叫他出来一下。隔着玻璃，他看清了那张拉得老长的脸，他料定自己又闯了祸，于是提心吊胆拉开那扇锈迹斑斑的铁门，蹭了出去。老师站在中间那扇窗户旁边，这扇窗户两边各有两扇窗户，教室一共有五扇窗户，两扇门。通常早自习和午自习时，老师会躲在后门或者窗户旁观察自习情况，监视有没有人捣乱，而后视情节严重程度或批评了事，或惩罚一番。杨天岭曾经被老师罚站过两次，一次是日头狠毒的夏日午后，那次他站了一个多小时，老师就开恩让他回到座位上了，可能是看他全身都被汗水浸湿了吧。还有一次就没那么走运了，正赶上阴天，不凉也不热，他整整站了一个下午，直到放学，老师才放他回家。就是从那次开始，他记恨起了老师，暗下决心此仇不报非君子，而表面上却比从前老实多了。为此老师还说过他有进步，他当时心里想：好汉不吃眼前亏，早晚让你好看，等着瞧吧！但事实上，他一直没想好如何报复。往老师家门口尿尿？还是把她家菜园里的白菜苗全拔掉？做这些又不能被老师逮住，如果不让她知道是他做的，那做了几乎等于没做，没有任何意义，因此他的复仇一直在谋划中，从未实施。

他有预感今天又撞到了枪口上,尽管猜不到所为何事。他低着头,站在老师对面,目光所及是老师脚上那双灰头土脸的布棉鞋,由于时间长久根本看不出本色,就跟她现在的脸色一样难看。老师叫他把头抬起来,他仰起脸迎接那双放着寒光的眼睛,心里倒踏实了不少。他已经确定自己犯了错误,而且做好了最坏的打算——被罚站。老师指着身边墙壁上那几个字对他说:"这是你写的吗?"他陡然醒悟,课间自己在黑板下面捡了一截粉笔头,随手在墙上写下了"朝花夕拾杯中酒"这句歌词,当时不光自己没在意,其他人好像也没注意。他盯着那几个字,很端正,不禁唱了出来。老师见他不说话,便提高声音:"说呀,是不是你?"老师当时并不在,她怎么肯定是我写的呢?杨天岭思考着。但他不想撒谎,因为他觉得写字不算犯错,便点头说:"是我写的,怎么啦?"老师问:"粉笔哪儿来的?谁叫你在上面乱画的,你不知道这是损坏公物吗?"他豁出去了,没好气地说:"粉笔是捡的,你以前也没说过不允许在墙上写字,这又不是乱画。"老师没想到他竟然敢顶嘴,她觉得自己的权威受到了挑衅,于是声色俱厉道:"我怎么没说过?刚入学时我就说过!下课后给我擦干净,这节课别上了,站着吧。"本想多教训他几句,可天实在太冷,老师冻得直哆嗦,只得扔下杨天岭罚站,自己进了教室。

阳光像掺了水一样稀薄,苍白,淡淡的温度无力地落在脸上,更让人觉得彻骨地寒冷。杨天岭穿了一件厚而笨重的棉猴儿,前胸后背保护得不错。可暴露在外的鼻子、耳朵、嘴唇、脸蛋儿却不得不与小刀似的北风短兵相接。不消一会儿,他的脸便泛着心里美萝卜心的颜色了。眼泪已风干,整张脸皱巴巴的,好像早上洗脸后忘记抹紫罗兰雪花膏就到外面吹寒风一样。为了取暖,他把手插在衣袖里,不停跺脚,接着又蹦起来。他不敢动作太大，怕惊动老师，再训斥他。双手暂时暖和了，不过两只脚感觉凉飕飕的。他不知道寒气究竟是从什么地方钻进去的，那感觉就像没有穿鞋站在冷冰冰的石板或者生铁上似的。他只好加大动作，脚下的浮土被他震起来，鞋面和裤脚顿时蒙上一层浮尘。正跳得起劲儿，老师的脑袋从门缝探出来，冲着他嚷道："老实会儿不行呀，还没站够是不？"杨天岭转过头，看见她的左脸让灰白的短发遮住了，嘴唇翕动着，口气把嘴边的几丝头发吹起来，一飘，一飘，好像鲇鱼的触须。他瞪了老师一眼，没说话，停止了动作。也许老师没有注意到他眼睛里的愤怒，或者是害怕外面的寒冷，懒得理他，说完话赶紧将脑袋缩进了门里。

　　过了大概一节课的时间，应该是给一年级讲完了课，正要给三年级讲，仿佛良心发现，老师走出来，看到冻得直流鼻涕的杨天岭，对他道："行了，先进去吧，明天记得带五块钱，损坏公务要赔偿。"一听要五块钱，杨天岭这才感觉事儿闹大了，向来朝家里要钱他就犯怵。平时，家里给他的零用钱顶多三毛，最大方时也才一块，通常这种情况一年只有两次，除了过年的压岁钱，就是儿童节那天。一块钱可以买很多东西，一般他会先买两毛钱的麻花爪儿，随后买一根一毛钱的冰糕和一个八分钱的刨冰，剩下的钱买电视剧的贴纸和一支灌铅自动笔。他喜欢《西游记》和《新白娘子传奇》的贴纸，尤其是白娘子和孙悟空这两个人物，只要见到新出的，就会买下来。一想到每次妈妈给他钱时难受得像从身上割下一块肉，他的眼泪便不由自主地流了下来。到腮边的时候，他用袖子去抹，便有咸味浸入干裂的嘴唇。老师说："甭给我装可怜，谁让你犯了错还要狡辩？"杨天岭不知该怎么办，只得一声不吭，这件事已超出了他目前的人生经验，只得拖着沉重的双腿走进教室，回到了座位上。

下课后，他叫堂妹拿板擦给他，堂妹胆小如鼠，看见老师在讲桌上批改作业，没敢去拿，把自己擦桌子的抹布拿给了他。他用抹布蘸水擦掉了那几个字，一边擦一边小声咒骂。堂妹问他在嘀咕什么，他说："我在骂那个缺德带冒烟的老家伙，净找我的碴儿，要不是怕她到我爸那儿告状，非得给她点儿颜色看看。"堂妹靠近他，压低声音说："你知道是谁告诉老师的吗？"他寻思片刻："不知道。你不说我倒忘了，我写字的时候老师回家倒热水去了，根本不会看见，你知道是哪个不要脸的嘴这么欠？"堂妹环顾周围，把嘴凑到他耳边道："还能有谁？孟爱玲呗。我亲眼所见，亲耳听到的！"两团熊熊火焰在他双眼里燃烧起来，他说："为什么她总喜欢打人家的小报告，有机会非得整她一顿！"堂妹见他额头青筋突起，鼻孔粗气直冒，知道他不是一般的生气，心里有几分担心，后悔不该这么说。于是劝道："你别再惹事了，就忍忍吧，不管怎么说，老师总会偏向她的。"他不甘心地哼了一声。

晚上回家，他想要和堂妹一起走，可是除了女厕所，他找遍了学校的每个角落都没发现她的踪迹。他决定去女厕所看看。在厕所附近徘徊一阵儿，最终拐进了男厕所，根本没有尿意。这时他听到女厕所好像有人在说话，其中有孟爱玲的声音。她说："是你告诉杨天岭的吗？你看见我跟老师说了还是听见了？为什么诬赖好人？"过了片刻，才是堂妹的声音，很小，几乎听不清楚。她说："我就是看见了，你跟老师在说他的坏话。"孟爱玲显然有些气急败坏，声音变得尖厉，道："我饶不了你。"她可能想要动手。有人往外跑，一阵脚步声传来，忽然断了。"躲过，别挡道。"堂妹说。孟爱玲的声音："你得跟我保证以后不要再理杨天岭，跟我们女生一伙儿。"堂妹

111

没说话，一阵推推搡搡的声音。他知道堂妹要是跟孟爱玲打起来，肯定会吃亏，孟爱玲人高马大，彪悍如母老虎，而堂妹瘦小单薄，一阵风就能吹倒。他壮了壮胆对着女厕所喊道："小雪，里面还有女生吗？"堂妹听见了，反应过来道："没有，进来吧！"孟爱玲威胁道："这是女厕所，你敢进来就是耍流氓。"杨天岭顾不了许多，转身出来直奔女厕。女厕有一节黑咕隆咚的过道，很窄，只能容下一个人，刚走到尽头，就见孟爱玲靠在一侧，左腿和右手抵住墙壁的另一侧，斜睨着在里面一脸无可奈何的杨天雪。他还没说话，孟爱玲虚张声势地开口了："杨天岭，我给你告老师，就说你随便闯女生厕所。"他懒得看孟爱玲，一把推开她，后者打了个趔趄，脑袋撞在墙上发出结实沉闷的响声。他拽过堂妹快步往外走，就像罪犯逃离作案现场，战士躲避爆炸一样迅速。孟爱玲嗓门儿大，哭声尖细嘹亮，震荡着杨天岭的耳膜，断断续续嚎出一句完整的话——"看我非得找你们家去。""爱找不找，我才不怕她呢。"杨天岭像是在自言自语，也像在说给堂妹听，总之不是说给孟爱玲。他的声音很小，完全湮没于孟爱玲的哭声里。杨天雪注意到这一点，她觉得堂哥心里还是不想把孟爱玲惹毛的，要是她找家里去，堂哥一定会被叔叔打。她回头看了一眼孟爱玲——一边往外走一边哭天抹泪，哭声还在继续，并且毫无减弱的趋势。杨天雪突然间想起了过年时那些待宰的猪，霍霍发亮的尖刀尚未架到猪脖子上时，那畜生便已嗷嗷乱叫，竭尽全力摇摆，七个不服八个不忿。爸爸曾经跟她解释过，猪之所以反抗激烈，是因为玉皇大帝给动物们安排结局时，它迟到了，没有亲耳听见，而是从羊的嘴里听说的，所以它不甘心，而羊早知自己的结局，所以才视死如归，就算被杀也温驯无比，一声不吭。

112

二

出校门时，天已黑透。北风正劲，与阻挡其行进的一切物体摩擦、纠缠、盘旋，发出野兽般的嘶吼。村子里的灯火闪着微弱的光芒，奄奄一息，仿佛远在天边。树木、柴火垛、井房、坟头等在满天星光下现出模糊的轮廓，犹如一头头搁浅的怪兽，好像随时都会跑起来，青面獠牙地逼近人面前。想到这儿，杨天雪快走几步，跟得堂哥更紧了。若是往日，杨天岭很少安分地走路，不是踹几下路边的大树和电线杆，就是把脚下的积雪像狗刨土一样刨向后边。每当他这样做，她都试图往两边躲开，可当她站到旁边时，已经有雪在她的脖颈儿或者脸上融化了，冰冰凉——异样地舒服。但今天，他有心事，一直蔫头耷脑，毫无生气地往前走，连话也不说一句。杨天雪不习惯，还有点儿担心，遂试探道："怎么不说话？"他没吭声。她接着说："我不会告诉二叔，也不会告诉二婶，我觉着孟爱玲也不敢找你们家去。"他放慢了脚步，回过头看着她说："她要敢恶人先告状，看我怎么收拾她！"杨天雪看不清他的眼神，但能感觉有犀利的光芒射出，犹如四脚动物的夜眼一般明亮，还透着一股坚定和戾气，这让她生出些许恐惧，比老师让她到黑板上做数学题还要恐惧。

齐响小学只有两间教室和一间储藏室，储藏室用来放破旧的桌椅和冬天生炉子时使用的棒子骨（玉米棒芯）、煤球等。每间教室里有两个年级的学生，王素兰和李凤蓉两位老师各负责两个年级的所有课程，都是复式教学模式：今年王素兰负责教一年级和三年级，那么李凤蓉则负责二年级和四年级。到了明年，四年级的学生升入五年级便会到高庄子中心校上学，二

113

年级升到三年级还是她负责，一年级新生自然到了她这儿，王素兰的学生则变成了二年级和四年级。民办老师的工资不高，为了尽快转正以及拿到奖金，她们只能想办法提高学生的成绩，有时甚至不择手段。比如，其他学校七八岁就能上一年级，而她们非要等到孩子九岁才收，认为那样容易管教，但村干部的孩子或是和她们沾亲带故的除外，像孟爱玲，七岁时就跟着上课，八岁正式入了学。此外，成绩不好的学生，老师们便剥夺他们参加期中和期末考试的资格，以免拉低平均分，不能参加考试的学生注定不能升级，来年还要复读。这样搞其实是作弊了，但师资力量有限，这个穷乡僻壤能有教师已算不错，上面也就睁只眼闭只眼。再者，当时的家长懂得少，对教育尚不够重视，基本上老师说什么就是什么。搁现在，她们早已失业。

在这种政策下，每年都会有学生留级，有些孩子甚至读了两三年还在上一年级，杨天雪便是其中之一。她和杨天岭同岁，都是腊月生的，他只比她早出生六天。兄妹俩同一天入学，任课教师是王素兰。杨天岭爱捣乱，成绩好，每次期末都能得奖状和微薄的奖品；杨天雪性子蔫，成绩差，堂哥都已经上了三年级，她还在上一年级。王素兰对待成绩差的学生不留情面，常常当着所有学生的面嘲讽、挖苦，有时候甚至故意整他们，尤其是在她气不顺时，那些学生往往成为她的出气筒。明知道杨天雪不可能做对的题，她偏偏叫她到讲台上现场演算，让她在所有人面前出丑，以期从对学生的虐待中来寻求快感，释放生活里的不如意。听到老师叫自己的名字，杨天雪条件反射一般，心跳加快，手脚不听使唤，抗拒着起身，走到讲台，捏起粉笔。王素兰站在一侧，斜睨着她道："你能不能麻利点儿，小姑娘家家的，老太太一样，早上没吃饭？"

被老师如此一说，杨天雪更加慌乱，本来还可能知道如何作答的题目，脑子里即刻一片空白，无从下手。王素兰道："这题我讲过多少回了？你这已经第三遍上一年级了，怎么还不会？死记硬背也该背下来了吧？"杨天雪颤抖着手，横下心写下答案。王素兰面对学生道："大家说，杨天雪做对了吗？"下面一片幸灾乐祸的声音："不对。"王素兰上前几步，拿食指点戳着杨天雪的脑门儿道："猪脑子啊？猪都比你聪明！像你这么笨，还活着干吗？你看看杨天岭，你们俩同一天入学，他都上三年级了，你还在一年级吭哧呢，滚回座位吧，别像根秫秸秆似的杵着了，看你就来气！"王素兰不止一次羞辱过杨天雪，包括其他几个总是留级的"差等生"。她总是这套话，孩子们都已听惯了。第一次可能受不了，当场大哭，甚至第二天不再来上学，有些学生确实因此退了学。但次数多了，心理上的坎儿过去了，很多学生也就不再当回事，那些涉及人身攻击的话只会左耳进右耳出。背地里，杨天雪还会和几个经常被训的女生咒骂王素兰，以解心头之恨。

　　齐响小学里的学生包括齐庄子和响宝盖这两个村子的适龄儿童。学校设在齐庄子，距离响宝盖也就一里多地。杨天岭和杨天雪都住在响宝盖村，王素兰也是，她家和杨天雪家都住在前街，杨天岭家住在后街。整个村里，最有钱的两个人家除了赤脚医生杨子山家，便是王素兰家，至少孩子们都这样认为，他们主要从衣食住行这几个方面来衡量谁家阔得流油，谁家穷得叮当响。王素兰的男人在铁路部门工作，具体做什么，孩子们不清楚，但他的左耳朵没了，只剩一个窟窿，看起来很奇怪。他的工资应该挺高，加上王素兰当老师也有工资和奖金，所以他们家的房子才盖得那么高，那么大，墙壁上还镶着带图案的瓷砖。过年时他家放的鞭炮不仅数量多，花样也多，别人家顶

115

多放几挂洋鞭再加上几个二踢脚，只有他家会放烟火，在大年三十那天照亮小村的夜空，让全村人仰望、羡慕、嫉妒。他家有三个闺女，老二和老三都已上初中，她们俩的衣服比其他女孩的都好看，既洋气又鲜艳，这曾让杨天雪一度歆羡不已，有时连做梦都梦见自己穿那样的薄纱连衣裙。至于她家的大女儿，听人说是个痴呆儿，常年被锁在房里，杨天雪只在无意中依稀见过一次。

杨天雪第二次被留级时，她妈拉着她去了王素兰家，想问问王素兰为啥自己的闺女又上了一年还要蹲班，还有没有继续学下去的必要。尽管杨天雪第二年的任课教师是李凤蓉，但因为她在齐庄子，算不上熟，而且这一年杨天雪又要归王素兰负责，所以她妈直接找了王素兰。妈妈寻思着，如果没有希望，那趁早别念了，不光孩子念着没劲，就连父母也跟着丢脸，此外还要白花钱，一年的学费书费也有不少呢，杨天雪的爸爸至少要卖上一个月豆腐才能赚出来。杨天雪的妈妈管王素兰叫二婶子，王素兰的丈夫杨子云和杨天雪爷爷的辈分一样。当时是暑假，王素兰正在院里洗衣服。杨天雪的妈妈叫了一声二婶子，然后开门见山，说明来意，问王素兰："咱们也不是外人，您就直说，我家天雪是不是读书的料？是不是笨得没救了，她说您觉得她比猪还笨。"王素兰讪讪的，当着大人的面，她不敢贬低孩子，只说："每个孩子都不一样，智商是一回事儿，还有就是开窍早晚之分。你看杨天岭，那就是开窍早，天雪这孩子不笨，但功课上她一是没入门，二是没兴趣，这才导致成绩差，你要非让她上二年级，她也跟不上，所以我和李老师商量着，才让她再上一年，打好基础。"杨天雪的妈妈道："那就再给她一次机会，明年要是再考不上二年级，就甭念了，反正她兄弟后年就要上学了。"

杨天雪静静地听着这两个女人安排着她的命运，而她连插嘴的资格都没有。窗台上有盆花的叶子全耷拉了，如果再不浇水可能会死掉，她正看着，忽然一张惨白的面孔贴到了玻璃上，长满长指甲的两只手在纱窗上用力划着，并且发出一声声瘆人的怪叫。大热天里，杨天雪不禁打了个寒战。王素兰也注意到了，走到窗户旁，敲了敲，似乎在安慰，但里面的家伙好像并不满意，叫得更大声。杨天雪的妈妈道："二婶子，我们先回去了。"说完，拉着杨天雪出了门，好像有妖怪在后面追她们似的。出门后，杨天雪问妈妈那是谁，妈妈道："你们老师的大闺女，是个傻子。"杨天雪问："怎么傻的？"妈妈道："报应，她爸妈缺德事做得太多。"后来，每次杨天雪从王素兰家门前经过，脑海里都会浮现出那张没有血色的脸，便不由得加快步伐。

尽管杨天雪成绩差，还总被老师嘲笑，但她并不像妈妈说的那样"念着没劲"，事实上她很喜欢上学，喜欢校园，喜欢和伙伴们一起玩，甚至那些难解的数学题她也不觉得有多么讨厌。经过那次谈话后，爸妈对她下了最后通牒，再让她上一年，如果还不能考上二年级，就不能再上了。"不上学的话能干吗呢？我还那么小。"杨天雪嗫嚅着发出疑问。她妈道："也不小了，先在家干两年活儿，做饭洗衣服，农忙时跟着去地里干活儿。等十四五岁了，跟你表姐去服装厂，先做学徒，以后成了缝纫工，赚钱也不少。"她爸道："对，女孩嘛，上那么多学也没用，会算数、会写自己的名就够了。你看那么多上到初中高中的，毕业了还不是找个厂子干活儿，然后再嫁人，白花钱不说，还少挣了好几年钱。"从父母的表情和语气中，杨天雪意识到他们并非吓唬她，如果自己再不想办法升入二年级，那百分之百会辍学。升入二年级最直接的办法就是提高成绩，但这条路她早已努力过很多次，如果有用的话也不可能混到现在这步田地，她只能另辟蹊径。她明白，除了成绩，其实王素兰是具有决定权的人，只有在她面前提升自己的形象，才可能有一线希望，为此她愿意铤而走险。

◦ 三 ◦

到村口后，兄妹俩分道扬镳，各回各家。

进家门，杨天岭就要插上大门闩，正在堂屋烧火的爸爸道："别插门，喊小黑回来。"来到当街，杨天岭叫了几声，小黑不知从哪儿钻出来，朝小主人摇着尾巴狂奔，扑到他身上，兴奋得又蹦又跳。他没心情搭理它，关上院门，径自进了屋。饭菜已摆好，两个菜，一盘醋熘白菜、一海碗辣炒鸡杂，还有一碟酱豆腐。看来爸爸把过年时要吃的两只公鸡杀了，毕竟还有半个多月就是春节。旧写字台上的盘子里放着煮酸梨，那是爸爸今天卖剩下的。爸爸常年走街串巷做小买卖，卖水果和蔬菜居多，冬天的水果除了橘子、柿子和苹果，就数酸梨多，一般都是煮熟了再卖。打开电视机，《聪明的一休》已经开演，杨天岭拉过凳子，坐在电视前津津有味地看起来，暂时忘了在学校里发生的不快。妈妈端了烙饼上桌，让他去洗手。

直到吃过饭，天气预报结束了，大门也未被敲响，杨天岭悬着的心才渐渐放下，看来孟爱玲只是逞口舌之快，并非真要到家里告状。可这件事其实算不上什么，即使她来告了状，顶多不过是他被爸爸臭骂一顿，或是屁股上挨几下，真正压在他心头的那块大石头是如何开口跟爸妈要五块钱。不然找个其他理由？他在心里想了几个，但皆被他一一否定，即使能蒙混一时，用不了多久也会露馅儿，到那时还多了一条撒谎骗人的罪，还不如说实话。五块钱对爸妈来说算不上少，爸爸辛苦一天也就赚二十来块，何况他还从未骗过爸妈，他不想这么做。妈妈一边收拾碗筷一边说："写作业吧，别看电视了。"杨天岭点头，没有吭声，他感觉嗓子眼儿有些干涩、刺挠、灼痛，像有一团不大不小的火要烧起来，正在酿着烟。堂屋传来锅碗瓢盆相碰的丁零当啷声，妈妈正在洗涮碗筷，爸爸靠在被垛上眯缝着眼睛，看来是累了困了。杨天岭拿出文具盒和书本，咬着笔头，边写作业边想该怎么办。

写了一半，他觉得口渴，于是倒了一茶缸热水，放在旁边。水蒸气从绛紫色的搪瓷缸口缓缓升腾，渐渐消失，这让他想起电视剧《聊斋》。他趴在桌边，静静地盯着水蒸气，一阵寒意袭来，于是双手捧住茶缸，不知不觉入了神，仿佛看见一个美女从里面站了出来，对着他笑，并作自我介绍道："小女子名唤颜如玉，请问公子尊姓大名。"他刚要回答，却觉得脸上冰凉，于是睁开眼，发现妈妈的手正摸着自己的脸。妈妈见他的脸红扑扑的，以为是白天被冷风吹得太久，现在才缓过来，所以像熟透的苹果一样。可刚把手放在上面，她就知道不好了，哪儿像摸在脸上呀，分明就是一块燃烧正旺的火炭，烫得她连忙缩回了手。她推醒酣睡的男人说："你快瞅瞅，这孩子是不是病了，脑门儿、脸蛋儿都热着呢，叫大夫过来吧！"杨立明揉揉眼睛，没听清女人在说什么，把退到肘部的棉被拉到脑袋上再次睡了。她不想再叫醒他，男人此刻肯定不愿起来，他实在太累，大清早便载着一百多斤的酸梨出了门，下午三点多才回来，回来又杀鸡燂毛，直忙到晚饭时分。看他晚饭吃得那个欢腾样儿，就知道他晌午没吃好，说不定为了省钱只是吃了两块干巴巴的点心，喝了几口凉水对付了事。让他睡吧，她想，明天还得接着跑呢，年关将近，生意好，他舍不得不去。她拦腰抱起杨天岭放在炕头上，盖好被子，拿起手电筒出了门，她决定去给儿子找大夫。

月黑风高，树枝和电线在北风的鞭挞下发出哀号，仿佛赎罪的灵魂难以忍受炼狱的折磨而声嘶力竭地呐喊。手电筒微弱而昏黄的光芒在凹凸不平的路上投射下一个光晕，随着光晕向前移动，女人细碎的脚步越来越紧。赤脚医生杨子山住村东头，平时村里人有个头疼脑热都找他，也有人说邻村医生的医术更加高明而不去找他的。眼下女人来不及多想，只能找最近的，好快一些给儿子治病，况且以往都是找他。其实她已猜到儿子得了什么病，这差不多算个老病根了。前几年大秋后，儿子第一次招上了"肿榨菜"（扁桃体发炎）之后，就算当时打几针吃上几天药治好了，第二年第三年还会在相同的时期发生。今年秋后没有犯，想来可能是儿子的免疫力提高了，谁知快到年根儿又找了上来。这病多是因感冒发烧引起的，她猜测儿子准是在学校里没听她的话，玩闹出了汗，脱了棉服，着凉所致。

赤脚医生给杨天岭量了体温，38.2℃，又拿手电筒照了照嗓子眼儿，确认是扁桃体发炎加感冒。他说："先打两针，明天上午我再过来一趟。"说罢，拿出针头和三支小玻璃瓶装的药水。妈妈早备好了热水，他把针头和药水丢进热水里泡着，便和杨立明唠着家常。此时杨立明把脱掉的衣服又穿了起来，他像在询问，又像自言自语地说："怎么回事？我看就是穿得少，冻坏了。"杨子山说："就是感冒引发的，这阵子正流行呢，他是这个冬天我见过的第十三例了。"然后他列举南北二庄的一些人名，顺便说说他们的职业。除了一个屠夫，杨天岭都不认识，那个屠夫的儿子和杨天岭在一个学校。杨天岭正想的时候，医生已扒下了他的裤子。屁股上一阵熟悉的冰凉，他知道针头稍后就该扎上来了，不由自主咬紧牙关。妈妈见他脸上的肌肉凸显，便道："又不是第一次，跟马蜂蜇一下似的，有那么疼吗?"妈妈说话的空当,针头已然进入皮肉,医生正在一丝不苟地注射。拔出针头之后,医生用大拇指紧紧地摁了一会儿针眼的位置,杨天岭觉得这个时候是最疼的,要不是咬着牙,非得叫出声来不可。为了脸面,他还是强忍着,没有吸溜出声音,背过脸去暗自龇牙咧嘴。打完后,杨立明想给钱,医生说,明天一块儿算,估计还得打两针。医生收拾好药箱,杨立明送他出了大门。

妈妈兑好温水,杨天岭一仰脖把药吃了。从外面回来后,爸爸不知哪里来的气,一边给他掖被角一边数落道:"叫你不听大人的话,多穿点儿衣服就没事了吧。自己受罪不说,还花着钱,刚才一针就是五块,又买了五块钱的药,一下子我今天就白干了,明儿还得打。"杨天岭最不喜欢听爸爸唠叨,因为他唠叨起来就没个完,像个碎嘴子的老太婆,陈芝麻烂谷子的事都能被他拾起来,像说评书一样讲得有声有色,其间细节更能描绘得形象逼真,有如往昔再现。于是他将被子往上拉,蒙住头。妈妈知道爸爸话一开口就刹不住车,唠叨上瘾了,便道:"行了,你以为孩子愿意得病呀,不心疼孩子倒心疼起钱,真是的!"爸爸不再啰唆,妈妈冰凉粗糙的手伸进被窝儿,抚摸着杨天岭的脸蛋儿,对他说:"煮碗姜汤喝吧,发发汗,明儿就好了。"

生病虽然难受,但有时候杨天岭很希望来这么一场,因为一旦生病就会比往日得到父母更多的关爱,哪怕是责备,也带着温暖,哪怕犯了错也可从轻发落,甚至不予计较。六岁那年冬天得了重感冒,断断续续一个多月才好,屁股差点儿被扎成马蜂窝,连睡觉都不敢平躺,因为一碰就疼得不行,只能趴着。那一个月里,不管他想吃什么,爸妈都尽量满足。起先是红烧肉,买了两斤五花肉,爸爸一顿只能吃一两块,妈妈一块也不

121

吃，都留给他，吃了上顿吃下顿，结果吃伤了，直到现在，杨天岭看见肥肉依然毫无食欲，甚至恶心想吐。爸爸还曾带着他到河边捉鱼。天寒地冻，爸爸带着锤子、斧头等工具，凿出一个冰窟窿，将渔网用长长的竹竿捅出去老远，然后回家，该干吗干吗，等到天黑之前，爸爸再带着他去凿开冰层，将渔网拉出，那上面粘了很多鲫鱼、黄瓜鱼，甚至还有一条筷子长的鲤鱼。冬季的鱼干净、肥嫩，味道鲜美，但让杨天岭觉得更好玩的是凿冰眼抓鱼的过程，以前爸爸从没时间陪他做这些。少顷，妈妈端着一碗黑乎乎的糖水来到炕边，闻上去甜丝丝的，又夹杂着一股辛辣。屏住呼吸喝完，杨天岭重新躺下，渐渐觉得身体越来越热。想到明天不用起早上学，不用面对王素兰，五块钱的问题也能暂时放一放，他安心地进入了梦乡。

◦ 四 ◦

以前，多是杨天岭来杨天雪家找她一起上学，几乎每天她都要比杨天岭起得晚，即使稍微早了，也会让她磨磨蹭蹭搞得晚了。有一次甚至因为等她收拾好而迟到，在门外喊了好几声报告，王素兰才让他们进去，搞得杨天岭直埋怨她。这天，杨天雪被妈妈一喊便睁开了眼，没有赖床，迅速穿好衣服，洗漱后吃了一碗泡方便面。当她背上书包时，杨天岭还没来找她，于是出了门，打算去找他，心里美滋滋的，自己竟然还早了一回。

风已没了踪迹，稀疏的星星在天空中眨着眼，半个月亮挂得很低，像一块掰开的烤地瓜。路上已经有人出来走动，路面反射着微茫的光，杨天雪轻车熟路，敲开了叔叔家的门。开门的是婶子，看样子是听到敲门声以后才穿上衣服匆忙跑出来的，领口处棉袄的扣子还没系好。"他还没起来吗？"杨天雪问。

婶子道："他发烧了，昨晚打了两针，今天不去了，你跟老师说一声。"杨天雪道："中，那我先走了。"刚迈出几步，她又停住，转过身问，"昨晚孟爱玲来找过他吗？"婶子道："没，出什么事了？"杨天雪"哦"了一声道："没事儿，我就随便问问。"可她还学不会掩饰和撒谎，一下子便被婶子看穿了，后者将她拉到西屋，这里没人住，放着白菜和粮食等物。婶子问她："你说吧，我不告诉天岭。"杨天雪只得将昨天杨天岭被罚站的事讲了。婶子问："这跟孟爱玲又有什么关系？"她说："孟爱玲欺负我，他帮我出气，弄哭了她，她说要来家里告状，还好没来。"婶子道："这么说，这是两件事？"杨天雪点头道："千万别说是我说的，我要上学了，要不晚了。"她跑了出去，女人注视着书包在她后背上有节奏地起落，一阵心酸。

难怪儿子会发烧，原来是被罚站了。早在孩子上学之前，她就听说过王素兰的厉害，而且自家男人和王素兰的丈夫还有点儿过节，因此很是担心，好在孩子争气，成绩好，让王素兰少了很多理由像对待杨天雪那样对待杨天岭，可欲加之罪何患无辞，只要她想整你，总会找到借口，何况一个小孩子，但凡正常，是绝对不可能老老实实的，肯定会闯祸。"冷天呵地，你到外面站一节课试试，不冻死你才怪。"女人在心里骂着王素兰，一肚子的怨气不知道怎么撒。男人还没起来，她系好扣子，到外面拎了一捆玉米秸扔在灶旁，准备生火做饭。刚蹲下就被迫站了起来，还不停咳嗽着，原来玉米秸子上尘土太多，呛着了她。剧烈的声带振动吵醒了还在睡梦中的男人，他含混不清地骂了一句什么，只得翻身起来。女人来到院子里清痰，听见男人大声喊她的小名，问她："我的袜子呢，你搁哪儿啦？"

123

她起身，对着窗户，断断续续地说："炕被底下呢！"她明白自己的老毛病又犯了，那是小时候得了百日咳没能得到及时有效的治疗才落下的气管炎的病根。夏天时还好，但是一到冬春季节就会复发，虽然不算厉害，可每次也憋得难受。想到这儿，她有些害怕。她担心的不是自己，她想到儿子的病应该到医院彻底检查、治疗，否则跟自己一样可就麻烦了。自己小时候家里孩子多，经济条件不允许，可现在只有一个儿子，什么都没有健康重要。她想着过了年一定要跟男人商量商量，就算他不同意，她也要带孩子去。

模糊的晨光下，女人张着嘴像一条离了水的鱼大口大口喘着气，充血的脸颊被冷空气一冻显现出吓人的酱紫色。这时，她感觉有一双手轻轻拍着她的后背，她以为是男人，便没有回头，心头掠过一丝熟悉的温暖。她记得早先每次犯病时，男人都会拍着她的后背，什么都不说，虽然她比谁都清楚拍后背对自己的病无济于事，顶多是个精神安慰，但她还是期待男人能一直这么做。他不记得男人已经有几年没有过这样的举动了，她有些感动，眼中噙着咳出来的泪花转过头，一时惊愕。蹲在身侧的原来是儿子，他披了一件表哥穿剩下的棉大衣，因为太大，让他看起来像个胖子。杨天岭看见妈妈眼里的泪花，动情地说："妈，等我长大了一定挣钱给你治好气管炎。"女人欣慰地笑着，搂住他道："妈等着，快点儿长大吧。"

男人见不得如此酸不溜丢的场面，收回迈出门槛的脚，转回堂屋生炉子。妈妈松开杨天岭，让他赶紧进屋。他则跑到后院鸭圈旁，撒了一泡尿，然后才回屋，脱光后重新钻进被窝儿。好不容易有个睡懒觉的机会，他可不想错过。刚要睡着，大公鸡响亮的带有韵律的啼叫，还有母鸭们的嘎嘎声顽强地穿过墙壁，钻进了耳朵。他能想象到那些鸭子又该用嘴去啜弄刚才被他的尿浇化的雪堆了，想到这儿他就想笑。不光是冬天，无论什么季节，他都不爱到茅房撒尿，他硌硬那里的气味。很多时候在野外玩耍时有了感觉，如果四下无人，通常就会就地解决，黄色尿液有时浇在河边，有时浇在草丛里的蚂蚱身上，还有一次浇在了王素兰家的大白菜上。他漫无边际地瞎想，渐渐睡意全无。

当他穿好衣服，洗漱完毕，早饭已摆在桌上。妈妈给他盛了一碗粥，将一袋鸡蛋糕放到他跟前，随后拿出一块放到男人碗中。爸爸一边说给他留着吧，一边夹起裹了粥的鸡蛋糕往嘴里送。鸡蛋糕黄灿灿的，散发着鸡蛋的香味，杨天岭咬了一口，松软香甜，简直是人间美味。他不明白为什么只有在生病的时候才能享受到如此待遇，平常想吃可没那么容易。吃过饭，爸爸戴上手套，穿上棉服，临走时摸了儿子的脑袋一把，叫他在家好好待着，别乱跑。妈妈出去送爸爸，对他说："中午回来吃，别在外面对付了。"趁着妈妈不在，杨天岭在她碗里放了一块蛋糕，又盛了玉米粥，使之没过蛋糕。

午饭前，赤脚医生又来了，量过体温，说是已经退烧了，不需要再打针，只要按时吃药，明天就能上学。这么快就好了？杨天岭还想再休息一天，但还有一周就要期末考试了，不能再耽误下去。妈妈给了医生两张十块的人民币，医生找给她五块钱。妈妈出去送医生，杨天岭拿起五块钱，迅速揣在兜里，顿时觉得心脏怦怦跳，有点儿喘不过气来，遂赶紧深呼吸，却并不管用。看来没经验还真不适合做贼，杨天岭知道这样做不好，万一妈妈问起怎么办？这时，妈妈的脚步声由远及近，他来不及多想，又将这烫手的五块钱掏出来，扔在了炕上。妈妈进来，收好钱，出去做午饭。

午饭算得上丰盛，全是杨天岭爱吃的：青椒炒肉、西红柿炒鸡蛋、绿豆芽炒韭菜，还有一盘蒜泥猪头肉。这些菜都是妈妈从十多里以外的镇子上买来的，冬春时节，只有镇上的商店出售新鲜蔬菜，据说是塑料大棚里种出来的。又等了一会儿，爸爸总算回了家，他神采奕奕，说今天运气好，酸梨都卖光了，让媳妇吃过饭再煮一大锅。饭吃到一半，爸爸想起了什么，起身出门，拿了两个罐头进来，一个是玻璃瓶的黄桃罐头，一个是铁盒子的鱼罐头。爸爸说："这个黄桃的下午再吃。"他打开鱼罐头，推到杨天岭面前道："这是深海鱼，人家说小孩儿吃了会越来越聪明。"妈妈往杨天岭碗里夹了很多瘦肉和鸡蛋，让他多吃点儿，长高个儿，提高抵抗力，以后就不会总生病。杨天岭看了一眼罐头上的标签，写的是金枪鱼，他吃了一口，确实是一种从未尝过的味道，算不上好吃，也许就是大海的气味，这么想着，又吃了一口。

妈妈道："好吃吧？多吃点儿。"爸爸道："只要别跟红烧肉一样吃伤了就行。"爸爸妈妈对自己这么好，为了他整天辛苦操劳，而他竟然还在学校里闯祸，还被老师罚款，给他们添乱……想到这儿，杨天岭觉得自己特别不懂事，眼泪不由分说地吧嗒吧嗒往碗里掉。妈妈道："咋了？哭什么？"爸爸也道："鱼肉有刺？卡了？"爸妈不说还好，他们如此一关心，他更加觉得对不住爸妈，不由得大声哭起来，像是受尽万般委屈。妈妈大概猜到他为何这样，便循循善诱，杨天岭这才止住大哭，一边抽泣，一边将原委细细道来。爸爸听明白之后，马上换了一副严厉的样子道："你这孩子，真不让大人省心，好好的，你乱写乱画干吗？"妈妈道："要不怎么说是孩子呢，要是大人，你让他写还不写呢。"爸爸道："你甭替他说话，我看他就是找打。"妈妈道："别这么说，他知道错了。"爸爸道："知道有啥用？下次还犯！"杨天岭抹着眼泪道："不会了。"妈妈道："那个女人就是找碴儿，擦掉还不行？她要钱干吗？还不是进了自己腰包。"爸爸道："非让她抓到把柄？本来看咱们还不顺眼呢！"妈妈道："孩子哪儿明白这些。"爸爸道："算了，明天给她五块钱，反正再有一年多儿子就上五年级了，躲她远远的。"妈妈道："不能给她，这不是钱不钱的问题，总这样，她还以为咱们怕她呢，就该给她点儿颜色看看。"爸爸道："你说怎么办？闹一场不值得，对孩子也不好。"妈妈道："那也该去问清楚，让她知道咱们不是好欺负的。"爸爸道："晚上再说，我带儿子去她家，先吃饭。"妈妈想了想才道："我看行。"杨天岭却不愿去王素兰家，他觉得还是息事宁人比较好，但此刻没有他说话的份儿。

下午，杨天岭的妈妈碰见了王素兰，当时她正到村里的小卖部打酱油，两人走了个对头。王素兰手里抱着保温杯，女人道："今天没上课吗？"

王素兰道："我回家倒热水，顺便看看老大，还有几天就期末考试，学生们自己复习呢。"

女人道："您这老师当得可不容易，教两个年级不说，孩子们的生活也得管。"

王素兰听出了女人的弦外之音，但她并不恼，只用极其随便的语气问："杨天岭感冒好些了没有？"使人听上去并不像一个老师在询问学生的情况，更像是一个长者对晚辈的关心。

女人道："打了两针，好多了，明儿就能上学，杨子山说就是冻坏的，我还纳闷儿呢，教室里有那么冷吗？是炉子被人偷了还是没烧的了，我记着入冬时他往学校交了二十斤棒子骨呢，四十多个学生就是八百多斤，就算不烧煤也够过冬了吧？"

王素兰脸上瞬间出现了尴尬神色，不过转眼间便恢复如常，她打哈哈道："教室里暖和得很，可能是下课时疯跑出了汗，上课一落汗，才伤了风，让他在家好好养着，反正现在都是复习，没学新东西，有不会的我单独辅导他，我先去学校。"

女人望着渐渐远去的身影，大声说："那就让王老师费心了。"心里却想：你给我儿子辅导？除非日头打东边落下。她重重地吐了一口唾沫，继续往小卖部走。

晚上吃饭时，女人将下午遇见王素兰的情景和杨立明说了一下，她没有添油加醋，只道："当时我真想问问她有什么权利罚款，学校又不是她开的，真是无法无天。"男人道："没问就对了，还是等我带着儿子去一趟吧。"女人道："去吧，跟她说清楚，不能平白无故就把钱给她，凭什么啊？"男人道："行啦，这件事交给我就好了，我猜她也不好意思要。"女人道："她要的话就给她，咱们再穷，也不差这五块钱，只当被狗叼了，但得让她明白咱们可不是软柿子。"

吃过饭，爷儿俩穿好衣服，要去王素兰家。杨天岭走在爸爸前头。外面没有风，感觉比昨天暖和一些。杨立明打着手电筒，那光晕让他想起了以往的日子。那时，他还年轻，和王素兰家还没有积怨，走得还挺近。小时候两家住前后门，那种连在一起的老宅子，前头人家的后院也是后头人家的前院，一开门就能碰见，关系还算不错，杨子云比他大了十多岁，虽是长辈和晚辈，其实更像哥们儿。婚后，为了生计着想，加之刚好有个机会，两个人便一起做生意。起初贩卖板油，从天津进货，再卖给镇上的人。后来还收过废旧金属，当时做生意的并不多，赚起钱来相对容易。随着两人合作时间越来越长，各种矛盾渐渐显现，慢慢积累。主要矛盾并非分成不均，当然，这也是一方面，最主要的还在于他们做生意的宗旨和做人的原则大相径庭。杨立明做买卖比较实诚，崇尚薄利多销，甚至算得上童叟无欺。但杨子云的心比较黑，卖板油时不仅以次充好，还会定比较高的价，毕竟那时候是卖方市场，贵一点儿也不愁卖不出去，收废品时能压价就压价，还常常欺骗不懂行的人。另外，还有个和生意无关的原因。算起来，两家还是同宗，杨天岭的爷爷杨子文和杨子云同爷不同父，两个人为堂兄弟。杨子云这一支辈大苗稀，他父亲只有他一个孩子，到了他这一代虽非单传，却都是女儿，几乎等于断了香火。反观杨天岭的爷爷，不仅有三个儿子三个女儿，这三个儿子的家又皆为儿女双全。在对传宗接代非常重视的乡村伦理的影响下，杨子云不免对人丁兴旺的杨子文家产生了妒忌，处处和他们攀比，总想在其他方面高他们一头，比如赚更多的钱，有更好的人缘，在村里的威望更高一些等。俩人的矛盾越积越深，终于在一次意见相左时爆发，不仅互相争执，咒骂，最后甚至大打出手。杨子云的左耳就是在这次厮打中失去的，当时杨子云手中举着废弃的吊扇叶，争抢中，杨立明失手之下，那扇叶擦着杨子云的太阳穴削了下去，结果他的耳郭被齐根斩断。因为距离医院比较远，加之当时的医疗技术一般，他便永远失去了左耳，但好在并不影响听力。从此以后，两家人好几年都没说过话，直到近些年才稍有缓和，但彼此都清楚这不过是碍于面子。当初那些生意的关系都是王素兰在城里的大哥帮忙找的，两家吵架后，生意便不再做，经过介绍，杨子云在县里的火车站谋了个差事。杨立明没有更好的关系，只能做起了小本买卖。两家各过各的日子，贫富差距渐渐加大，愈发使得他们谁都看不上谁，可面子上还得过得去，毕竟一个村住着，低头不见抬头见。

快到王素兰家门口时，爸爸突然关掉了手电筒。杨天岭眼前一片黑，盲了似的，过了一会儿才逐渐适应。他驻足回头，爸爸变成了黑影。黑影没有动，点燃一支烟，不紧不慢地吸着，微弱的红色一顿一顿地向后退去，他说："你不想让妈妈到学校闹吧？"

"那当然。"杨天岭道，"丢脸。"

爸爸短促地笑了一声，轻到几乎听不见，随后深深地吸了一口烟，那截猩红在一瞬间变得灼灼，映出爸爸脸上的落寞和无奈。他从兜里掏出五块钱塞到杨天岭手中："明儿给老师吧，不要告诉你妈。"

"我妈要是问起来，咱们怎么说？"

"就说爸爸和老师讲了半天理，给老师钱，可老师没要。"

他把钱装进兜拍了拍，确保它不会因为摩擦而蹿出来，然后担心道："这样不太好吧？"

"哪儿不好？"爸爸问。

"骗妈妈。"杨天岭道，"我还没骗过人，更不要说骗我妈。"

"必要的时候就得撒谎。"爸爸道，"人总会骗人的，不然活不下去。"

"行吧，那就当作是咱俩的秘密。"杨天岭道。

"再过几年，等你上了初中，就可以告诉你妈这件事，那时她就不会怪你了。"

"真的吗？"

"嗯。"爸爸将烟头扔到地上，抬脚碾了碾，仰头望着星空，语重心长地说，"你好好上学吧，将来才能离开这儿。"

"好的。"杨天岭点点头，好多长辈都跟他说过这句话，直到这时他好像才明白它的意思。

往回走时爸爸说："等你长大就会明白，人生没有真正开心的事，也没有不能承受的苦难，只要时间足够，最终都会变为笑谈，所以很多事不用太往心里去。"

五

次日，除了嗓子还有一点儿痒和疼外，杨天岭基本痊愈。课间时，他将五块钱给了王老师。老师接过钱，说："昨天我碰见你妈了。"他没说什么，只是回到座位上，一副爱搭不理的样子，仿佛在赌气。午自习时，老师把杨天雪叫了出去，杨天岭以为堂妹犯了错，为她捏了一把汗，不过等到她进来时，看她脸上的喜悦之情溢于言表，并不像挨了批评。下课后，杨天岭问她缘故，她说："老师说这次期末考试让我参加。"杨天岭打心眼儿里为她感到高兴，说："趁这几天再努把力，争取考好点儿，有不会的就问我。"她道："我尽量吧，临阵磨枪，不快也光。"

上课时，老师抽查三年级学生背诵课文和古诗的情况，叫到杨天岭时，他一字不差地背了出来。一般而言，老师叫完五个学生就不会再叫，但今天她额外叫了刘永强。刘永强的成绩属于中下游，平常很少受到老师注意。他大概也未想到会被抽查，因此准备不足，背得磕磕巴巴，很多地方都错了，到后面干脆一个字都想不起来。老师说："你的能耐呢？自习课不好好复习，在操场跟野驴似的瞎跑，还踩坏了花圃！"王素兰所说的花圃是她在秋后扦插的月季，上面盖了塑料布和稻草帘，周围用土压着。刘永强道："我没踩。"王素兰道："你不用抵赖，当我没看见？告诉你们，虽然我有时候人没在这儿，但我的眼睛、耳朵一直都在，你们办的坏事我全知道。"杨天岭想起来了，刘永强踩坏花圃时是中午，那时王素兰和李凤蓉确实还没来，她是怎么知道的呢？难道又是孟爱玲告的密？这个丫头片子也太讨人嫌了。杨天岭回头往后看，却发现孟爱玲的座位空着，这才想起她今天没来上课，因为她的爷爷去世了。

如果不是她，又会是谁？杨天岭回想着刘永强和他的同伴们在校园里追逐打闹的情景，难道是他的那些伙伴出卖了他？不管是谁，杨天岭都觉得这种行为非常可耻，非常小人。

　　期末考试，杨天岭的语文减了两分，数学得了满分，在附近的几所小学里，他的成绩名列前茅，因此捧回了奖状和一支拿在手中相当有分量的钢笔。从学校回家的路上，蓝天淡淡，小风和煦，含着无限柔情似的抚摸着每个人的脸蛋儿，当虚荣心满足的那一刻，身边的一切仿佛都在随之改变，配合着他的心情。一想到漫长得似乎过不完的假期在等待着他，杨天岭就热血沸腾，好像初春的蝶蛾，迫不及待要漫天飞舞，采蜜尝鲜。杨天雪跟在身后，开心在她的马尾辫上跳跃，就好像是她也得了奖状，有了一支漂亮的钢笔，笔尖同样呈现金子般的黄色一样。虽然她才及格，但老师跟她说只要再保持一个学期，明年九月她就能升入二年级。孩子们的高兴是一致的，因为寒假里有太多好玩的事情在等待着他们。过年让一切变得不平常，即使再寒冷的日子亦能过得热火朝天。杨天岭喜欢妈妈和姑姑们在一起家长里短地谈笑风生，父亲和姑父们喝酒聊天打牌的情景。当一群孩子在院里扔沙包、跳皮筋时，肉香不时飘进他们的鼻孔，他能隐约感觉到家和万事兴所蕴含的道理。小孩子当然不懂得察言观色，也不知道强颜欢笑作何解释，所以最容易被人为的欢乐场面蒙蔽，仿佛一床艳丽华美的被子，只有翻过来拆开针脚才能发现那白色的里子其实是旧年当作孝衣的布料，那些破棉絮早已被炕缝的烟熏得黑不溜秋。

　　听分回来，他们先去了爷爷奶奶家，二老笑眯眯地看着孙子的奖状和钢笔，夸奖够了才问孙女考得如何。杨天岭抢着答："这次她都及格了，数学甚至得了七十多分。"爷爷道：

"别再蹲班就行。"奶奶道:"女孩子嘛,多少都一样。"她的语气宽宥中透着舍弃和放逐。杨天雪早已习惯爷爷奶奶的重男轻女思想,尤其是奶奶,有好吃的都给杨天岭留着,却舍不得给她吃,就连每年的压岁钱也会少给她几块。其实不光爷爷,就连爸爸、姑姑也是如此,在她和堂哥还不太懂事时,经常会吵架甚至动手,每次都是她占下风,但每次爸爸都向着堂哥说话,就好像她不是爸爸亲生的一样,等到她有了弟弟之后,爸爸对弟弟的偏爱更加明显。至于两个姑姑,她是听妈妈说的,在婴幼儿时期,两个姑姑尚未出嫁,她们总是抢着照看堂哥,谁都不愿照看她,姑姑们说她小时候太爱哭,脾气不好。但杨天雪觉得这只是姑姑们的借口,其实只因为她是女孩才这样被对待。她想不明白为什么,却得接受这个事实。

每天早上,杨天岭都要赖床,即使毫无睡意,还是不愿离开被窝儿,非要搞到里面一点儿热气都没了才穿衣服。大年初一,爸爸没有顺着他,当炉子里放好煤块,他喊杨天岭起来。杨天岭让爸爸打开电视机,看看有没有什么好节目。爸爸说人家都过年呢,没有好节目,接着将双手伸进儿子的被窝儿。一阵晨间的劳作气息夹带着一丝丝冷意扑面而来,爸爸冰凉的手在杨天岭光溜溜的身上乱摸一通,像是在抓泥鳅。杨天岭一激灵,夸张地叫嚷着,把身子往被筒里缩。爸爸将他拉出来,用胡楂蹭着他的脸蛋儿,扎得他乱叫。妈妈端着一盆玉米粥进来说:"快起来,今天睡懒觉,一年都睡懒觉。一会儿还要去拜年呢。"杨天岭盘腿坐起来,用被子围着身子呆呆地看着爸爸妈妈。他在想为什么今天睡懒觉,一年都会睡懒觉;在想今天到哪里玩儿;在想明天姑姑们会一起来给奶奶拜年,那样表哥自然会带着他们到野地里放火;在想后天要去外婆家,外婆应该准备了一堆好吃的东西等着他,不知道今年会给他多少压岁钱。一番美好地憧憬之后，他开始慢腾腾地穿衣服。洗漱完，正吃饭，杨天雪携着一身喜气掀帘而入。一身红色的新衣，恰似一道晚霞飘了进来，把杨天岭看呆了，手里的碗一点点倾斜，直到手背洒了热乎乎的粥。

给奶奶拜过年之后，两个人来到河边，寻找昨天没有打透的冰眼。不远处有好几拨孩子三五成群地玩耍，不时传来肆无忌惮的欢笑声。天蓝得叫人心碎，偶尔一声清脆的炮声如敲击木鱼般遥遥地传来，抬头只见一团烟雾，像一朵游云曼妙地卷起，继而羽化在无垠的湛蓝里。杨天岭害怕放鞭炮，但他喜欢二踢脚响彻云霄的那一声清脆，完全不同于闷声闷气的第一响，每当包裹火药的纸屑从高空纷纷坠落，他的内心总会有一种不可名状的感受，像是对未知的好奇与探索，引领无限遐思。"想什么呢？"堂妹蹲在冰上伸出手，示意他拉着她向前跑。今天她穿了一双崭新的旅游鞋，她说鞋底光溜着呢，拉起来肯定省劲儿。但他没感到省力气，便调侃道："你好东西吃多了吧，这么沉。""胡说，这几天哪能长那么多肉，不想拉就算了。"堂妹站起来，往岸上走。他没有拦住她，而是跟着堂妹上岸，对她说："带你去个地方。"

两人继续往南走。河岸上栽的大多数是杨树，偶尔也会出现榆树、香椿、山桃、苹果树等。杨天岭边走边踅摸着什么，终于在一棵一人多高的树苗前停下，他说："找到了。"树根处有个小土包，树枝疙疙瘩瘩，还生着刺。杨天雪道："这是枣树吧？"杨天岭道："嗯，我栽的。"杨天雪道："想起来了，树下埋着'勇敢'。"他"嗯"了一声，陷入沉思。

每当河水开化后，杨天岭一有空就会把鸭子们领到河边，看他们戏水，在草丛里捉蚂蚱吃，吃饱了将嘴巴插在翅膀里休息，仿佛一片云停在草地上。他觉得既然要养动物，就该保证它们享有生命的尊严，最好在河边盖个房子，看着它们，让它们随时都能和水亲密接触，而不是关在巴掌大的圈里，在一口破锅里洗澡。"勇敢"是他最喜欢的一只公鸭，它通人性，会跟小主人撒娇，比如走累了就卧在路边歪着脑袋看杨天岭，每当这时，他便抱起它。之所以叫"勇敢"，是因为它时刻保护着自家的母鸭们不受欺负，一旦有别人家的禽类攻击鸭群，它就会低下脖子，嘴巴翘起，犹如离弦之箭朝着闯入者进攻。不管对方是公鸡、大鹅、狗还是黄鼠狼，它都会勇往直前，毫不畏惧，且每次都能打赢战役。"勇敢"是杨天岭最喜欢的一只鸭子，它生在春天，可在夏末便死掉了。那天，鸭群拐进了王素兰家承包的鱼塘，杨子云刚好看见，拣起石头便砸，而且专拣拳头大的石头追着鸭子瞄准，结果领头的"勇敢"被砸中脑袋，一只眼睛被砸烂，血染红了它的脖子。杨天岭抱着"勇敢"坐在门口不停地哭，还没到傍晚，"勇敢"闭了眼，身体渐渐僵硬。他拿着铲子，来到兰泉河边，挖了坑，将鸭子埋了进去。第二天，在村中找到一棵枣树苗，栽到了"勇敢"的坟头上，以防日后找不到。

她安慰道："别伤心了。"他轻轻叹气，几只灰蓝色的山雀在树枝间翻飞，影子同叫声落于草间。杨天岭掏出火柴，弯下腰，用手做弧形，划着，点燃了周围的荒草。被西北风吹了一冬的野草早已没了一丁点儿水分，与火稍一接触便以熊熊之态示人，不时蹿起一人多高的火苗。杨天雪还没有如此近距离地与烈火面对面，她拍着手跳起来，无限神往道："要是晚上肯定更好看。"杨天岭点头说："元宵节那天晚上去抢火球吧，还有人放烟火，上次全村的孩子差不多都去了，就缺你，可热闹、可好玩了。"她期待着说："好，今年我一定去。"

六

时间过得真快，转眼间，年就过完了，还有两天就要开学。正月十五那天上午，杨天岭又带着杨天雪到兰泉河边玩耍。早已打过春，风温柔了许多，像妈妈心情好时的双手，轻抚人们的脸。远远望去，村头的柳树脑袋现出淡淡的鹅黄，河岸亦是"草色遥看近却无"。兰泉河边长着高大笔直的白杨树，拧着一股劲儿比赛似的直往天上捅去。阳光在冰面上闪烁跳跃，低洼处汪着浅浅的一片水，不时传来空灵的咔咔声，仿佛冰层正在从内部解体。两人正走着，不远处一个熟悉的身影迎面走来。堂妹说："那人好像是王老师。"杨天岭仔细看了看，没错，短发，墨蓝色大褂，除了她还能是谁呢？

"她来这儿干吗？"杨天岭的口吻好像河边不是王素兰能来的地方。堂妹道："准是又在找傻闺女呢，昨天就在找。"杨天岭道："咱们绕路走吧，懒得跟她说话。"堂妹道："可她看见咱们了，知道躲着她，又该不高兴了。"杨天岭想了想道："好吧。"两个人平视着前方，放缓步子。王素兰不断向周围张望，目光在两个孩子的身上扫过后又转了回来。杨天岭还没说话，堂妹倒先叫了一声"老师"，大方而自然，和课堂上的扭捏判若两人。王素兰答应着，又问他们有没有看见她的大闺女。两个人摇头说没有。错身而过后，只听王素兰扯着嗓子喊了几声"大霞"，那是她大闺女的名字。杨天岭和堂妹相视而笑，放开步子朝家中走去。

午饭时，杨天岭跟爸爸妈妈说："刚才在河埝上遇到王老师了，她正找她的傻闺女呢！"爸妈的脸色不太好看，他略感诧异。他以为这是一件能够在饭桌上当成笑料的事，就像发生在村子里很多有惊无险而且好笑的事情是一样的。但爸妈没有笑，反而沉默着，像是听说了一件不幸的事。大概杨天岭吃了半个馒头的时间过去后，妈妈才道："摊上一个那样儿的，真不省心，将来怎么办？"爸爸不咸不淡地说："找个人嫁了呗，又不是特别傻，还是有人要的。"妈妈不屑："谁会要一个累赘呀，说不定将来生孩子都要遗传。"爸爸接着说："不会遗传的，她是小时候得病留下的，又不是天生的，瘸驴对破磨，找个有缺陷的肯定能成。"妈妈哼了一声说："挣钱多有啥用，那可是一块儿心病呀。"爸爸见杨天岭一直在注意听他们俩说话，就不再往下说了，转过话头嘱咐儿子，以后别溜冰了，大河要开化了，况且还有那么多冰眼。

晚上，杨天岭只吃了六个元宵，他不太喜欢吃，太甜了，馅儿是过年时剩下的糕点弄碎了和红糖拌在一起，皮儿是家家户户都有的黏高粱面和的。更重要的是，他惦记着抢火球，兜里装了两盒火柴，拿上早已准备好的笤帚疙瘩和一大袋子废弃塑料便和杨天雪朝着村子北边的野地奔去。已经有好多孩子聚集在此，有的在放鞭炮，有的点着了一堆柴火，并不断往里添加树枝或其他燃料。有的人已经引燃笤帚疙瘩，再裹上塑料，使其能像火把一样持久燃烧，随后手持"火把"快速转圈，这就是"抢火球"。随着人越来越多，"火把"也越来越多，火光照亮了孩子们的笑脸，照亮了初升的满月。

杨天岭和堂妹在一个相对僻静的角落里，跑着，笑着，玩得不亦乐乎，直到几个黑影逼近才收住欢笑，停下旋转的脚步。借着火光，杨天岭看清了来者，是孟爱玲和经常围着她转的几个女生。她带着一脸找碴儿的表情道："杨天雪，你小姑娘家家的，怎么成天跟男的玩呀？一点儿都不害臊，快跟我们去玩。"

"关你屁事！"杨天岭早就看她不顺眼，这会儿又想起了告密的事，更加怒上心头。

"嘀！"孟爱玲夸张道，"我又没跟你说话，别多管闲事。"

"我妹的事才不是闲事。"他道，"谁像你个马屁精，天天跟老师打报告才是狗拿耗子……"

孟爱玲气得仰起脖子道："你在说什么？可别诬赖好人，说话要有证据。"

"我在墙上写字，是你告诉王素兰的吧？"杨天岭道，"你敢不承认试试！"

"呸！"孟爱玲道，"要是我告诉老师的我就是小狗，我根本都不知道你写字这回事儿。"

见她理直气壮的样子倒不像虚张声势，而且发了誓，也许真的错怪她了？杨天岭充满怀疑地说："你没说的话，又会是谁？"他更像是自言自语。

"是你的好妹妹告诉的。"孟爱玲旁边的一个女生说，"那天我看见她到老师跟前说话来着。"她的语气笃定而充满讽刺。

"不可能！"杨天岭立马反驳。

"爱信不信，反正我看见了。"那个女生继续说，"你看杨天雪，脸都红了，做贼心虚。"

杨天岭扭头看着堂妹，她呆呆地站着，像截木头桩子，一言不发。他了解她，面对老师或者叔叔婶婶的斥责和体罚，她一般都这样，不辩解也不承认，可面对他，她会说出心里话，此刻的反应非常少见，说明她可能真的做错了事。

他转身走到她跟前："真是你？"她依旧默不作声，眼睑垂着。他又逼问一次。她还不说，但眼泪吧嗒吧嗒掉着。他明白了，她羞于承认，尤其是在这么多人面前。他想打她，踢她，骂她，可他开不了口，更下不去手。他搞不清楚她因何要背叛他，盯了她许久才问道，你为什么要告诉王素兰？她淌眼抹泪道："我不想再蹲班了，老师说让我看谁违反纪律就告诉她，她就让我参加期末考试。"

杨天岭道："你成绩不好可以用功学习啊，干吗做这种事？"

"我笨啊，学不会，不像你那么聪明，爷爷奶奶所有人都喜欢你。"堂妹哭得伤心又绝望。

杨天岭不知该说什么，只觉得脑子一团乱，像要爆炸。他转身往河埝跑，爬上坡发现堂妹在后面，遂站住，回头气咻咻地说："别跟着我，滚回去！"又往前跑了一段路，他才停下来，回头看看，没人跟过来。浑身燥热，额头和鼻尖冒了细汗。

怪不得堂妹，这事儿都是王素兰的错。杨天岭边走边思考，最后下了结论，但凡她对学生一视同仁，也不会搞出这么多麻烦。一旦想通，他才注意到自己走了很远，往村子的方向看，灯光如豆，微弱得仿佛一口气就能吹灭。白月亮栖在杨树的枝权间，熠熠清辉将树影投在路上，交织成一张明暗相间的网。杨树粗得很，两个人合抱才能抱过来，杨天岭突然感到害怕，疑心树后躲着坏人或是怪物，会冷不丁地跑出来伤害他。因此，他走下河埝，紧挨着河边往回走，岸上的一切都在眼中，河床上亮亮的，让他觉得安心。

晚上九点半，儿子还没回家。杨立明和女人都有些担心，他拿上儿子的厚棉衣出了门。到村北的自留地时，"抢火球"的活动已进入尾声，地里还有一些尚未燃尽的笤帚疙瘩，只剩两个人正准备打道回府，杨立明问他们有没有看见杨天岭，他们都摇头。他在心里嘀咕着："这小子干吗去了？"站在原地，他有些无所适从。

月亮躲进了云层，天色黯淡了不少，气温好像越来越低，他攥紧手里的棉衣，想起了河边，赶紧跑到埝上。河床像一条巨大的玉带沉静地环抱着小村，岸边最细的杨树也有成人的大腿根那么粗，全是杨立明和全村的壮劳力挖河时栽下的。东西两条埝，儿子经常走的是东埝，且很少往北走，因为北边是其他村子的地盘。思考一番后，杨立明便顺着东埝往南走，很快，他发现前面有个娇小的黑影在踽踽独行，追上去才发现是杨天雪。问过侄女，才知俩人闹了别扭，儿子可能还在前面。他心急如焚，往前跑着，大声喊着杨天岭的名字。杨天雪跟着叔叔，后悔刚才没有死乞白赖地盯着堂哥。

跑出去得有二三里，杨立明的喊声终于得到回应，儿子的应答好像来自河床之上。他心里咯噔一下："难道这小子不听话，又去冰上玩了？"来不及生气，顺着声音传来的方向，跑到冰面上，终于找到了儿子。杨天岭正蹲在岸边的冰上，手里攥着树枝，而树枝的另一端还有一个人，那个人的上半身趴在冰层上，下半身则浸在冰窟窿中。仔细分辨，杨立明看清楚了，冰水中的人正是王素兰家的傻闺女大霞。

杨立明对儿子道："你别动。"杨天岭茫然地"嗯"了一声，像是吓坏了。说完，杨立明趴到冰面上，一点点向前移动，终于抓住大霞的手腕，这时才让儿子松手，接着，他用力将大霞拉出冰窟窿，拽到了岸上。大霞瑟瑟发抖，下半身早已湿透，杨立明将儿子的棉衣给她盖上，试着扶她起来，可她的两条腿早已冻僵，根本动不了，他只得背起她，往河埝上走。杨天岭跟在爸爸身后，一副犯了错的模样。杨天雪跟在堂哥身后，杨天岭看了她一眼，拉住她的手。

爸爸道："先把她送回去。"杨天岭"嗯"了一声。爸爸又道："碰见这种事，应该先来找人，不要自己行动，她劲头那么大，要把你拉下去咋办？"杨天岭道："我怕回去找人她就掉下去了。"爸爸道："不可能，她肯定坚持很久了，你在那傻等着，万一等不到人呢？"杨天岭道："我知道你肯定会来找我，只要我不回去。"他底气十足，完全没有了刚才的恐慌。

为了快点儿到家，他们抄了近路，从麦田斜穿而过。周遭静悄悄的，水珠从大霞的衣服上不断往下滴。在脚步声里，杨天岭感觉很多东西变得愈发清晰可辨，鞋子上沾的河边泥，堂妹的粉色毛领外套，脚下黝黑松软的土地，以及青黄色的麦苗都现出了本色，仿佛有什么照亮了一样。他和堂妹抬起头，不约而同地感叹道："真亮！"不知何时，一轮圆满的明月已然钻出云层，万物镀上一层银霜，沐浴在如水的光芒之中，仿佛正在迎接洗礼。

门前一树马缨花

◦ 一 ◦

飞机刚落地素万那普机场，周启书便将网购的Happy卡（泰国的一种电话卡）装进手机，并退出飞行模式，随即收到英、泰两种文字的欢迎短信，说明此卡有效期为八天，4G。打开流量，稍候片刻，没动静。他点开微信确认，和晶晶的对话框里还是之前的那一条："我妈想见你最后一面。"他寻思，或许她打过电话，打不通也没有留下记录。按理说她应该追问一个明确的答复，毕竟他没有回复上一条。也许堂姑暂时不会撒手人寰，或者晶晶察觉到了他的冷淡和排斥，抑或是堂姑终于想通，决定放下执念，放过他。不管何种原因，无人打扰本该让他如释重负，可他并未觉得一丝轻松，因为他有着强烈的预感：晶晶一定会再次联系他。好比一把悬在头顶的达摩克利斯之剑，早晚都会掉下来。这场为了逃避"责任"和烦恼而临时安排的旅行本来就非明智之举，可如今人已置身异国，他只能既来之则安之，以实际行动将谎言进行到底。"权当度假吧，"他自我安慰，"反正自从结婚后就再没有独自进行过真正意义上的旅行。"

周启书拉着行李箱出客舱，先到卫生间脱掉长裤和羽绒服，换上夏装，随后带好护照等资料排队半个多钟头，顺利入境。才出机场，曼谷特有的干热和莫名的异香迅速将其裹挟，仿佛跌进无际汪洋，令他恹恹欲睡。打了一辆车，司机黧黑、干瘦，五官挤在巴掌大的脸上。在高速上行驶时经过一座尚未完工的巨大佛像，他撒开方向盘，双手合十行礼。"哦，对，佛教国家。""天使之城"在周启书的记忆中逐渐苏醒：这个国度的人们看起来虔诚、平和，面带微笑，内心似乎无限满足，没有戾气，每次他横穿马路，汽车都会让他先过。但出租车司机没给他留下过好印象，不是不打表，就是打了表却绕路。若要细究，这印象未免刻板、笼统、以偏概全，既忽略了个体差异，又高估了宗教对人性的积极影响，尤其在这个商业和资本无孔不入的时代，信佛对世道人心真的有用吗？周启书不以为然，但他懂得入乡随俗，懂得尊重，亦自诩是个宽容、有素质的游客，因此每次来泰国玩都表现得规矩、礼貌，甚至见面时会学着泰国人的样子双手合十，面露微笑地问候一声"萨瓦迪卡"。

　　果不其然，到酒店门口时，计价器上明明显示四百二十铢，司机却跟他要五百铢。也就多二十块人民币，连个麦当劳的套餐都买不了，周启书不想跟他一般见识，甩下五百铢，手劲儿略重地摔上车门。门童热情地迎上来，拉过行李，酒店已在网上预订好，只需办理入住即可。大堂里冷气十足，搞得周启书胳膊上直起鸡皮疙瘩，迎宾冷饮喝下两口时，拿到了房卡，在十五层。进房间后，给了提行李的服务生二十铢小费，对方用英文道谢，帮他带好房门。设施不错，赶得上国内五星级的，自动马桶，带加温功能，每晚还不到一千块人民币。迎宾水果是两颗山竹和一根香蕉，玻璃杯里插着一枝兰花。剥开一颗山竹，吃下蒜瓣似的果肉，简单收拾之后，周启书冲了个澡。穿着浴袍躺在床上，拿过手机，收到一条微信，来自 Tea。

　　"周先生，您到曼谷了吗？"

周启书想起来了，Tea 是个清迈地陪，同时兼任司机和导游。周启书来过曼谷几次，海岛也玩过，所以他这次想去从未涉足的清迈转转。在网上办理签证时，旅行社给他介绍了导游 Tea，说他的中文很好，沟通方便，价格也不贵。清迈的景点比较分散，免不了包车，当时他正被堂姑的事搞得焦头烂额，根本没心思查攻略、找导游，于是应承下来，通过了对方的好友申请。

"在曼谷酒店，明天上午十点多到清迈。"周启书回复。

"好，我去机场接您。"对方回复很快，后面再次留了一遍手机号，让他有问题随时联系。

周启书回复了 OK 的表情。出于习惯，翻开 Tea 的朋友圈，其动态频繁，多为风景照、美食照，以及和游客的合影，还有自拍，所配文案多为中文，偶尔夹杂英文单词，但没有泰文。想来这个微信号专门针对他服务的那部分来自中国的客人。照片里，Tea 看上去二十六七岁，皮肤不黑，眼窝不深，额头不高，并非典型的本土人长相，倒有几分像华裔。

手机主页上显示着两个时间，曼谷三点一刻，北京四点一刻，这让周启书暗喜，仿佛从时间管理局（看多了科幻电影的他相信有这种组织）那儿偷了一个钟头。他当然明白这是时差作祟，也晓得在自欺欺人，而且回国时还会将这一小时还回去，但仍难以抑制一股微小的喜悦溢出心田，酷似小时候不断与时间赛跑之后的满足感。

那是在他懂事以后，准确地说是从堂姑家回到父母家之后才开始"把握生命里的每一分钟，全力以赴心中的梦"。尽管梦想于他而言还很模糊，但他已明白了死亡是怎么回事，并且得知自己很可能活不长。因此，每天放了学，他从来不和小伙伴们玩，而是早早回家写作业，做习题，当别的孩子疯跑完回家后在父母的催逼下开始做功课时，他已吃完饭，看起了课外书。时间对他而言总嫌不够，恨不得一天掰成两天来过，如果人不吃饭不睡觉也能健健康康地活着该多好，那就可以省下不少时间用来做必须做的事和喜欢做的事，也许能够连跳几级，赶上他人，谁让他晚了两年才上学呢。

　　出生后不久，周启书即被查出患有室间隔缺损，简言之，是一种先天性心脏病。当时的医疗水平和技术有限，尚不能对其有太多干预，能活多久只能凭自身造化。医生说，根据以往经验，平均寿命不过十二岁。据父母说，当时他们跑遍了知名和不知名的医院以及小诊所，得到的结果大同小异，声称能治愈他的无一例外都是骗子。即使不愿面对，也只能认命，趁着年轻，快马加鞭，父母在七年内相继造出两个"爱情结晶"，但皆为女孩。

　　母亲怀着周启书的大妹时，他两岁多，正是对人世充满好奇，擅用双腿丈量地球，四处蹅摸，寻找惊喜，认知世界的年龄。父亲在交通局上班，早出晚归，根本没空照管他，母亲拖着越来越沉重的身子，愈发难以跟上连颠带跑的他。那时一家人住在镇上，一条车来车往的大马路横在家门口，而周启书恰好对机动车有着浓厚的兴趣，父母只得找来奶奶照看他，以防他在被病魔夺去生命之前就先做了车轮下的鬼。七十多岁的老太太撑着一双小脚，即便时刻跟在孩子身后，也有防范不到之时，更何况她的安全意识比不上年轻的父母。没出一个月，周启书被野狗咬了，手臂和后背上的血牙印儿触目惊心，有两道伤口还缝了针。由于母亲不经意的几句责备，本来就愧疚、委屈和实在力不从心的奶奶一赌气回了老家。

　　打完五针狂犬疫苗后没多久，周启书家来了客人，即他的堂姑和姑父。堂姑是父亲的堂妹，父亲只有这一个妹子，此外就是两个亲兄弟。堂兄妹，还没出五服，不算远，逢年过节时两家也走动。其时堂姑已结婚两年多，但尚未生下一儿半女，刚好有时间照顾周启书，当天下午便将他带回了家。起初，他像没断奶的小狗被抱走了一样哭闹了几天，堂姑和姑父两个人费尽心思逗他玩，哄他高兴，加之农村生活自有镇上缺少的乡野乐趣，周启书逐渐适应了堂姑家的气味和环境，渐渐享受其中，直至将这里当成了家。父母偶尔会来看他，每次都给他很多吃的、玩的、穿的、用的，有时也会带他回去住几天。这样的日子一过就是七年多，周启书虚岁十岁，因为生日小，才上一年级。父母决定接回周启书，说是为了他的前程着想，他们随身带了崭新的两万块现金，权当感谢堂姑照顾孩子的辛苦费。

堂姑登时大怒，与其父母吵得天翻地覆，两个女人甚至上演了各拽周启书一条胳膊进行"拔河比赛"的戏码，双方各执一词，皆不退让，并没有哪个因为周启书喊疼而松手，最后只得报警，才得以解决，但两家从此长达十余年不再来往。按照父母的说法，当初他们只是让堂姑帮忙照顾孩子，以后时间充裕了还会接他回家，根本没说过要将儿子送给堂姑的话，亦没有过类似的暗示，完全是不会生养的堂姑想孩子想得着了魔，会错意，抑或是打一开始便居心不良，名义上是要帮忙，实则另有企图。堂姑却说周启书的父母早就认为活不长的他是个累赘，只是碍于脸面和亲情，不好意思道破，否则他们为何在几年内连生两胎呢？还不是想要个健康的男孩取代周启书，可惜再没生出带把儿的，不得不认命，后来见到周启书生龙活虎，并没有走到生命尽头的迹象，便想将周启书当宝贝一样夺回去，以养儿防老。

清官难断家务事，但民警好歹懂得一点儿法律，他给两家人分析了一番，说既然没有收养手续，甚至连口头协议都没有，那么周启书就该跟他自己的父母，就算闹到法庭也是这道理。堂姑不依不饶，她不愿面对七年多的心血只换来冷冰冰的现金，她想要的是人，哪怕周启书只叫她姑姑，也知道自己有爸妈，可她还是愿意一直这样下去，直到她百年之后。僵持不下，民警道："让孩子自己选，你们大人也该尊重一下他。"这下，母亲和堂姑皆不再言语，算是默认。当初被堂姑带走的情形，周启书一点儿印象都没有，毕竟彼时还太小，谁是谁非他根本分不清。望着堂姑和母亲朝他投来的热切、情意殷殷的眼神，他左右为难，只得垂下目光，望着地面，半晌才终于狠心走到妈妈跟前，把头埋在她的双手间，以免看到堂姑的失望。堂姑和姑父对她非常好，也许比对亲生儿子还要好，尽管他们从没有过亲生的，但刚刚懂得人事的周启书明白父母比堂姑家有钱，能给他买很多他想要的好东西，而且父母已经搬到了县里，那里有更吸引他的东西，比如高楼、公园、电影院、饭馆、书店等。

堂姑无话可说，眼睁睁看着周启书被带走。他永远记得堂姑瘫在地上发出的那一声长长的哀号，许多年后依然犹在耳畔，时不时在他的梦中回响。

二

暮色渐浓，窗外灯火闪烁。周启书出酒店，在街头站立片刻，走向马路斜对面的商业广场。马路这边的地铁旁人头攒动，很多卖小吃的摊位一溜排开，众声喧哗，烟熏火燎，香气扑鼻。其间有两个赤膊精腿的流浪汉席地而坐，面前摆着不锈钢饭盆，里面多是硬币，压着两三张浅绿色的纸币。下水道钻出三五只老鼠，大大方方窜向垃圾桶旁和一群跳跃的乌鸦争抢残羹。穿过路口，周启书来到广场前，台阶前方一汪人工水塘里浮着睡莲，几尾锦鲤怡然不动；左边一株凤凰木，叶茂花稀，几簇猩红火炬般照亮了夜色；右边的两棵菠萝蜜树上缀满大小不等的果实，憨态可掬。保安为周启书拉开大门，冷气拂面，衣着光鲜的年轻人在空旷的大厅内悠然漫步，面带矜持，低声交流。进门后绕了半圈，他乘扶梯上到三楼美食层，各色饭馆应接不暇，直转了两遍才选定一家泰式餐馆。据网上的评论来看，这家的老板是华人，经过改良的泰餐多了一份温和，少了辛辣，更适合中国游客。周启书选了靠窗的小桌，点上三个菜，都是小份的，外加一碗泰国香米饭和一杯柠檬薄荷水。

　　周启书边吃边望向马路对面的人间烟火，一种似曾相识的感觉袭上心头，他这才记起自己曾和初恋女友在那条街上吃过东西。初恋是大学同学，两个人从唐山师专毕业后被分配到了本市的一所初中，他教语文，她教数学，没多久，他们顺其自然地开始了同居。那是2003年，刚参加工作的首个元旦假期，用省吃俭用攒的八千多块，俩人穷游泰国，在曼谷市内转了两天，又报了一日游，去了安帕瓦水上市场和美功铁道市场，还看了萤火虫。为了省钱，俩人住的酒店破旧不堪，没早餐没泳池，床对面挂着诡异的水彩画，害得她夜里鬼压床。吃饭也多在路边摊，在对面那条街上吃的是烤串和米线，旁边穿着校服的泰国女生往米线里加糖，生嚼薄荷，两个人也曾尝试，却难以下咽，唯二奢侈的两顿是在日式馆子吃了炸鸡肉和天妇罗套餐。尽管当时的境况稍微困窘，却依然快乐，因为两个人心在一处，对未来抱着共同的期待。谁都没想到这是他们俩的第一次也是最后一次出国游，就在回国三个多月后，周启书结识了朱芸，和初恋分了手。

　　朱芸的妹妹是周启书班上的学生，见他第一眼，朱芸就看上了他，并展开攻势。朱芸的爸爸在某个大型钢企任职，京津冀都开着公司，光在北京就有三套楼房和一套别墅，家里最便宜的车是宝马，周启书和初恋的家庭条件与她家根本不具可比性。朱芸的长相和性格虽然没有初恋好，可她确实喜欢周启书。她既任性，又有韧性，即便周启书出于对前任的愧疚而拒绝过她两次，她依然坚持不懈，甚至愈发变本加厉，搞得他只能缴械。但最终成为朱家的女婿却没有那么容易，朱芸的爸妈并不同意女儿的选择，甚至闹到要断绝关系的地步。他在朱芸的指导和鼓励下，做小服低，谦恭屈节，着实费了一番功夫和心思才赢得朱父朱母的认可。而且，婚后亦低声下气了好几年，每次去岳母家他都要进厨房帮岳母做饭，倾听这个中老年女人既矫情又辛酸的诸多抱怨，更别提要无条件接受岳父的"谆谆教诲"，逢年过节还要买上许多价格不菲的贴心礼物，把自己当成儿子，搜肠刮肚准备一些岳父岳母爱听的话，哄他们开心。事实上，他对自己的父母都不曾这么用心——他也不想。

是从什么时候开始疏远了父母呢？大概从堂姑家返城后，他和父母之间就再也不像儿时那般亲密无间（至于儿时是否真正亲密过，他根本不记得，毕竟那时太小了），而导致他们之间彻底失去温情的是那张来自医院的诊断证明，它揭开了父母之所以将他从堂姑家接回的真相。当初他对堂姑的一面之词持怀疑态度，他认为父母是打心眼儿里为他的前途着想，他们之间存在着难以割舍的血脉亲情，直到无意间在父亲的抽屉里看见了那张诊断证明。上面说他的室间隔缺损已自行关闭，与正常人无异，不需进行手术，只需定期检查，跟踪三年即可，日期正是他从乡下回到县城之前的半个多月，他还记得那次父母带他到医院检查的情形。看来是他高估了父母，说到底他们还是为了自身考虑，只是把儿子当成养老的工具，如果他的心脏病没有痊愈，或者他们又生了一个健康的儿子，那么他们多半不会想起他，继续将他流放在乡下自生自灭，只是偶尔去看望他，当作施舍。那一刻，心底仿佛下了一场雪，冷得他直打寒战，似乎只有堂姑那朴素、直接、原始的关怀才能将其融化。

堂姑和姑父对他的好几乎是没有原则的，只要周启书要求，他们就会尽最大努力满足他，而且从来不会责备他，要求他。有一次他得重感冒，打了一个月的针，屁股扎成了马蜂窝。为了给他补充营养，堂姑做红烧肉，顿顿热给他，两个大人一块都舍不得吃。直到他吃伤了，闻到肉味就想吐，姑父又到兰泉河里变着法儿捉鱼，鲫鱼、鲤鱼、黄瓜鱼等都有，炸着吃，炖着吃，涮着吃，堂姑变着法做给他。等到鱼吃腻了，又给他杀鸡，炖鸡汤，红烧鸡块，炸鸡柳……堂姑和姑父都是土里刨食，除了种地，另做些小买卖，日子过得并不富裕，但从没在吃穿用度上亏过他，别的孩子有的，他都有。七岁时，周启书和村里的孩子打架，对方不知从哪儿听说的，叫他野孩子，说他的爸妈不要他了，这让他大为光火，捡起石头砸中了对方的后脑勺儿，随即两人厮打在一处，将仲春时节的麦田压倒了一大片。那一架打得很厉害，双方都挂了彩，对方的脸被周启书挠了好多血道子，致使其母带着娃上门讨说法。堂姑极力袒护周启书，与那个女人针锋相对，将其骂得狗血淋头，灰溜溜地离开。之后，周启书问堂姑："我爸妈真不要我了？"她摸着他的脸道："傻孩子，他们不要，还有姑姑呢。"他还记得她粗糙的手是多么温柔，难道当初自己选择错了吗？莫非他想回去？不可能的！他不想，而且也回不去，因为人生只能向前走。丢掉一些东西，失去一些人的关心，原是常态。

周启书对县城的家谈不上熟悉，过了相当长的时间才总算适应这里的节奏、规则和氛围，但始终谈不上融入。父母对他很客气，似乎小心翼翼，将他当成客人，这让他觉得别扭，像是穿了太小的鞋子，不能脚踏实地，随时可能崴脚。也许他们很想把他当成一家人，但缺席了七八年的感情不是一朝一夕就能补救的。而两个妹妹在长大成人之前始终将他当成入侵者，无法接受他，爸妈对他的特别关照尤其让她们妒火中烧，她们以为他对此甘之如饴，实际上他如履薄冰。诚然，父母对他不错，物质上不仅更丰厚，更充足，而且能提供堂姑和乡下给不了他的资源，可这一切的出发点在于他的疾病不治而愈，亲子之爱也许有一点儿，但那是附加的。既然父母把他当成商品来投资，那他只能充分利用现有资源，努力学习，等到羽翼丰满，闯出一番属于自己的天地，离他们远远的，将他们没有任何心理负担地丢弃。可惜他资质平平，高考两次也只够上本地的师专，就连工作也只能在本市，经济上亦很难独立，买房、买车，甚至结婚都要依靠父母的帮忙，根本没有资本逃离他们的掌控。

朱芸的出现为他打开了一扇通往新阶层的大门，不管代价多大，他都不想错过，这是唯一能够让他脱离原生家庭，进入另一种生活的机会。哪怕在他向初恋告别时被她的眼神吓到了也在所不惜。他始终记得那个秋日的黄昏，火烧云像巨大的玫瑰开满了半边天，初恋站在台阶上，居高临下地望着他，眼睛里火红一片，分不清是晚霞还是怒火。她问他："这么说，你明天就要离开唐山了。"是的，他已从学校辞职，再也不用一辈子窝在此处辛辛苦苦地教学，等待四五十岁时当个校长（还得是运气好的情况下）。明天他就要和朱芸去北京，进入朱家的公司，住着两百平的大房子，做一份前程不可限量的工作。他点了点头，朝她微笑着。初恋的目光忽然变得黯淡，兴许是余晖彻底消散了。她盯着他的脸，一寸一寸收起对他的恼恨和怜悯，一板一眼地说："周启书，你的心坏了，祝你以后能过得快乐。"她的态度让他内心仅存的歉意顷刻间烟消云散，他一声没言语，转身时促狭地想：我的心脏早就好了。

○ 三 ○

次日吃过早餐，退了房，周启书打车到机场，顺利办好登机手续。起飞前收到 Tea 的消息，再次跟他确认接机事项。在飞机上睡了一觉，醒来顿觉神清气爽。一到大厅就看见了举着牌子的 Tea，本人比照片中稍微黑一些，瘦一点儿，棱角更加分明，两道浓眉毛毛虫似的，平添一丝憨厚和俏皮。Tea 的中文比周启书想象中说得还要正宗，甚至比广东人的普通话还要好。"你是华裔吗？"周启书不得不发出疑问。Tea 骄傲地说："我有四分之一的华人血统，我爷爷是中国人，我奶奶是泰国人。"周启书问："中文是你爷爷教的吗？"Tea 道："对，从小我爷爷就教我说普通话，干了导游后跟游客也学了不少新鲜词。"周启书道："真不错，竟然一点儿口音都没有。"Tea 道："你也没有口音，你老家哪儿的？"周启书道："河北。"Tea 道："真的吗？我也是。"见周启书面露讶异，对方改口道："我是说，我爷爷也是河北的，虽然我没有回去过，但他经常提起老家。"周启书不太相信，心想这未免太巧，便觉得对方在套近乎，目的是想多得一些小费，因为车费和旅行费用都已在线上交付旅行社，不必再给 Tea，只需根据他的服务质量和态度给他小费而已。"你爷爷姓什么？"周启书问。Tea 道："唐，您可以叫我小唐。"周启书"嗯"了一声，不再说话。他从反光镜里看到小唐的脸上失去了寒暄式的笑容，只剩平静，甚至端凝，好像有心事。机场距离酒店不远，只用一刻钟便到了。

在酒店门口，小唐说下午两点半来接他，并给了他一张这几日的行程单，竟然是手写的，而且写得很漂亮。

放好行李，周启书先到外面转了转，顺便吃饭。清迈古城给他的第一印象是古朴、清新和悠闲：街道窄，建筑矮，门脸儿都不大，高楼大厦很少，朴实无华的民居与金碧辉煌的寺庙佛塔错落成趣；繁茂的树木掩映下，随处可见装饰独特的餐馆、咖啡馆和旅店；三角梅、羊蹄甲、鸡蛋花、扶桑及其他叫不出名字的热带植物夹杂其中，或开在墙头蓬勃热烈，或偏安一隅孤芳自赏；行人、游客和赤脚僧侣慢悠悠地走在街头，色彩鲜艳的双条车、摩托车穿行其间；卖水果的摊位上摆着价钱相当便宜的小菠萝、火龙果、山竹、番石榴、榴梿、红毛丹等热带水果……吃过当地著名的冬阴功汤和猪脚饭之后，周启书买了切成块装在塑料袋里的小菠萝和番石榴回到酒店。小菠萝非常甜，且不扎嘴，两三口一个，很快就干掉了五个。

小睡片刻，醒来时还不到一点。正看手机，收到了晶晶的微信。她问："哥，你去哪儿出差了？最快啥时候回？"故意拖了几分钟，周启书才回道："深圳，回京时间还不确定，正要去见客户。"发完，为证明自己没有说谎，他在网上搜索"深圳街景"，下载了一张大尺寸照片，发过去之后才发觉照片拍的其实是三亚，来自一篇游记。想撤销，已来不及。晶晶回道："我妈也就这几天了，工作要紧，你回来时告诉我，能赶上最好，赶不上也没办法。"他回道："行。"晶晶应该不会对他的话和照片有所怀疑，毕竟据他了解，她没去过大城市，不可能察觉三亚和深圳的街道区别。再者，也许发现了更好，倒断了她的念想。这个不够敏感的，甚至有点儿愚钝的表妹，还真以为他是由于客观因素回不去呢！

晶晶是堂姑和姑父抱养的，大约在周启书离开堂姑家的第二年。尽管彼时两家已不通庆吊，可亲戚之间，就算再无往来，刻意避免在春节、婚礼、葬礼等节日或场合尴尬地邂逅，对方的消息也会通过第三方而获知。据说，生晶晶之前，她的亲生父母已有两个女娃，结果来了一对龙凤胎，迫于生活压力，便将女婴送了人。晶晶被堂姑抱来时才满月，当时乡下卖奶粉的并不多，姑父为此买了一只才下过崽儿的山羊。晶晶是喝羊奶长大的，她的性情也像羊一样温顺、乖巧，甚至不够聪明似的——也许堂姑和姑父正好需要这样的人，她没有本领走出她生长的地方，所以不会远离他们，她对孝道的遵守又让她能够为他们养老送终。勉强上到初中毕业，她果断辍学，在镇上的服装厂上班，后来嫁到了与堂姑家只有一河之隔的村子。她老公一开始在天津打工，当爸爸后就回了老家发展，据说目前在做快递员，收入尚可。

　　周启书不想回家看望堂姑，主要出于两个方面的顾虑。首先，堂姑若是没有咽气，只在弥留之际，不管意识清醒还是模糊，他都不知该如何面对，他不想将自己置身于窘迫的境遇。对堂姑，他始终抱有愧疚之感，自从十岁那一天为了过上好生活而做出违心的选择，内疚便在他心底生根发芽，随着时间的推移，无声而茁壮地生长，最终长成一棵参天大树，在他心田投下一大片阴沉的树影。后来两家的关系稍微缓和，他亦成家立业，每逢春节都会去看望堂姑，并给她钱和许多礼物，堂姑对他总是笑盈盈的，仿佛不曾被他伤过心，握着他的手对别人炫耀，看我大侄儿对我多好，比儿子都强。堂姑越是这样宽容、大度，绝口不提当年的事，周启书越是难受、不安，犹如做了坏事没有得到惩罚似的，因此后来他尽量不再见堂姑，只托妹妹代他表达心意。其次，他不想参加堂姑的葬礼，他觉得这没什么意义，就像见她最后一面一样没有任何意义，对于乡下葬礼的各种繁文缛节，他是犯怵了，害怕了，不想在这上面浪费时间。演戏给其他人看，有这个必要吗？父亲的后事在老家镇上办的，叶落归根是父亲的遗愿，他只得遵从。守灵，哭丧，三拜九叩，披麻戴孝……花钱买面子，尽量办得风光、体面，还要和乡下那群早已多年没来往的亲戚们寒暄，直折腾了三天两夜，差点儿把他搞得精神和身体都崩溃。因为这一遭，三年后母亲去世时，周启书果断交给了县里的殡葬服务公司操办，只在最后将她的骨灰运到镇上，和父亲的埋到了一起，从而省去诸多麻烦和不必要的应酬。一旦回去，就得面对堂姑，还要参与葬礼，总不能她咽气了他就离开吧，所以还是能躲就躲吧。

小唐准时抵达酒店，接上了周启书。五人座的商务车，只有小唐和周启书，因周启书不想和其他人同行，于是多付了旅行社三人份的钱。但现在他意识到和一个陌生人共处一个封闭空间还挺怪的，又不能一直假寐或是玩手机。好在小唐干惯了这一行，总在主动开启话题，营造气氛，或是给他介绍将要去的景点，或是聊他所知道的有关中国的一些习俗、节日、风土人情，以及受到泰国民众喜欢的中国明星等。但在周启书看来，小唐提到的那些风俗都是过时的，比如立夏吃烧饼，端午节挂菖蒲、插艾蒿，元宵节晚上打着灯笼穿街绕巷。而对方提到的几个明星对他这个中年人而言又太过年轻、新潮，他压根没听过（自从上师专后，他就再没兴趣关注娱乐圈），因此两个人始终没能找到共同话题，往往一问一答之后便需要新的话题来填充令人难堪的沉默。

下午要去的景点比较集中，都在古城周边。第一站是塔佩门，据说这是清迈古城现存的唯一遗迹，红砖砌成的围墙的确有着时光印记和岁月沧桑，只是如今已成为网红打卡的景点，游人如织，鸽子成群。为了拍出群鸽飞舞的场面，一个泰国妇女挥舞着旗子故意惊飞鸽群，每次协助游客拍出"完美"的照片，她可以获得二十铢的小费。周启书看了几眼就离开了，没有拍照。第二站是素贴山和山腰处的双龙寺，同样也是很多游客必到的景点，因此虽然有其美妙之处，怎奈无法静下心来欣赏和感受，加之上山时的道路七扭八拐，搞得周启书有点儿晕车，便只是走马观花地看了看。

　　下山后，周启书提议去个游客少的地方，他对小唐说："人一多我就觉得闹心。"小唐笑笑，欲言又止，车子开出去几百米后他才试探着问："周哥，您是不是有心事？"周启书被对方问得措手不及，难道他不觉得这不够礼貌或是唐突吗？愣怔几秒后才道："为什么这么问？"小唐说："我也见过一些独自旅游的人，但像您这个年纪的不多，就算有，也多是背包客，可您明显不是穷游的，我觉得您有点儿心不在焉，人多不是问题所在，中国不是有句话叫'心静自然凉'吗？"周启书呵呵笑道："看来你懂得还不少，不过你猜错了，我没有心事，只是一年到头忙得脚不沾地，不是开会，就是和老婆孩子在一起，难得有属于自己的时间，所以不想看见太多人。"

　　小唐点头道："明白了，那我知道哪里适合您。"回到城内，将车停在某处，小唐步行带领周启书进了一座不要门票的寺庙。寺院内绿植繁茂，阳光在叶子和花朵上闪烁、跳跃、流淌。角落里的野草、野花自由随性地生长，像是没人管，但很快就发现有和尚给它们浇水，但并没有拔掉它们，就像它们和人工种植、养护的花草一样享有阳光雨露的权利。寺不大，有两座僧院，小唐说这两座都是兰纳风格的，但后来修缮过，兰纳是泰国历史上一个曾经控制泰北地区的王国。确实安静，几乎没有游客，只有几个和尚，还有狗和猫。闲庭信步，优哉游哉。每次见到和尚,小唐都会行礼,周启书只得照做。其中一个小沙弥在喂狗,看上去不过十来岁。周启书问小唐:"这么小就出家,不上学吗?"小唐解释道:"泰国男人一生中必须出家一次,以前至少三个月,现在最少只要五天。虽然不是法律规定,但大多数人都会自觉遵守,就连王室成员也不例外。"周启书道:"和尚有工资吗?"小唐笑道:"没有,泰国的和尚不是职业,不是为了生计,更像一种修行。泰国人认为出家不仅能够修身养性、学习佛法、端正对世事的态度,还能报答父母的养育之恩,替父母祈福积德。"周启书问:"那他们靠什么生活?"小唐道:"和尚的地位在泰国很崇高的,大家见到他们都毕恭毕敬,而且有一些福利,比如看病有专门的僧侣医院,坐公车免费,至于吃的食物,全靠他人布施,也会有人做功德,捐一些钱。"周启书道:"感觉过得还是很清苦。"小唐道:"出家人就该清心寡欲。"

出寺院已是傍晚时分,今日行程已近尾声,小唐开车将周启书送到酒店楼下。道再见时,周启书想起要给小费,拿出一百泰铢递给小唐。对方刚想接,手却僵在半路,略带失望和抱歉地望着周启书。周启书以为他不好意思要,便道:"拿着吧,给你的小费。"说完才觉得不对劲儿,毕竟小唐做这行很久了,收小费是行规,又怎么可能不好意思拿?小唐道:"周哥,是这么回事,本来我应该服务四位客人,每位都会给我小费,现在只有您一个人给……""噢。"周启书恍然,原来是嫌少,按他的说法,每人一百泰铢,四个人那就是四百泰铢。了解后,轮到周启书发窘,犹如被人当成了吝啬鬼,只好说声抱歉,又从钱包抽出三百泰铢,一并递给小唐。对方这才接下,并笑逐颜开,双手合十道谢,又嘱咐他明早八点半出门,让他穿长袖、带好防晒霜、驱蚊水等物品。周启书没给他好脸色,冷冷地哼了一声，撞上车门。

四

回酒店，周启书洗了个澡，随后来到附近的夜市，在一个摊位前买了菠萝虾炒饭、清炒空心菜和猪骨汤，味道真不错。和他拼桌的一对年轻情侣一边吃一边旁若无人地秀恩爱，你喂我一勺，我喂你一筷子，既叫周启书没脸看，又让他心生羡慕，让他想起和初恋在一起的时光。初恋是个活泼、没心没肺的女孩子，在一起时都是周启书说了算。朱芸不同，她的控制欲很强，基本上都是他听她的，出来玩时几乎不曾吃过路边摊，她认为不卫生、不好吃，所以都选择高级餐厅，礼貌而冷漠地进餐，连说话都要压低声音。

结账时，被多要了小费这事儿再次让周启书耿耿于怀，倒不是因为钱上的损失（当然，接下来的两天还要给这么多），而是事件本身让他不舒服，仿佛塞在牙缝的碎屑。投诉一下小唐？考虑一番，他给旅行社客服发了微信："给司机小费有金额规定吗？"客服很快回复道："您好，根据当地风俗，不能给硬币，金额多少根据您对司机服务的满意度而决定，一般是一百泰铢。"周启书回道："如果司机多要了呢？"对方道："司机跟您要了多少？服务您的司机叫什么名字，我们帮您核实。"周启书马上道："没有，我随便问问。"回复完，他赶紧退出对话框，并感到一丝后怕，万一影响到小唐的工作，他因此而记恨，产生报复心理怎么办，毕竟这是在泰国，人家的地盘。

回到酒店，躺在床上，周启书给儿子发了一条微信。昨晚给老婆发过，告诉她自己在泰国，玩几天再回去。老婆一直没回复，看来还在生气。儿子今年十三岁，上六年级，已有两部手机，一部用来玩游戏，一部用来社交。今天是周末，估计他在看电视，或是打游戏、看视频，没得空看另一部手机，或是看到了却懒得回复不重要的信息。儿子和他的关系还可以，但比不上和他妈亲密，有些话他更愿意和朱芸聊，有时母子俩甚至背地里对他、他的老家以及一众亲戚评头论足，导致儿子从小就和他的爷爷奶奶比较疏远，这也难怪，一年都见不上几面，就连周启书的父母去世，儿子都没到场，这惹得两个妹妹以及众亲戚非常不满。自然，朱芸也没参加葬礼，就连父母活着时，她这个儿媳妇也只在春节假期某一天跟他回老家敷衍一下，喝的水自带，饭桌上像猫一样挑挑拣拣，犹如丰盛的餐食有毒似的，午饭过后没一会儿便返京，从不过夜。两个妹妹经常语含讥讽地说："哥，你这是倒插门吧。"

确实，他像个入赘的，很多事都要看朱家人的脸色，无法自己做主，尤其是刚结婚那几年，大到工作上受到岳父摆布、牵制，小到买车、添置家具、装修、着装风格，甚至做爱喜好都要听从朱芸，凡事以满足她为己任。对朱芸而言，他就像一个人形商品，他"嫁"到朱家就等于她买了他，拥有他绝对的专属使用权。她只要他这个人，他的出身、背景及之前的社会关系是不存在的，仿佛他是从石头缝里蹦出来的孙猴子。让他忘掉来历和源头并不难，即使有时需要忍耐朱家人的颐指气使、嚣张跋扈，反正之所以跟朱芸好一方面是贪图富贵，另外就是要彻底和之前的生活划清界限，成为另一个人。朱芸不希望他和老家有联系，他便顺从她，不是迫不得已的情况尽量不回家，亦很少对父母表示关心，爸妈对他很少面露不满，仿佛默认并且接受了为别人养了儿子的事实。但母亲终究是妇人，难免儿女情长，有一次大年初三回家时他和朱芸吵了架，母亲背地里问他是否过得很憋屈，可也没有劝他离婚。还有一次是父亲病危前几日他坚持回京，母亲流着泪道："你就不能多陪陪他吗？他可是你亲爸啊！"

所幸，这一切都是值得的。当岳父年纪渐大，从工作到生活上，周启书一步一步掌握了主动权，渐渐独当一面，最终手握实在的权力和资本，之前所有的忍辱负重到底迎来了回报。在亲戚们面前，他俨然成功人士，令人羡慕嫉妒，不仅令父母脸上有光，亲戚们也打心眼儿里佩服他，认可了他的成就和行事，再不会说他忘恩负义。就连两个妹妹也不再对他说三道四，因为大妹买房的首付就是他出的，二妹的儿子能上重点高中也得益于他从中周旋，更别提母亲做胃癌手术时他所出的财和力。对老家人的帮忙，老婆睁只眼闭只眼，从不过问，她也许不在乎那些钱，更重要的是今时不同往日，往后只能是他愈加壮大，而朱家则逐渐式微，谁让他们家没儿子呢！

在他的父母相继去世之后，朱芸在心里该是松了一口气，尽管周启书没有看见她长出一口气，但他猜测就是这样。他的根彻底断了，往后再没有回家的理由。因此当朱芸无意中得知晶晶联系他，希望他能够回去一趟见堂姑最后一面时，她嗤之以鼻："一个堂姑，回去干什么？又不是亲的，至于吗？"接着严正警告他："你敢回去，就别回来！"周启书从没跟老婆提过他整个童年几乎在堂姑家度过的事实，就算提过，她也不可能感同身受地去理解（就连他自己都刻意忽略，何况一个局外人），向来就只有姓朱的才是亲戚，姓周的那一帮就和他的背景一样从来不存在。他本来心里就烦，况且并没有答应晶晶，因此朱芸那命令式的口吻让他非常不爽，搁在以前，他也就忍了，可如今他已不再受制于人，以前被掩埋的自尊心堂而皇之地浮出台面，尤其还是在儿子面前，难道他要给儿子树立"软蛋男"的形象吗？于是他报以不容置喙的口吻："回不回我自有分寸，不需你多嘴。"她气得无语，半天才道："你滚。"

手机响了，儿子发来消息："爸爸，托尼死了。"

周启书反应了一会儿才记起儿子口中的"托尼"是一条金鱼，那是科学课老师留给学生的家庭作业，让他们养一只动物，并作观察、记录。托尼是他和老婆带着儿子两个多月前在花鸟市场买的，那是一只黑兰寿，通体黑色，头顶生着草莓状肉瘤，属于比较容易饲养的品种。他安慰儿子道："没关系，你想要，等爸爸回去再给你买一条。"儿子回道："不用，我不想养了，下午我和妈妈把它埋在了小区的花园里，给它举行了小小的葬礼，没吃完的饲料和它埋在一起了，还插了一杆我做的小旗子当记号。"周启书问："你妈怎么样，还在生气吗？"儿子道："据我观察没事儿了，只要你回来跟她道个歉。"周启书问："你想要什么礼物，我买给你。"儿子道："随便吧，金枕榴梿又不能往回带。"周启书道："可以带榴梿干。"儿子道："爸爸，你别回老家了，只要你不回，妈妈就不会生你的气。"周启书不以为意，但仍旧回道："不回老家，大后天直接回京。"儿子道："那就好，我玩游戏去了，不要打扰我。"

给一条鱼举行葬礼，呵呵，有点儿可笑。周启书丢开手机，愤愤不平地想。他当然不是针对儿子，而是老婆。小时候，他也养过动物，是一只土狗，叫小黑，准确地说，大部分时间都是堂姑在喂养它，只有吃香肠或啃肉骨头时他才会丢给它享用。站在人的角度来看，小黑非常聪明，极通人性。通人性的狗不少，可愿意通狗性的人不多，但小孩子往往能做到，因为他们对很多事物尚未形成偏见。小黑最喜欢和周启书玩，听他的话，不管在哪儿，只要一喊它的名字，它就会屁颠屁颠地跑来。不过有一次小黑跑丢了，好几天都没回家，周启书和姑妈、

161

姑父三个人找遍了附近几个村庄的犄角旮旯，走遍了庄稼地，喊得嗓子都哑了，可小黑却像人间蒸发了，连根狗毛都没发现。周启书非常伤心，堂姑起初安慰他，说过不了几天，等小黑饿了自然会回来。三四天后还没影儿，她只好改口说小黑可能被别人逮住了，说不定已经进了人家的锅，继而又安慰他："大不了以后再要一只，反正乡下的狗多的是。"就在周启书对小黑不再抱有希望，并暗暗发誓不再养狗时，它却在某天晚上突然回来了。它瘦了很多，但神采奕奕，兴奋地扑进周启书怀里，两只前爪攀着他的手，"哈哧哈哧"伸出粉色舌头胡乱地舔着他。堂姑说："这狗仁义，不管跑多远，跑了多久，都记得小主人，记得回家。"

当周启书的父母和堂姑一家重修旧好时，周启书向堂姑打听自从他离开以后小黑的情况以及最终命运。堂姑说："它起初不相信，成天蹲在门口盼着你回来，听见车响就一溜儿烟跑出去，可能以为你来了，吃上倒没耽误，再怎么说也是畜生，不可能为了你吃不下饭睡不着觉，日子还是一样过，不过它一辈子都会记着你，只要你出现一准儿马上就能认出你，可惜在它有生之年，你没给过它机会。"周启书的大妹在一边听着，插嘴道："说得怎么跟人似的。"堂姑道："你不知道，你哥跟它感情特别好。"周启书问："后来呢，它什么时候死的？"堂姑道："老死的，你走后它又活了五六年，后来眼也瞎了，牙也掉光了，瘫在窝里嗷嗷叫。"周启书问："把它埋在河边了？"堂姑道："没有，那不是浪费？看着它受折磨，你姑父给它一棒子，了结了，剥了皮，烀了整整一大锅，香味飘了半个村，狗皮黑亮黑亮的，没舍得卖，缝了一床褥子，天一凉你姑父就铺上，可暖和了，他腰寒。"尽管过了许多年，听到小黑的下场，周启书仍是感到一阵钻心地疼，就好像开膛破肚的刀划在了他的心上。堂姑和姑父也是很喜欢小黑的，为什么要这样对它？看来母亲说得对，堂姑再怎么人性好，也是没文化的乡野村妇，很多时候她骨子里不免粗俗、短视，甚至野蛮。堂姑道："有机会回老家给你看看那床褥子。"周启书连忙摇头道："算了吧，没兴趣。"

◦ 五 ◦

第二天的整个行程都在拜县，拜县位于泰国北部夜丰颂府，在清迈以北约八十公里处，地处山区，道路曲折，据说一路上要拐七百多个弯。出发前，小唐给了周启书两片晕车药。周启书说："不吃也没关系吧。"小唐说："最好吃掉，很多以前不晕车的人走这段路也会吐得七荤八素。"周启书问："你吃了吗？"小唐道："我吃了一片，我习惯了。"周启书只得吃了，上路半个多小时后他才发觉多亏听了小唐的话。路程并不远，但因山路崎岖、弯道多，车速上不去，直用了三个多小时才抵达县城。周启书稍感恶心、反胃，下车待了一会儿方觉得好很多。比起清迈，这里更像世外桃源，人和车都少，甚至可以随意站在马路中间拍照。天蓝如梦，白云似幻，加上绿树、色彩浓艳的花，以及造型各异的小屋，仿佛五彩斑斓的童话世界，难怪被称为文艺青年的打卡胜地。一路上遇到的游客也多是年轻人，大多租了摩托车走走停停。

那些网红地标美归美，但大同小异，且有人工痕迹，看多了难免审美疲劳。倒是一条两旁栽着大花紫薇的马路让周启书颇为震撼。大花紫薇属于大乔木，高可达二十五米，在国内南方各个城市多有分布，但很少呈现眼前的规模（也许有，但周启书孤陋寡闻，没见过）。树叶和花的颜色、形状与北方常见的紫薇花没有太大区别，只是一律壮大了好多倍，且刚好赶上花期，仿佛两道淡紫色的云雾伸向远处的隐隐青山，与山岚、浮云相接。周启书在此流连忘返，让小唐帮他拍了好几张照片。

小唐靠在车头望着树下的周启书问："周哥，您就这么喜欢开花的树啊？"

周启书点头道："中国北方的树很少能开出色彩艳丽的花，记得小时候的老家门前有一棵，叶子像含羞草，白天张开，晚上闭合，每到六七月间，细碎的叶子上开满绒球一样的花，所以叫绒花树，远远望去，就像绿云层上吐出一团团的红雾，和眼前的景象倒有几分相似。"

"就是合欢树吧？"小唐问。

"你怎么知道？"周启书颇为讶异，这种树在泰国他尚未见过，其实就连老家现在也很少，混在北京这么多年，也只在北海公园、御花园和高原街见过，却只零星几株。记忆中的那棵是在堂姑家门口，有一年镇上普遍栽种合欢树，两三年后却相继砍了，因为传说这种树招鬼，但因为周启书喜欢，堂姑一直留着，他离开那年，合欢树早已亭亭如盖。

"泰国也有合欢树，有些还是景点，曼谷西部的北碧府有一棵百年合欢，我爷爷曾带我去过，有没有一百年不知道，但真的好大一棵，我记得树冠直径大约是三十米。"小唐道："我家也有一棵，是爷爷在我小时候栽的，现在差不多十多米高了，合欢树还有另一个名字，我觉得更形象，和《聊斋志异》中的一个故事有关，您知道吗？"

"这个考不倒我。"周启书道，"钱塘江上是奴家，郎若闲时来吃茶，黄土筑墙茅盖屋，门前一树马缨花。这是元代虞集的诗，蒲松龄写《王桂庵》这一篇时引用了该诗最后一句。合欢花和马脖子上挂的红色流苏很像，所以得名。"

164

"您为什么会知道？"小唐箭步上前，紧紧抓住周启书的手臂，"我问过那么多中国游客，您是第一个答上来的，真是太厉害了。"

"哪有那么厉害。"周启书解释道，"我以前是中学教师，教语文，还有，别叫我'您'了，听着怪不习惯的，就你我相称吧。"

"好。"小唐脸色潮红，语无伦次道，"可算遇着知音了，我得请你喝咖啡，不，请你吃饭，好好跟你聊聊，老师我也碰到过，可没一个知道的。"

其实周启书多少能理解小唐的亢奋，在异国他乡碰见会说中国话的人，即使什么都没发生，也会无端感到亲切，何况是在如此生僻的话题上能有共同语言呢？但小唐从小在泰国长大，再怎么说这里才算是他的国家和故乡，这么激动是否过了头？再者，他为何如此熟悉一部古代文言小说里的故事呢，如果是被多次改成影视剧的聂小倩还算讲得通，可《王桂庵》这篇，若不是研究古典文学的很难知晓吧。

"不用，我请你吧。"周启书不想欠下任何人情，害怕有朝一日被人以此作为互换条件。

"不行，我得尽地主之谊。"小唐坚持。

"这样吧，我请你吃饭，你请我喝咖啡。"周启书提出折中之法。

"好吧，要是爷爷知道了我让老乡请客，一定会埋怨我。"小唐碎碎念。

就近找了一家饭馆，价格比清迈的还要便宜，周启书让小唐点菜，两个人边吃边聊。周启书问："今年二十几？"小唐道："虚岁三十了。"周启书道："看上去挺小的，顶多二十七，结婚了吗？"小唐摇头。周启书又问："有女朋友吗？"小唐道："谈过两个，都分了，空窗一年多了。"周启书道："泰国的父母不催婚吗？"小唐道："他们管不着我，上小学三年级那年，爸妈离婚了，没过多久，两个人各自成了家，我不想要后妈也不想要后爸，只跟着爷爷奶奶过。我奶奶七年前去世了，现在家里只剩下我爷爷，除了我爸，我爷爷还有两个女儿，早都成家了，一个在曼谷，一个在普吉，偶尔回来看看。""噢。"周启书道，"怪不得你很少提起父母，总把爷爷挂在嘴边。"小唐问："周哥现在是生意人吗？"周启书道："对。"小唐问："当老师多好啊，为什么不教学了？"周启书想了想，笑道："赚钱少。"小唐道："嗯，只能是这个原因。"

"你为何对《聊斋志异》那么了解？"周启书问，"听你爷爷讲的吗？"

"不是。"小唐道，"最初是他建议我看的，他不仅教我说中国话，还教我认字、看中文书、写方块字。他怕我会忘掉母语。后来我自己产生了很大的兴趣，就主动找来看，不光《聊斋志异》，《红楼梦》我也看过好几遍，我真觉得汉语博大精深，不仅富有韵律美、形体美，而且语意丰富，言浅意深，可以语带双关，可以皮里阳秋，还可以言在此而意在彼，总之很有意思，其他语言很难这么有魅力，所以我才选择这个工作，能够有更多的机会说普通话。"

"你爷爷还真是用心良苦。"周启书不由得心生敬佩。

吃过饭已两点多，阳光此刻最烈，二人皆有些困乏，便将车停在树荫中，摇下半个车窗，放倒座椅，一前一后睡起了午觉。周启书醒来时，小唐还睡着，他轻轻挪动发麻的身子，斜眼看他。小唐双腿微蜷，双脚顶着玻璃窗，一抹阳光打在额头，显得两道粗眉更加生动，仿佛下一秒就要爬动似的。他皱着眉，两只手半攥着拳头，睡相既疲倦又安详，同时带着一丝警觉，犹如降生不久的婴儿。一股柔情蓦然从周启书的心头涌出："这男孩怪不容易的，没有父母帮衬，为了生计终日奔波，处处小心客气，生怕得罪客人，可自己竟然因为他多要了小费而介怀，一个热爱《聊斋志异》《红楼梦》的外国人能有多坏的心眼儿呢？"

小唐醒来后揉揉眼，看看时间，对周启书道："周哥，还有两个景点，咱这就去？"周启书道："不用了，一路上我发现有条小河忽隐忽现，河水看起来很清澈，你带我在河边转转吧。"小唐道："行啊，你说的那条河叫拜河，拜县的景点基本沿河而建，有些游客为了体验原生态，会在河边的民宿住上一晚。"周启书道："过夜就算了，我近距离看看，感受一下。"

驱车溯流而上，二十多分钟后，一座横跨河面的木桥闪现视野之中。二人停车，上桥，坐在桥面上，望向远方，两腿悠闲地荡着。拜河不大，水不深，清可见底，水流自北向南哗哗流淌。蓝天、白云、岸边碧绿的灌木丛倒映在河面，不远处有几个孩子光着脊背戏水，水花中不时映出一道道彩虹。周启书闭上眼，兰泉河犹如一条巨蟒呼啸着占据了他的脑子。

兰泉河比拜河宽得多，深得多，淹死过人。晴朗的日子里，烟波浩渺，风吹过，光斑闪烁、摇晃，仿佛从水底腾起了鸟群。堂姑家紧靠兰泉河畔，儿时的周启书每天都要跑到河塄上好几次。夏天最好玩，可以游泳，放鸭子，放牛，挖知了，捉蚂蚱；秋天采酸枣、黑悠悠、菇茑等野果子；冬天溜冰，放野火；春天采野菜，折柳枝做哨子。四季皆可捉鱼。姑父最爱捉鱼，擅用各种网，似乎那是他此生唯一的爱好，哪怕数九寒天，也可以凿开一个个冰窟窿撒下渔网。姑父沉默寡言，对堂姑言听计从，几乎没见他发过脾气，以至于存在感很低，一起生活了七八年，周启书始终觉得他像一个影子。两家重新恢复往来后，姑父每个月都会给周启书家送鱼，刚离水，活蹦乱跳的，多是一些物以稀为贵的品种，比如鲇鱼、嘎鱼、黑鱼等。有一次甚至弄到一条二十多斤重的鲤鱼，饭店老板出六百块买，他都没卖，说要给周启书尝尝，但周启书早已离家上了师专，母亲给他留了一段。次数多了，母亲嫌收拾鱼弄得满手腥，便让姑父不要再送，还是卖掉贴补家用。他答应着，可没过多久照旧送来，并且帮忙开膛破肚收拾干净，能直接下锅，或是冻起来。姑父是六年前突发脑出血去世的，据说发病时正在集市卖鱼，堂姑闻讯赶紧将他送往医院，但为时已晚，脑干大出血，连耳朵里都冒血了。

"走吧，去喝咖啡。"小唐起身道，"喝完正好返城。"

咖啡馆临河而建，坐在靠窗的位置，河对岸稻浪轻翻，似乎能闻见阵阵稻花香。周启书要的抹茶拿铁，小唐点了焦糖玛奇朵，外加一小份水果拼盘。店内客人不多，听得见小勺搅动咖啡碰撞杯子的声响。两个人慢慢喝着，少顷，店内响起音乐，前奏听着耳熟，直到温柔的女声响起，周启书听了出来，是《小城故事》。

小唐笑道："你肯定知道是谁唱的吧？"周启书点头，他当然能听出邓丽君的声音，父母都喜欢听流行歌曲，那时家里有台录音机，磁带整整放满五个鞋盒子。父亲喜欢男歌手多一些，母亲偏爱女歌手，而邓丽君，他们俩都喜欢。

"邓丽君的祖籍是河北，周哥知道吧。"

"听说过，她妈妈是山东人。"周启书记不起这是母亲还是父亲跟他说过的。

"对，她经常在演唱会上秀山东话。"小唐道，"周哥老家是唐山的吧？"

"你能听出来？"周启书诧异，自从上师专他便坚持说普通话，自认为早没了乡音，何况上师范专科普通话考核时他拿到一级乙等，仅次于播音员和主持人的水平，怎么可能被一个外国人听出来呢？便对小唐道，"你瞎猜的吧？"

"真不是蒙的。"小唐道，"我爷爷就是唐山的，我看过赵丽蓉的小品和电影，有时你会冒出一个半个的乡音，尤其是语速快的时候，可能连你自己都注意不到。"

"原来你爷爷是唐山的。"周启书道，"他为什么来泰国？做生意吗？什么时候来的？"

"不是做生意，当年他是远征军，在缅甸打日本兵，最后一战又激烈又残酷，一个连只剩下他和另外两个战友在一起，其余的不是牺牲了，就是走散了，他们三个也迷了路，哪儿都不认识，在热带雨林里绕了三天两夜总算出来。当时并不知道身处何地，见到一些当地人，可语言不通，后来终于进了一个镇子才明白已经置身泰国北部了。刚开始他想过回国，可身份不明，交通不便，兵荒马乱的年代，根本不可能，为了能在本地安顿，只得和当地女人结了婚。"

"时局稳定以后回去过吗？"周启书问。

"我爷爷一直都想，哪怕只是回去看看，可他的家人和亲戚一直联系不上，我奶奶和爸爸、姑姑都不想让他回去，怕他一旦回国就不会再回来，我奶奶总觉得他在中国那边有老婆孩子。其实并没有，我爷爷进缅甸打仗那年不过二十出头，别说结婚，连对象都没搞过。"

"那你呢？回去过吗？"

"还没有，从我懂事起就想着带爷爷回他的老家看看，满足他的心愿，一解他几十年来的乡愁，然后我去爬爬长城，看看长江。可是等我长大，有能力了，爷爷的身体越来越差，上个月心梗发作，抢救了很久才缓过来。我想着等他状态好了，再带他回去，就算到了那边没人接应也没什么大不了，反正我的普通话说得那么好，五个多小时的飞机，然后坐高铁，我想让他坐头等舱，舒坦些，毕竟他都八十六岁了，为此我一直在攒钱。"

周启书想安慰他，却不知说什么，想了想方道："放心来吧，我招待你们，想去哪儿都行。"

"真的吗？"小唐身体前倾，杯子被打翻，陀螺似的旋转，幸好咖啡已喝光。

"真的。"周启书抓住杯子，盯着小唐放大的瞳孔，无比诚恳地保证。

◦ 六 ◦

最后一日的旅行目的地是清莱，主要景点为白庙、黑庙和蓝庙。刚过八点，小唐的车已抵达酒店门口。清迈到清莱大约两百公里，但依旧是山路，不可能开得太快，到达时已近十一点。三个景点都属于小巧精致型的，面积不大，两个人吃过午饭才去游览，两个多小时看了一个遍。走出蓝庙，周启书站在大街上感受着明媚的阳光，想到北京的寒冷，竟生一丝眷恋。他觉得，在这一点上，旅行和人生一样，人们不是不懂得珍惜当下和拥有，而是任何人和事都不会因为人们的倍加珍惜而长存，也许，正因为失去才能让他们植根于心底。

"周哥，你明天几点的飞机？"

"上午十点多，先到曼谷，再回北京。"

"去曼谷有事儿吗？为什么不从清迈直飞，我记得有航班。"小唐道。

周启书查看，果然有，上午九点半，于是他退掉之前的票，订了直飞的。

"接下来还有别的安排吗？"小唐问。

"没有，回酒店，逛逛商场，给老婆孩子买点儿纪念品、特产之类的。"周启书道。

"买东西晚点儿再去也可以。"小唐面露为难，"我有个不情之请，不知您能不能答应我。"

"什么事？直说吧。"周启书道，"看我能不能帮上忙，还有别叫'您'了，你又忘啦？"

"习惯了，一求人就用敬语。"小唐不好意思道，"昨晚回家后我跟爷爷提起你，听说你是唐山人，他就特别想见你，让我不管用什么办法都要把你请到家里，跟他见见面，聊聊天，顺便吃顿饭，他想好好招待你，听你讲讲故乡。"

周启书面露犹豫，只怕场面会尴尬。做了这么多年生意，大小场面见过不少，早学会了见人说人话见鬼说鬼话，可那是工作技能，不代表他喜欢应酬。

"要是觉得为难就算了。"小唐道，"我就跟他说你时间来不及。"

周启书"嗯"了一声，不置可否，他还是不好意思明确拒绝小唐。

小唐努力争取道："我爷爷很亲切的，不是话痨，也没老糊涂，他做梦都想见老家人。他都这么大岁数了，不是我咒他，说句难听的，不定啥时候一口气上不来……如果可以，你就满足他这个心愿吧，哪怕只是见一面，让他听听家乡话，不吃饭也没关系。"

"你家住哪儿？离清迈远吗？"周启书问。

"不远，就在城北边的小镇里，开车顶多二十分钟，返程时正好路过那边。我打电话通知他，让他做好准备。"见周启书松口，小唐兴奋得像个得了压岁钱的孩子。

"准备什么？"周启书道，"没必要搞得那么正式。"

"基本的待客之道还是要的。"小唐道，"不然他会怪我不懂事。"

打过电话，两个人上了车。周启书觉得有必要先了解一下要见的这位异国老乡，便问小唐："你爷爷说过他家里什么情况吗？比如几口人，有没有兄弟姐妹，他具体从哪个县或是哪个村出来的。"小唐道："不止一次提过，我爷爷的父亲是个商人，在镇上开着绸缎铺和中药铺，条件挺不错的。他是家里的老三，上面有个姐姐和哥哥，他跟着部队离开家时母亲还怀着孕。他先在镇上的学堂上完小学，又到县里上中学，受到进步思潮的影响，和他爸那种封建遗老很快对立起来。据说他爸抽大烟，还有一房小老婆，对儿女谈不上多么爱，供养他们只是出于责任和义务。作为新青年自然要和旧家庭决裂，投身爱国运动，于是他参了军。起初队伍还只在北方活动，后来不知为什么直接调到了云南那边，然后就被编入了远征军，因为总是换根据地，他和家里的联系慢慢就断了，只想着战争结束再回去，没承想……"小唐顿了顿，叹道，"生在那个乱世，个人的命运根本无从把握，他能活下来已经很幸运了。"

泰北民居多为二至三层的木质结构小楼，散落在热带树木之间，没有围墙，各家各户之间有着近百米的距离。一个半钟头后，汽车驶入小镇的中心街道，而后拐了两个弯，在椰子树、槟榔树的掩映下，一座小楼进入视野。车道左边立着一座半人高的石雕大象，栩栩如生，右边一棵合欢树，绿叶婆娑，如伞如华盖。一位老者站在树下，须发皆白，但腰杆笔挺，面色红润，身着青色绸裤、象牙白的盘扣短袖衫，握着一根鸡翅木龙头拐。之所以认得这种材质，是因为周启书的岳父中风之后买了同样材质的手杖。

小唐介绍道："爷爷，老乡请来了，您抒发乡愁时收敛着点儿，别吓着人家。"老者笑道："周先生，快请进。小茶，我烧着水呢，你先去准备，拿柜子里的正山小种。"周启书礼貌性地笑道："您叫他什么？"老者道："小茶，茶叶的茶，他给自己取的英文名就是从这儿来的。"周启书恍然，旋即跟随老者朝着小楼前行。老者走得慢，周启书与其保持同步，边走目光边划过周遭。眼前的景致似曾相识，观察一会儿他明白了：如果忽略没有围墙和大门这一点，那么不论从布局，还是植物类型来看，这里和华北平原的院落相差无几。

一条石子路通向小楼，小楼前方打着两三米宽的水泥地坪，其余皆为土地。石子路左边种着各种花，都是周启书在国内经常见的，能被他叫上名字的有草茉莉、凤仙花、蜀葵、石竹、大丽花、鸢尾、景天等，一面辨认着，周启书不由得说出了名字。有些他不认识的，老者一一说给他，又说："很多种子都是孙子网购的。"看完了花，再看甬道右侧，全是老家常见的蔬菜：辣椒、茄子和西红柿皆果实累累，黄瓜秧刚开了几朵黄花，也许有小黄瓜刺儿隐藏在叶片间，豆角秧开始抽蔓儿，半畦韭菜连着半畦茴香，茴香有一截儿似乎前几天才被割过，也许包饺子吃了，墙头爬着南瓜藤和葫芦藤，一个拳头大的南瓜头顶着开过的花。周启书抬手指着道："长倭瓜了。"才说完，便想起堂姑说过这么大的倭瓜一旦被人指了就会抽抽（萎缩掉落），于是缩回手道："希望它不要抽抽。"老者拍拍周启书的肩膀，会心一笑道："果然是老乡，其他人不懂这个。"周启书笑道："其实是无稽之谈，就跟采了打碗碗花会摔碗的说法一样没有科学根据。"

"周先生老家哪个县？"老者问。

"您称呼我小周就行。"周启书道,"玉田的。"

"哟,玉田大白菜,包尖白。我小时候,每到立冬家里就会储存大白菜,就是你们玉田产的,醋熘、做馅儿、麻酱拌菜心,都好吃。"老者指着菜园子道,"我原来也种过,但这里的气温还是高,光长菜帮子不包瓢儿,长着长着就抽薹开花,一片金黄,倒是挺好看。"

"您老家在哪儿?"

"咱们是邻居,丰城的。"老者道。

"确实很近。"周启书道,"我在唐山上师专时,有不少丰城的同学,其中有个就姓唐。"

"丰城姓唐的不少。"老者道,"我家离还乡河不远,小时候放了学就和伙伴们跑去河边,钓过鱼,溜过冰,那河好像也流经玉田县境内,听说过吧?"

"听说过,我还记得学校的校歌开头就是'燕山脚下,还乡河畔',"周启书道,"不过它是县城东部的河流,我家在西面,主要是兰泉河。"

"周哥,进来喝茶,坐下聊。"小唐喊。

客厅内摆着一张红木方桌,四把同色椅子。周启书环顾四周,发现多是中式家具和摆设,只有角落处一座精巧的金色神龛体现了泰式风格,一尊玉佛端坐其间,供着香火。老者非要他坐上首,周启书不肯,推让再三,老者坐了主位,周启书居其左。桌上有一套紫砂茶具,热气从茶壶嘴袅袅而出。小唐道:"爷爷,您好好招待老乡,我去厨房。"周启书招呼道:"一起坐吧,我不吃饭。"老者对孙子道:"你去你去。"又对客人说:"小周,不用管他。"说着,双手伸向茶壶,周启书刚要帮忙,对方制止道:"你坐,你是客人。"周启书只得坐下,盯着老者布满老年斑的双手捧起茶壶,颇具仪式感地斟了两盅茶，将其中一盏端到他面前。他接过，还有点儿烫，香气氤氲着钻进鼻腔，痒痒的。老者不怕烫，喝下一口道："还不错。"

"您孙子很孝顺。"周启书轻轻抿了一小口，说完，注视着老者。他看上去不算太老，额头甚至称得上饱满，皮肤微微泛红，秃顶，四周竖着一圈窄窄的、短短的白发，犹如戴着光环。

"嗯，这孩子不错。"老者道，"比儿子、闺女都强，多亏了他，不然我活不到这岁数。"

"听他说这么多年来您都没联系上老家的人。"

"20世纪八九十年代打听过几次，都没确切消息。"老者道，"可能我哥哥和姐姐不想认吧，怕我打搅他们的生活，再后来就是21世纪之初有位过来旅游的老乡说起过模糊的消息，说我哥哥已经没了，姐姐还在，此外我还有三四个弟弟和妹妹，有亲的，也有同父异母的。那时我就不抱希望了，都是老人家了，靠着小辈儿人养着，我何必添乱。"

"回去也不见得就好，变化毕竟那么大，早就物非人也非了，也许只会徒增伤感，还不如让它活在回忆里。"顿了顿，周启书叹道，"故乡就是回不去的地方。"他安慰着老者，不知这些话为什么会自然而然，脱口而出，就像说给自己听的一样。

"总有些变不了的。"老者道，"那种东西只有重新站在那片土地上才会感觉到。"

"别急，您孙子会带您回去，到时我给你们当导游，来一次寻根之旅。"

"哈哈。"老者短促地笑道，"我把这孩子害苦了，我不该教他普通话，教他汉字，告诉他我怀念的地方。他爸爸说得对，我不该把我的乡愁传递给我的孙子，他应该有自己的生活，把这里当成家，有安定下来的心，娶妻生子过日子，而不是为

175

了实现我的心愿而忙碌着。他完全没必要像我这样，身在曹营心在汉，没有归属感地过一辈子。"

"这不能怪您。"周启书道，"您儿子和女儿不是在这里生活得挺好吗？"

"儿女小时候，我一心要扎根此地，加之老婆的刻意阻挠，我很少跟他们提起过去。"老者道，"可年纪一大，乡愁势不可当，那正是小茶出生不久，我只能把他当成一个媒介，在教给他有关祖国、家乡的一点一滴中释放着自己的感情，像是重新过了一遍童年。"

老者没等周启书回答，继续说："但愿等我死了，他能摆脱这一切，反正我就快了。"

周启书不知该说什么，幸好这时小唐进来，喊他们吃饭。

饭菜"中泰合璧"，既有香茅椒盐虾、咖喱牛肉，泰式椒麻鸡，又有地三鲜、宫保鸡丁和红烧肉，外加酸辣海鲜汤和泰国香米饭。小唐解释说："有些是从市场买来的半成品加工而成，可能味道不太正宗，周哥不要嫌弃啊。"周启书说："难怪这么快，我还以为都是你做的。不过别担心，我嘴没那么刁。"小唐的爷爷要喝酒，周启书说："酒就免了吧。"老者道："今儿高兴，少喝点儿，小茶别喝，一会儿你还要开车送小周回酒店。"喝的是本地啤酒，老者不时朝周启书举杯，后者还以为老者酒量不错。可两人刚喝完一瓶，老者就已眼圈泛红，神态和言语间已值微醺。到底上了岁数，周启书和小唐都劝他不要再喝，小唐干脆去夺他的杯子，并对周启书道："老小孩儿，任性。"老者道："没事儿，小茶，放点儿音乐助助兴。"小唐对周启书无奈地眨眨眼，走到书架旁，开了音响。音乐声缓缓流出，一个浑厚的男声浅唱低吟。窗外暮色四合，微微的南风，飞送着凉气穿堂而过，一时间各人皆寂寂无言。周启书的目光落在小唐的爷爷身上，后者靠在椅背上，双眼微闭，昏黄的灯光打在他的脸上，使其散发出一种木雕般的静谧，似乎与椅子、桌子融为了一体。音乐声渐高，盈满房间。周启书听出了歌词，一股热流泉水般乍然间从心底深处涌出，蹿升至四肢百脉，蹿升至眼眶。

>　　多少岁月凝聚成这一刻
>　　期待着旧梦重圆
>　　万涓成水终究汇流成河
>　　像一首澎湃的歌
>　　一年过了一年
>　　啊，一生只为这一天
>　　让血脉再相连
>　　擦干心中的血和泪痕
>　　留住我们的根……

◦ 七 ◦

次日用过早餐，周启书退房后打车直奔机场。机械地配合工作人员办完各项手续和检查，终于走向登机口时，他给晶晶发了一条微信，问姑妈现在的状态。以前的任何一次出差或旅行，他都没有像现在这般归心似箭，恨不得能够瞬间位移，回到那个被兰泉河拥在臂弯中的小村庄——南棋盘。这么多年来，他曾一度努力想要忘掉并且也成功忘记过的名字居然不费吹灰之力地再次浮现于脑海，犹如被热水充盈的茶叶恢复了生命的记忆，舒展、腾挪、绽放。

很快晶晶回复道："她还在坚持着，没有咽气，哥你什么

177

时候回来?"周启书回复道:"快了,今晚之前我尽量赶到。"随后,他在免税店给儿子和老婆买了礼物,静候登机。经过五个多小时的飞行,抵达首都机场。周启书打车,在车上给助理打电话,将最近几天的工作做了安排,又给儿子和老婆发微信,说他要晚几天回家。打车到小区,他没进家门,直接到车库取了自己的车,出城上高速,奔兰泉河而去。

一路上,他开得飞快,直到一个多小时后下高速才不得不慢下来。北国正值初冬,国道两边皆为空旷的田野,周遭一派静谧,在夕照的直射下显得稀薄、轻盈,泛着忧郁的光辉,远处的树丛于薄雾中若隐若现,仿佛一众幽灵。这是再寻常不过的乡村图景,也是他从前看厌了的景色,他曾以为再不需要多看上一眼。可这一切却让他心头涌起一股暖意,执拗、亲切、熟悉,仿佛自己还是那个整日沉醉于乡间的淘气孩童,浑身散发着无知和野性,丝毫不屑于将来要赢取和倚赖的金钱、荣誉、地位、事业和家庭。

十多分钟后,在导航的提示下,拐上了兰泉河西埝,随即关掉导航,接下来的路他非常清楚该怎么走。当一座破败的混凝土大桥在暮色苍茫中影影绰绰地闪现时,他逐渐放慢车速,而后干脆熄火。上桥,顺着路下坡,就能直接进入南棋盘村,这条路他不记得走过多少次,如今却有点儿怯生生的,仿佛留守儿童面对分别很久面目已非的母亲那般,不敢上前。打开车门,他抽出一支烟,狠狠地吸着。上一次来这里还是父亲活着时,母亲去世后他就再没有踏足,包括父母的忌日和清明,他都没有回来过,只在北京所住社区旁的萧太后河边烧了纸。一连抽了三支烟,搞得腮帮子处的肌肉酸痛才停下,他深吸一口气,驱车上桥。

他终于再次走进这个村庄,走到了奄奄一息的堂姑身边,并且握住了她干枯的手。一切没有他想象中那么难堪、尴尬,甚至顺理成章、水到渠成,一屋子里的人没几个他认识的,氛围却又那么和谐、轻松,甚至过节般欢乐,他像是这场大戏的压轴演员,只有他如期登台,大家心里才踏实,就连死亡也变得圆满无憾了。堂姑并不老,只是被病魔摧残得苍白、干瘪、瘦小,犹如门前那棵掉光叶子的绒花树,只是树还有返青萌芽的一天,可她已然油尽灯枯,濒临衰竭。在周启书和晶晶的呼喊下,她似乎用尽最后一丝力气睁开了浑浊的双眼,看了看他,嘴角轻微地动了动,很快便又合上眼。在和晶晶的对话中,周启书的手渐渐感觉到堂姑的手一点儿一点儿变得僵硬,凉意从她的躯体里风似的一股大似一股地传来。他面对着姑妈,轻轻地叫了一声"妈",对方没有任何反应。她走了,应该没有听见。

　　周启书决定参加完堂姑的葬礼再回京,其间,老婆给他打来一个电话,他没有过多解释,只说:"等我回去再跟你说,你理解不了或者不想理解都没关系。"夜里守灵时,北风吹得棚顶的苫布呼啦呼啦响,灯影摇晃,整个灵棚仿若茫茫大海上飘摇的小船。打盹醒来的晶晶道:"哥,我妈让我告诉你一件事,本来她想亲口告诉你,可你来得太晚,没赶上。"周启书问:"什么事?"晶晶道:"还记得你小时候养过的土狗小黑吗?它老死以后我妈并没有把它炖着吃了,更没有做成狗皮褥子,而是把它埋在了河边,还栽了一棵桃树在坟头,你有兴趣的话等到春天可以来看看。"周启书道:"真的吗?她为什么骗我啊?"晶晶道:"那时她还在生你的气,气你回到父母身边,而且十多年不跟她联系,她这么说是想报复,让你难受,她希望你不要怪她,可以原谅她。"周启书不知该说什么,起身走到灵前跪下,烧了几张纸。

　　下葬那天是个小阳春,微风吹着红日。坟地在村北的麦田尽头，软软的土地，像沙滩，麦苗呈现娇嫩的黄绿色。晚辈们跪在地上烧纸，火焰腾起老高，灰烬升到空中，飘浮，翻腾，落到地上、人们的身上。周启书抬头，望着阳光中舞蹈的灰烬、远处的田野，想到爷爷奶奶，想到父亲母亲，一阵阵心悸，颤抖，犹如发烧。他感觉身体的一部分随着火焰烧掉了，转而有一些新的情感在萌动——也不是新的，更像早就存在，像是某种沉睡的基因，在天时地利的这一刻突然被唤醒，如同古老的血脉，从头到脚，流遍了全身。

葬礼结束后，周启书赶到父母的墓前，在斜阳下烧了些纸，想说什么却哽咽着，一个字都没说出来，等到纸钱燃尽，拿酒圈了。上车后，抽出纸巾擦擦泪痕，赶回北京。老婆和他冷战了两三天，最终还是他服软，说了好话求和才相安无事。日子再次按部就班起来，好像和从前无异，但周启书能感觉到一些东西变了，具体是什么他又无法诉诸言语。遥远的清迈之行成了一段记忆中的往事，回想起小唐、小唐的爷爷，竟有些恍若隔世之感，仿佛《聊斋志异》中遭遇狐仙的书生，一转身那贵家宅第已幻化为一座荒山。直到一个多月后的某天下午，接到小唐的语音聊天邀请，一切才又历历在目，提醒着那是真实经历。

"好久没联系，周哥可好？"小唐的口吻稍显客气。

"挺好的，你呢？"周启书道，"我回来后就一直忙工作，没得空和你聊天。"

"我也挺好的。"小唐停顿片刻，像是在思考要不要说下去。

"有什么话直接说。"周启书试图拉近距离，别见外。

"我爷爷去世了。"

周启书并不觉得多么意外，但还是情不自禁地"啊"了一声，接着问："什么时候？"

"一周前。"小唐道，"我订了后天的机票，我想把他的骨灰撒到还乡河，完成他的遗愿。"

眼前似乎有一阵风吹过，从窗户射进的那束阳光好像也闪了闪，周启书愣了片刻方道："你来吧，我带你去，不过现在，河水估计结冰了。"

"没关系，撒在河边也行。"小唐道。

"嗯，来吧，几点到？我去接你！"周启书忽然想到，就算结冰也无碍，凿个冰眼很容易。

"两点一刻。"小唐道，"哦，不对，北京时间是三点一刻。"

悬崖

　　身着夸张装饰的芭比娃娃躺在透明盒子中，空洞的大眼睛透出造作的纯洁。便宜的款式里没有腿脚，下身全靠裙子遮挡；稍贵的组合里有可供选择的服饰、胳膊、腿、脑袋等，它们像标本一样在自己的世界里睁眼沉睡。朱蕾从头看到尾，一开始每一款她都想要，看完转过身，想告诉母亲哪个都不想要，却发现后者不见了踪迹。她站在原地张望，目光扫过货架、从屋顶垂下的打折告示、周年庆的气球以及来来往往的顾客，企图发现那个熟悉的身影，可是没有。她叫了几声妈，稚嫩的童音湮没在震耳欲聋的促销音响中。有人朝她投来目光，她感到羞耻，为避免引人注意而低头，目光滑过左手，这时她才发觉左手依然微微攥着，但那根她依赖的手指不知何时已抽走。她脑子发蒙，觉得天塌了，自己仿佛变成了一个芭比娃娃，被封在塑料盒中，不能动弹，不能言语，被人瞪大眼睛观赏、挑选。

　　酒店位于半山腰，住客们在一楼泳池边的露天餐厅吃自助早餐。头两个早晨，朱丽珊叫了客房服务把餐食送到房间。她坐在轮椅上，假装没看见女儿一脸的不情愿，展开餐巾，颇具仪式感地铺在腿上说："尽量不麻烦你，你想下去就下去吃。"朱蕾知道这不是真话，正话反说是母亲的一贯作风，尤其是在她的双腿不能行走之后，疾病改变的除了身体还有她的性格。

如果她单独下去，不和母亲一起吃，母亲会一整天丧声歪气，找她的碴儿。她收回逡巡楼下的目光，面无表情地坐到母亲对面，切开烤肠，叉起一半入口，嚼道："纯肉的。"母亲道："幸亏多花了点儿钱，还记得去年那家酒店吗？烤肠里都是淀粉，门童跟木头一样，床垫硬得像火炕，窗户还对着工地。"朱蕾对这些细节没有了任何印象，她只记得那家酒店的住客多是印度人，从入住到离开，一个好看的男人都没有。第三天早上，朱丽珊坐在阳台旁，转头对正要给前台打电话的女儿说："下去吃吧，我想呼吸新鲜空气。"朱蕾早已习惯母亲的反复无常，她撂下话筒，问母亲要不要戴帽子，说外面太阳大。朱丽珊道："不用，那儿有遮阳伞。"

母女俩坐在靠近栏杆的桌边，既能看见所有进餐的人，微微侧头还能毫无遮挡地眺望海景。朱蕾将食物端上桌时，侍者过来用泰式英文问她们要红茶还是咖啡。她尚未开口，朱丽珊用中式英文回答："红茶，两份。"朱蕾说："我想喝咖啡。"朱丽珊道："不行，你的胃受不了，没带胃药，这儿的小药店不见得有卖奥美拉唑肠溶片的。"朱蕾有轻微胃溃疡，除了咖啡，还有很多食物母亲都不让她碰，但她觉得偶尔尝试一次没问题，不过她不想和母亲唱反调，那样会招致母亲的喋喋不休。侍者再度添茶时，只顾埋头吃东西的朱蕾直起身，目光刚好撞见母亲眼中朝她投来的淡淡鄙视。后者腰杆笔挺，下巴微扬，如同多年前站在舞台上那般端庄，颈纹使得脖子犹如被细绳勒过。朱蕾不屑，眺望远方，大海浓蓝，如往事般平静。

直到五六年级开始追星时，朱蕾才意识到母亲曾经的辉煌。家里有好几张唱片收录了朱丽珊的成名作，但真正属于她个人的只有一盘盒带，共十二首，几乎囊括了她所有的原唱歌曲，其中一首曾在20世纪80年代中期火遍全国，她那女人味十足的幽怨之声在大街小巷频繁响起。朱蕾听过母亲的演唱之后觉得她没有继续红下去也在情理之中，她的声音没太大辨识度，唱功谈不上多么好，也没有作曲和作词的才华，她靠的多半是运气，而运气不可能一直眷顾某个人。可朱丽珊说如果当时她没怀孕的话，未来会截然不同，是孩子让她错过了趁热打铁的机会。朱蕾可不想为此背锅，她觉得如果真是生育影响了母亲的事业，那当初她就该三思而后行，再不济还能选择堕胎——她可没要求母亲非把自己生下来。

"早上好！"

朱蕾扭过头，只见甘旭然正从身后走来，刚才他带着对长者的敬意在和朱丽珊打招呼，现在则换了一副半熟的口吻对她道："你们真早。"她点头，笑得矜持，刻意躲过他火辣辣的眼神，目光停在盘中，两片红心火龙果犹如淌血的肝脏，似乎还在微微颤动。他身后跟着一男一女，是他的好朋友。他们是一对，甘旭然是被硬拉来当随从的。这是昨天日落前，朱蕾推着母亲到酒店的花园里转悠时甘旭然和她说的。

酒店以西延伸出大概半个操场的面积造了花园，有小径和工整的草坪，最多的是热带植物，形状各异的叶子和花朵交错横生，恍若雨林。草坪在花园的尽头，直通悬崖边缘，那儿除了一棵鸡蛋花，没有其他植物，是欣赏落日的绝佳地点。朱丽珊让朱蕾把她推到了钢化玻璃的栏杆旁，下方的海浪撞击着峭壁，飞沫四溅，宛若雪崩，令朱蕾眼晕，她于是抬头望向夕阳。云多且厚，却未能遮挡住余晖的绚烂，大海和天空被它烧得一塌糊涂，落日正倾尽全力散发着它最后的魅力。游客们被眼前的辽阔、壮美、迷醉所征服，一律缄默、肃穆，像在参加一场葬礼。这时，甘旭然的侧脸猝不及防地闯进了朱蕾的视野，让她的心跳骤停两拍，当他转身与她不经意对视，她觉得自己的

184

灵魂已被抽走，身体僵住，周围的一切不复存在，唯余他们二人。他长得有点儿像她唯一正式交往过的前男友。那是她刚参加工作不久，对方是她的同事，两个人情投意合，私订终身，如果不是朱丽珊横加干涉，他们很可能走进婚姻。

逆光中，甘旭然朝朱蕾粲然一笑，她回以微笑，一种心照不宣的快乐迅速传遍全身的每一处神经。她很清楚这种久违的心动，只是没想到三十二岁的自己还能有这种机会，而且对方的外在条件如此好。她还以为这辈子注定被朱丽珊所累，生命中最美好的年华都将浪费在母亲身上。她早已不奢望能像其他人家的女孩那样恋爱和结婚，但终日拴在朱丽珊身边，没有半点儿私生活，甚至连一场艳遇都不可能发生。对男人，朱丽珊怀有本能的敌意，她说他们都是骗子，骗感情，骗身体，骗钱。她不让女儿被他们接近，她不想女儿重蹈自己的覆辙。那个让她怀孕的男人改变了她的生命，在他抛弃她的那一刻便剥夺了她的未来、运气、热情，还有希望，她像被剥了皮一般疼，余生只剩下一个赤裸、剧痛的自己。

"太美了，美得无法用语言形容。"甘旭然说。

"还好吧，不如我和我妈在巴厘岛时遇见的日落，除了美，还有震撼。"朱蕾压抑着兴奋与躁动，只当他赞美的是日落。说完，她看了一眼母亲的头顶，后者的头发一丝不苟，发缝宛如一条白蜈蚣。朱丽珊望着猩红的海面，像是凝视自己的灵魂，片刻之后才道："各有各的美。"甘旭然说："看来你们经常旅行。"朱蕾道："一年也就一次，我妈出行不方便。"甘旭然道："看见那棵鸡蛋花了吗？一棵树上开红白两种颜色的花，据说在树下许愿会很灵，你可以去给你妈妈祈福。"朱蕾说："你听谁说的？准吗？"朱丽珊道："你过去看看吧，我自己在这儿没关系。"

那棵鸡蛋花比人高出半米多，枝条苍劲，状若鹿角，顶端涌出簇簇小花，或红或白。这是人工培育的结果，朱蕾明白甘旭然的"据说"纯属杜撰，不过是让她脱身的小把戏，相信母亲早已看穿，但她顾不得许多，毕竟她也渴望和他说些只有两个人才能说的话。他毫不掩饰自己对她的迷恋，但这并没有影响谈话质量。在二十多分钟的短暂交流里，他抛过来的每个问题都击中要害，像是采访者提前了解了被采访者的资料，列了提纲似的。她略显局促，茫然，时而沉默着、不安地望向朱丽珊。

甘旭然问："你怕她吗？你又不是小孩儿。"朱蕾说："我才不怕，我只是担心。"他说："我相信她比你更懂得照顾自己，你比她更需要人爱护。"她问："为什么这么说？"他说："疾病让人变态，看得出来，你过得不快乐，而你妈就是主因，她用病人的特权控制着你。"她不悦，自以为是的男人最讨厌了。他并不尴尬，解释道："职业习惯，希望你不要介意，我做心理咨询的，喜欢琢磨人，动不动就爱分析人和人之间的关系，自从入住那天，我就注意到了你们。"

"这么说，你把我们当成了研究对象？"她假装被冒犯。他连忙解释："当然不是，不过老实跟你说，和职业也有点儿关系，你和一般的女孩不一样。"她嗤笑："女孩？我都三十多了。"他说："我更看重心理年龄，冷眼看上去你像个阅尽风景、失去激情的女人，可仔细观察就会发现，那只是在你妈身边，她让你筑起了心墙，实际上你不谙世事，内心充满渴望，很想为了什么奋不顾身，但这需要天时地利，更需要人引导。"全都是套路，他不真诚，她想。但这无关紧要，只要他没有恶意，不会伤害她，那么她全盘接受，谁让她如此寂寞，或者说饥渴呢？

"你妈得了什么病？"

"两条腿断了。"顿了顿，她补充道，"是个意外。"

她脑海中浮现出那个春天的午后，她和朱丽珊吵到要断绝关系，只因后者反对她和那个同事交往。朱丽珊认为他将来不会有出息，结了婚只会让女儿吃苦受累，女儿会逐渐沦为生活的囚徒，变成黄脸婆。可朱蕾一意孤行，干燥的天气让两个人的火气燃烧到最大值，她撂下狠话，往楼下跑，才出家门没多久，朱丽珊追了下来。那时她们还住在没有电梯的老楼，当她跑到一楼时，被响声惊到，回头只见母亲从楼梯上滚落。住了两个多月院，保住了命，经过半年多的复健，她仍然不能行走。为了照顾母亲，先后请了二十多个保姆，却没有一个能让她满意，也没有谁能忍受她的乖戾、喜怒无常，朱蕾只能辞职，亲力亲为。朱丽珊有时沉默寡言，半日一声不吭，有时又聒噪得像老鸹。朱蕾给她泡茶时不小心摔碎了茶杯，她便道："我知道姑奶奶有气，不想伺候我，可这是你该我的，要不是你，我能有今天？"朱蕾已摸准她的脾性，不跟她一般见识，只当听不见，该干什么干什么。控诉够了，朱丽珊瞬间变脸，露出一副脆弱无助的表情，拉住女儿的手语重心长："你别着急，我撑不了几年，离你自由的日子不远了。"她总这么说，朱蕾想，可她看上去一年比一年健康，精神越来越好，只是仍旧站不起来。

"你专职照顾她多久了？"

"五年多。"

"你不该把自己的人生和她捆绑在一起，像这样和她寸步不离，对她言听计从，心理问题比她可能还严重，就像吸二手烟受到的伤害更大一样，你需要找个人倾诉，有正常的社交生活。"

"别把我当成你的客户和病人，我很正常，正常到一眼就能分辨出你对我别有用心。"

"可怜的人，像你这种甘愿为他人奉献自己的女孩几乎绝种了。"他的语气就像长者。

她没有接话。

"恕我冒昧，我只是单纯出于好奇，为何你一直没提起你爸？"

"我没爸。"朱蕾道，"从来没见过他，也不知道他是谁，就连我的姓都是随了我妈。"

"你妈也不确定你爸是谁吗？"

"胡说！她当然知道。"朱蕾道，"她不是你想的那种私生活混乱的女人，她只是不肯告诉我。她恨那个人，也许是恨那段往事，顺带着连我也恨，我的存在总是提醒她走错了路，而且，我不光长得像我爸，性情、智商等方面都随他，面对我，总能让她想起那个负心汉。"

"估计她是第三者吧。"甘旭然道，"我没有不敬的意思，只是第一感觉。"

"那我不清楚。"朱蕾道，"总之那个男人不能娶我妈，在我十八岁之前，他一直付抚养费，数额还不小，直到现在，我妈的账户上偶尔还会多出几万，都是从国外汇来的，我猜就是那个男人。我问过我妈，但她什么都不说，好像这样就能把那个男人从她的生命中抹去似的。"

"我就说嘛，不然你们俩都没工作，哪来的收入。"甘旭然道，"他还算有点儿良心。"

"我妈有存款，在她出意外之前她还能赚钱。"朱蕾道，"并非全靠那个男人。"

"是吗？你妈以前做什么工作？"

"你去网上搜索歌手朱丽珊，就知道了。"朱蕾说，"你对她难道比对我还感兴趣？"

"女人的嫉妒果然是天生的。"甘旭然笑道，"我因为想要更好地了解你，关心你，才问她的情况。"

"为什么要关心我？我们素昧平生。"

"你让我想起关在动物园里的动物。"他说，"我想拯救你。"

"得了吧，谁也拯救不了我，我不需要拯救。"

"我可以牺牲自己。"甘旭然的半个身子靠过来，在她耳边轻声道，"晚上来我房间吧。"雄性动物的气息热烘烘地围着她，搅得她心猿意马，她朝朱丽珊那边望了一眼，后者正望向这边，不知看了多久。朱蕾道："我该走了。"甘旭然道："我在707。"

甘旭然拣了一盘食物，坐在与朱蕾较远的位置，并不怎么看她。她朝他偷偷地瞟了几眼，都没有与其目光碰上。"难道他生气了？还是放弃了？"朱蕾思忖着。她昨晚没去他的房间，本来也没打算去，尽管她的身体很想，心里也想，可还没到失去理智的份儿上。在晚饭前她还有些犹豫，但一顿饭过后，朱丽珊让她下定了决心。他们在房间里吃的晚餐，点了四个招牌菜，起先，母女俩低着头，面对不锈钢餐具上映出的手脸，默默吃着，只听见咀嚼声和刀叉碰触餐盘的声响。吃到一半时，朱丽珊没头没尾地说："那个男人不靠谱，一看就不是好东西。"朱蕾装傻："哪个？"母亲盯了她的眼睛几秒钟，轻哼了一声："聊得那么开心，都说什么了？"朱蕾道："他的工作，还有恋爱。"母亲道："没创意，一点儿都不高明。你呢？你也总得告诉他点儿什么吧。"朱蕾道："我能有什么说的？他说的那些我都不太懂，很多流行语，我根本不知道意思。"朱丽珊叹道："是吗？我耽误你啦，让你跟不上时代了，不过这也没什么，流行只是变着法消费，只要有钱，就能以不变应万变，永远都不会落伍。"朱蕾道："对，很多人羡慕我不工作还有钱花呢。"朱丽珊没听出女儿的反讽，可能因为朱蕾说得不那么明显。她开心地问："都有谁啊？"朱蕾道："我哪记得？除了你我还能认识谁？"朱丽珊露出宽容的微笑，随即用告诫的口吻道："别理那个没见过世面的货，估计就是个白领，趁着年假出来玩，乱勾搭。"这话让朱蕾听着很是刺耳，心里翻了一万个白眼，但她不动声色，只轻轻地"嗯"了一声。

朱蕾注意到甘旭然取水果时和两个来自台湾的女孩聊了起来，随后他还坐在了她们旁边，一边啃番石榴，一边胡侃，逗得两个女孩咯咯直笑。那两个女孩办入住时刚好在朱蕾她们之后，当时简单地聊了两句。她看了一眼逐渐升高的太阳，对母亲说："咱们回去吧。"朱丽珊觉出女儿的失落，但她认为好戏还在后头，那能让朱蕾彻底看清渣男的面目，从而死心，便道："再待会儿，你上去给我拿帽子，还有防晒霜。"朱蕾转身离开，拐入大堂时回头一瞥，甘旭然不见了，而他的两个同伴则朝朱丽珊走去。进了电梯，铡刀似的门正徐徐关闭，突然伸进一只手，甘旭然闯了进来。朱蕾白她一眼，移开目光，盯着变化的楼层数字。

"吃醋了？"甘旭然问。朱蕾轻蔑地"喊"了一声。他靠近她："你昨晚为什么没来？"她说："我又没答应。"他道："你妈看着你，不让你出门吧？"她道："知道你还问。"他说："你就不能反抗？哪怕一次。"她说："我不能。"电梯门开了，他紧跟着她。一进房间，他就把她按在门后，不由分说地亲吻。这个力道大于感情的吻让她脑子瞬间陷入空白、混乱，在由轻微的反抗转向迎合之后，她才恢复清醒，推开了他。

他没有再进攻，诚恳地说："今晚来吧。"她找到帽子和防晒喷雾，为难道："再看吧。"他挡住门，像个蛮不讲理的孩子，对她说："你不答应，我就不让你出这个门。"她道："这么闹可没意思。"他抱住她，低而温柔的声音像只小狗在撒娇："我知道你也想，答应我好不好？"朱蕾不想被他纠缠下去，只得躲开他那寻求许诺的乞求目光，服软道："我尽量，好吗？"他笑逐颜开："多晚我都等你，等她睡着了再出来。"

"我得赶紧下去。"朱蕾说，"不然她上来撞见就不好了。"

"怕什么？"甘旭然一副志在必得的表情，"别担心，去阳台看看。"

二人用窗帘挡住身体看向外面，只见甘旭然的同伴正和朱丽珊聊得热烈，男的还拿出手机拍合影。朱蕾问："你搞什么鬼？"他得意道："怎么样？演技不错吧，既然曾经是歌手，就肯定会被粉丝认出来。"她明白了，笑道："你真损，咱们还是下去吧，时间长了恐怕露馅儿。"他道："放心，昨晚我们做足了功课，把网上关于你妈的资料都看了，有很多话题可以说。"朱蕾道："得了吧，她网上的资料根本就不多，我又不是没搜过，就算有歌迷，也是屈指可数，这也太假了。"他拥着她走出房间，说他们要出海，去攀牙湾，问她要不要一起。她道："我哪里出得去？"他拿着手机，加了她微信。送她到电梯口，看她进了电梯才走开。

甘旭然的两个同伴看见朱蕾，便和朱丽珊告辞。朱丽珊的目光恋恋不舍地黏着那对情侣，直到他们进了大堂才转向，笑微微的脸庞带着一点儿激动过后的潮红。她对朱蕾炫耀："真想不到，还有这么年轻的人听我的歌，而且特别喜欢，连我走穴时唱的都听过，不是他们提起，我都忘了。"朱蕾暗自叹了一口气，觉得母亲真可怜。红透一时的感觉美好而残忍，因为一切都是过眼烟云，即使歌坛有过短暂的怀旧期，朱丽珊也不可能再掀起浪潮，属于她的时代早已过去，她不可能不明白这个道理，对她而言，那就像上辈子的事一般久远。可当有人记得她时，她为什么又快活得像个终于被帝王想起的冷宫佳人呢？朱蕾觉得，归根结底是寂寞和虚荣心作祟，太久没有人和母亲交流过她引以为傲的岁月，一旦有人提起，她便激情澎湃，推心置腹，要将人家视为知己了。

朱丽珊戴上白色太阳帽，朱蕾给她裸露在外的皮肤喷了防晒喷雾。见女儿心不在焉，她问："你为何忧心忡忡？"朱蕾道："我哪有？"朱丽珊道："那你怎么不问问我是哪一首。"朱蕾懒懒地问："哪首？"朱丽珊道："《淘气的女人》，连你都没听过吧？"朱蕾道："没听过。"朱丽珊回忆道："好像是在一家国有企业的年度庆祝会上唱的，那两个人说网上有我唱这首歌的视频，等下你帮我搜搜。"朱蕾答应着，其实她记得这首歌，朱丽珊以前教过她。七八岁时，母亲曾想过让她继承衣钵，将来做歌星，或者演员，为此教她唱歌、跳舞、弹琴，可朱蕾毫无天分，对唱唱跳跳亦无兴趣，母亲只得作罢，咬牙切齿地指责："你怎么就随了他呢？一点儿艺术细胞都没有！"至今她还能回忆起母亲说那句话时极度嫌弃的表情和语气，怎么朱丽珊反倒忘了？

晚饭后，母女俩躺在各自的床上。不一会儿，朱丽珊打起了盹。有人在抢朱丽珊非常珍视的东西，她不知道那个盒子里装的什么，也不认识抢盒子的那个人，在盒子被那个男人抢走之后，她急得睁开了眼，才发现是个梦。朱蕾背对着她，朱丽珊知道她在玩手机，她身体轻微颤动，抽泣似的。朱丽珊问道："你怎么了？"朱蕾翻过身，脸上并没有哭过的痕迹，少女的娇羞一闪而过，一股不自知的快乐由内而外散发着。朱蕾问："喝水吗？"朱丽珊"嗯"了一声。朱蕾下床倒水，回头时发现母亲正在瞟自己的手机，便道："我刚才在看电影。"朱丽珊说："你找找那个视频吧，我想看看。"朱蕾答应着，递给母亲水之后，删除了她和甘旭然的聊天记录。

搜到后，朱蕾拿给母亲。那视频来自某个电视台的一档怀旧节目，限于当时的设备和技术，声音和影像皆有瑕疵，却难以掩盖朱丽珊的风采，甚至因为类似做旧般的滤镜效果，让她别有风情。那时她已三十多岁，退隐多年，但身材没有走样，藕荷色旗袍让她的身体曲线尽显，圆滚滚的胳膊，饱满的脸蛋儿，光洁的额头，加上一副温柔中不失活泼的嗓音，让观众不由得沉醉其中。那首歌表现的是恋爱中青春女性的微妙心理，朱丽珊拿捏得恰到好处，一颦一笑都令人舒服。朱丽珊眼圈泛红，摸着枯瘦的胳膊，感慨道："恍若隔世啊。"看完一遍，她点了重播，一连看了三四遍才作罢。往事浮上心头，她对女儿道："我想起来了，我还教过你这首歌，可你五音不全，怎么都学不会，老天爷不赏饭我也没办法。"

"那您还记得当时都骂过我什么吗？不只这件事，其他事上您也动不动就人身攻击，还好我没心没肺，凡事不往心里去，否则早……"朱蕾语气平静，透着时过境迁的淡然。

"我不记得了，很难听吗？还不是因为你笨，又跟个倔驴似的，从来不听我的话。"顿了顿，朱丽珊又道，"不管我说过多重的话，总之是为你好，是出于爱，难道你现在还怪我？"

没错，那就是她获得的母爱，朱丽珊就像一棵大树，而她是旁边的小花，从小到大长在树荫之下，被遮蔽，被"保护"，阳光雨露都是经大树过滤、筛选之后才到了她身上。怪又有什么用？朱蕾心想，她的人生已成定局，难道还会有转机？

微信的提示音让两个人同时一惊，一条提醒令人瞩目。朱丽珊戴着花镜，看得清楚，内容是："几点过来？"她将手机递给女儿道："有个人给你发微信，是谁？名字眼生。"朱蕾淡定地回答："新加的朋友，您不认识。"朱丽珊也不拐弯抹角："那个一直勾搭你的心理咨询师？"朱蕾稍感惊讶道："您怎么知道他研究心理学？"母亲得意道："从我的两个'粉丝'那儿套出来的。"听这句话的重音，朱蕾才明白原来母亲什么都知道。朱丽珊道："他不过是馋你的身子，难道你真以为这种艳遇会成就一段姻缘？"朱蕾道："我是成年人，我有自己的判断，也有承担后果的行为能力，您不要插手，就让我自己做主吧。"朱丽珊道："说得那么轻巧，好像你多能耐似的，你谈过几次恋爱？从小到大，你自己干成过什么？哪一样不都是我在背后支持你，帮助你。"朱蕾道："我的恋爱经验少还不是拜您所赐！您支持我，帮我真的是为了我好吗？我请您那样做过吗？"朱丽珊气道："哟，看样子我还吃力不讨好了，我不为了你，为了谁？"朱蕾道："为了您自己呗，为了显示比我能干，比我强。在您眼中，我永远都比不上您，我就是个失败者，好像没有您我就活不下去。可您知道吗？事实上正好相反，我们两个人中，真正脆弱、无助的是您，和您在一起让人感到压力，感到窒息，除了我没有谁能和您长期相处，您根本认识不到自己对我的依赖程度有多严重，因为您始终是个自以为是的人。"朱丽珊浑身发抖，手指着朱蕾："你……你个没良心的，白眼狼！给我滚，从现在开始，我不管你了，我也不需要你，去找你的野男人，再也别回来！"朱蕾什么都没说，转身就走，好像一直在等这句话似的。望着朱蕾义无反顾地离开，只剩门后的锁链轻荡时，朱丽珊意识到不是她赶走了朱蕾，而是朱蕾遗弃了她，就和多年前那个男人离开她的房间一样，再也没有回来。

　　和甘旭然在一起的一整夜确实过得非常快乐，朱蕾快活得几乎不认识自己了，只因为做了一回自己。以前她和朱丽珊也经常出来旅游，去过不少地方，可只要有母亲在身边，不管多么好的风景，不论多豪华的房间，也会瞬间变得和家里一样，令她拘谨、压抑。脱离了朱丽珊，又有个会哄人的甘旭然陪在身边，朱蕾无比轻松。只是在每一次欢愉过后，朱丽珊还是会冒上朱蕾心头，把母亲留在房间终究有点儿不放心，虽然很多事母亲能做到自理，可她还是担心出问题。甘旭然问她怎么了，为什么心不在焉，是不是想起她妈了。朱蕾道："根本不用想，有些人就像钉子揳进木头生了锈一样，拔都拔不出来。"甘旭然笑道："我也想做你的钉子。"朱蕾道："算了吧，我可受够那种关系了，顺其自然多好。"她强迫自己剔除任何有关朱丽珊的念头，只是这一晚，不让母亲占据哪怕一丁点儿脑容量，她要全身心地为自己活一次。等到明天，她再把朱丽珊从回收站里还原，像以前那样该怎么过就怎么过。

　　两个人吃喝玩乐，直到凌晨才睡，导致朱蕾醒来时已是上午九点多。她揉揉微痛的太阳穴，迅速穿好衣服，从七楼走楼梯到五楼，这时才想起昨晚出来时没带房卡。敲门，却无人回应，只得到前台拿了房卡。朱丽珊不在房间。"难道出去吃早饭了？"朱蕾想着，下楼去找，可早餐区也没有母亲的身影。她跑去前台询问，都说没看见，只得跑到花园里寻找。这时朱蕾才预感不妙，站在繁盛的三角梅下面，落红满地，那一刻朱蕾想起了小时候和母亲逛商场，她欣赏完琳琅满目的芭比娃娃，不见了朱丽珊，独自站在货架前，瞪着眼找妈，来来往往的人朝她投来陌生的目光，那一刻她孤独极了，害怕极了，仿佛被全世界遗弃了。朱蕾暗自叹气，露出一抹懊悔和嘲讽的笑意，竭力定了定神，穿过繁花茂叶，来到草坪前。放眼望去，只见母亲的轮椅以一种奇怪的姿势停在悬崖边。朱蕾跑到跟前，轮椅的后半部悬空，扑在栏杆上，像在倾倒着什么。她朝下观望，海面平静，温驯，闪着斑斓的光。

人间一场烟火

◦ 一 ◦

每天晚饭后,是马凤兰最为惬意和自由的时光。带了一天的孙子交给儿媳和志强,自己终得空闲,能做些想做的事。这天不用开火,愉快更因此多了几分。下午志强给她发微信,告知晚上去外面吃。她喜欢下馆子,尽管只是小饭馆的家常菜,那也比在家吃强,关键在于吃现成的,还有被人伺候的那种仪式感,且不用为饭后谁来洗碗费神。还是那家四川菜馆,吃过很多次,就在小区底商。一开始她还不习惯麻辣口,现在她简直爱上了,导致她炒菜时也喜欢放些花椒和小米辣。志强点了水煮肉片、香辣虾、辣子鸡和夫妻肺片,外加酸辣汤和烤串,比平时丰盛得多。并非发薪的日子,不知有什么值得高兴或是庆祝的事,马凤兰懒得问。他们点什么,她就跟着吃什么,反正他们几乎不曾征求过她的意见,只有一次让她看过菜单,问她想吃什么——那是三年前她刚进城,小孙子还没断奶时,夫妻两个头一次带她在饭店堂食。后来就都是志强直接点,每报出一个菜名,都要朝美娇谄媚般露出征询的眼神。志强怕媳妇,唯她马首是瞻。这一点,马凤兰早看得明明白白。

出饭馆,美娇提着打包的剩菜,一家三口决定上楼歇着。

197

马凤兰说要散散步，消消食儿。志强嘱咐道："别走太远，有事打电话，早点儿回家。"马凤兰答应着，轻车熟路地朝十字路口走去。过两个路口，再走上一百多米有个广场。除了冷飕飕的冬夜，其他季节的晚上都有人在此跳广场舞，还有人放风筝、抽陀螺，也有卖玩具和小吃的。正值初夏，绿肥红瘦，晚风轻拂，树叶在行人头顶唰啦啦起舞，释放无拘无束的繁盛。广场上的人看上去比前天更多了些，昨晚马凤兰的血压有点儿高，吃了新换的降压药，头晕得厉害，因此没来遛弯，好在今天降了下来。那些中老年女人已经随着音乐进入状态，一个个扭成了花蝴蝶。纵使马凤兰已成常客，且有几个相熟的人，可她一次都没加入过她们，大多数时候只是作为看客，偶尔禁不住洗脑节奏的诱惑，也不过是远远地站在后面，羞怯地摆动身体，像个偷师者。

　　发现这个地方源于去年端午时的一次偶然。

　　刚到唐山的第一年，马凤兰先是伺候月子，接着专心带娃，顺便做饭，打扫房间。那时候，她的活动范围非常有限，推着婴儿车下楼也只在小区内转悠，附近的菜市场和超市是最常去的两个地方。晚饭后，她很少出门，也从未想过要出去转转，不是待在房间刷手机，就是坐在沙发上看儿媳喜欢的电视剧或者综艺节目。转年端午节，刚好她生日。志强不仅给她买了蛋糕，还送了一条金链子。尽管细得挂在脖子上像道颈纹，可美娇的脸还是不加掩饰地黑下来，瞬间拉成驴脸。马凤兰佯装不见，一是冲着儿子和孙子的面子不跟她计较，二是不想被儿媳妇发觉她的好心情已然受到影响，那岂不是称了对方的心。

　　饭后，夫妻俩在主卧争吵，尽管声音压得很低，马凤兰还是能听出个大概。美娇埋怨志强不该乱花钱，说用钱的地方多的是，更不该瞒着自己给婆婆买如此贵重的东西。要是买给孩子的姥姥，美娇肯定嫌项链太细。马凤兰愤愤不平地想：我帮你干了多少活儿，省了多少请保姆的钱，难道儿子给妈买条项链还要经过你批准？你算老几？神气个啥？不就是家里有点儿钱，买婚房时多出了十来万吗？别忘了，当初可是你主动追求志强，上赶着要嫁到老杨家。若非心疼儿子，怕他想不开，我早棒打鸳鸯了，你根本配不上我儿子！

马凤兰越想越气，对儿媳妇日积月累的不满一股脑儿涌上心头：她刚过来伺候月子时，美娇嫌她做饭太咸，宁可自己泡面，或者点外卖；为了节省水电，美娇对马凤兰每天洗澡的习惯颇有微词，说她是故意的，在老家根本没条件天天洗，也没见她难受，甚至在上班前拔掉热水器的插头（马凤兰发现后都会重新插上，甚至洗澡时故意多洗会儿，感受热水像钱一样在身体上哗哗流淌）；美娇还叮嘱她要穿得低调一点儿，更不要穿金戴银，遛弯时不要和其他带孩子的老人交流过多，更不要和谁交朋友，以免惹上不必要的麻烦……总之，这个儿媳妇管得挺宽，儿子多数也在附和她，把母亲当成不懂事的孩子一样教导，软声细语地说着不中听的话。搁年轻那会儿，马凤兰指定一蹦三尺高，将儿媳妇骂得狗血淋头，顺带损几句儿子，可现在的她除了忍，就只剩装糊涂。"退一步海阔天空"不知从何时开始已然成了她的人生信条，时光像个刽子手，不知不觉中凌迟了她的暴脾气。

马凤兰不想再佯装不知，可也不能就此撕破脸，再怎么难相处，也是一家人，她并不想闹到老死不相往来。但是，多少得给儿媳妇点儿颜色瞧瞧，让她明白婆婆绝非懦弱之辈，否则她只会愈加嚣张。来到主卧门口，她不轻不重地敲了两下。室内的争执顷刻间调至静音。志强拉开门："妈，什么事？"马凤兰道："你们俩瞅着点儿杨墨，刚睡着。"志强带着一丝困惑："您干吗去？"马凤兰道："我出去转转，屋里太憋闷。"志强道："去哪里？您又不熟，走丢了咋办？"马凤兰道："丢了更好，省得在这儿碍手碍脚。"发觉声气不对，美娇问："妈，您怎么啦？是不是哪里不舒服？"马凤兰道："没有，我健康得很，至少还能再活五十年。"美娇笑道："那可是我们的福气，前几天我和志强还商量着给杨墨弄个伴，反正现在国家都在鼓励生二胎。"马凤兰听儿子跟她提过此事，夫妻俩还想要她来照看，直到孩子能上幼儿园为止。马凤兰没答话，瞅了美娇几秒钟，转身走向玄关，只听志强叮嘱道："带上手机，有事打电话。"

  广场上的氛围吸引了马凤兰，她停下漫无目的的脚步，欣赏起那些和她年纪相仿的女人的舞姿。她们衣着得体，不过分花哨，也不显得俗气，看上去似乎很有品味。尤其是她们的表情，自信、从容、心无挂碍，还带着一点点孤傲，脸上仿佛写着"理所当然"。来的次数一多，加之对她们有所了解后，她逐渐意识到这些人的表情是由安稳的生活和每个月几千块的退休金打底的，若像农民那样只有一百多块的养老金，白天还要忙农活，到处打工把钱赚，到了晚上腰酸背痛腿抽筋，哪还有闲情优哉游哉呢？尽管她现在称得上衣食无忧，两个儿子的收入都不错，家庭算得上美满，并不需要她过多操心，老伴身体硬朗，还能在外面干些零活赚钱，可她始终不是惦记那个，就是牵挂这个，一直不能像这些老女人那样为了自己而活，即使只剩风烛残年的余力，也想在儿孙身上用尽。每当照镜子时，她在自己脸上看到的除了皱纹，还有隐藏在眼睛里的惆怅和若隐若现的一种愁绪，她明白那是前几十年不省心的日子留下的印迹，已然在皮肤褶皱里安了家，不是几天舒心的晚年生活就能将其磨灭的。

前对花门儿

人间一场烟火

夜光风筝在远空中闪闪发亮，犹如某些难以忘怀的陈年往事。马凤兰望着诸多形态各异的风筝，想起一个之前和她聊得还算投机的老头儿。说老头儿也许不太合适，不过才退休几年，白头发都没多少，可在年轻人看来他就是老头儿，尽管长得比实际年龄要年轻得多。他们是两个多月前认识的，他先过来搭讪，问她老家在哪里。见他面相忠厚，且有几分似曾相识之感，马凤兰没有排斥，如实回答。听她说来自玉田县的乡下，对方便说他年轻时因为工作在那一带常驻过半年多，那边有条河，他还在河里游过泳。马凤兰说："你说的应该是兰泉河。"两人你一言我一语，越聊越投机，竟有一见如故之感。虽称不上熟悉（聊了很多次，都没有问对方姓名），却心照不宣地养成了默契，每晚都在老地方碰面，比约会还准时。但从某天晚上开始，他就再没来过，至今已有半个多月。马凤兰略感失落，想联系对方，却发现不曾留下任何联系方式。也许他只是腻歪了这种关系，不想再继续，从而彻底消失。她不再纠结，但会忍不住想起，每次来广场，都要下意识地寻找。

目光在人群中搜罗一番，没发现那个熟悉的身影，马凤兰便坐在台阶上。正当她放空时，一个人坐到身边，对她说："在啊！"声音很熟悉，她歪头，果然是他。失而复得的感觉在心头一闪而过，她随即佯装淡定地说："对啊，有一会儿了。"他道："昨晚没来吧？我昨晚来了。"她道："昨晚家里有事。"沉默片刻，他道："两周前，我老伴走了。"马凤兰"哦"了一声，想安慰，却不知该说什么。他叹了口气："癌症，化疗，维持了三年多，躺床上也就一个多月……"总得说句话才行，她想着道："谁都有那么一天，想开点儿。"他道："是啊，人的命数天注定。"她对着夜空说："难怪你没心情放风筝。"他道："大妹子，咱俩留个联系方式吧，手机号或者微信都行。"

她拿出手机，扫过微信。他问她姓名，说要备注。她说了。他道："好名字。"她道："好啥？俗气。"他道："有时代特色，一听就是那个年代的。"她又问他的姓名。他说："向欣。"她略微惊诧："项辛？"他道："欣欣向荣里的两个字。""哦。"她输入汉字，明知眼前这个人不可能是项辛，可目光还是忍不住在他脸上探询，试图找出什么。他道："怎么？我脸上有东西？"她不好意思道："没有。"接下来他说的什么，她依然在听，可一句都没听进去，满脑子都是项辛。

◦ 二 ◦

1974年秋，马凤兰升入高中。这一年她周岁十八，比其他同学大了两三岁。倒不是因为她上学晚，而是小学四年级时生了一场病，高烧不退，害得视力出了问题，后来终于去了城里的大医院做手术才算治好，这一下耽误了两年多。和比自己小的同学在一起让她觉得羞愧，只能发愤学习，因此成绩不错。中考成绩出来后，全村考上高中的只有她一个人，村支书高兴得到处炫耀，还送了她家半斤肉票。马凤兰喜欢学习，更热爱高中生活，除了文化知识令她着迷外，更让她痴迷的是教授俄语和俄国文学的老师项辛。自从他第一次迈着矫健的步伐踏进教室，露出一口闪亮的白牙，用标准的普通话做自我介绍时，马凤兰的魂便已被抽走，呆呆地望着他那张成熟中不失青春的脸庞，将他的名字深深地牢记心底，从此再难抹去。十八岁的马凤兰已过了花季雨季的年纪，生理和心理均已成熟，对于男女之情她比其他同学更能迅速地捕捉到。

在马凤兰升入高中之前，项辛已在这里教了一年学。他

202

是从唐山市里下乡到此的知识青年，和他一起分到临溪中学的还有李寒森，教数学。所谓中学，只是两排青砖灰瓦的房子，其中四分之三为教室，剩下的小间作为办公室。校领导将其中两间配了单人床和简单的生活用品，分给项辛和李寒森作为宿舍。宿舍门前一棵笔直粗壮的白杨树直插苍穹，开学后一个多月，已值深秋，黄叶飘落，纷纷吻向自己的影子。马凤兰踩过落叶，怀里抱着一本厚厚的《安娜·卡列尼娜》站在项辛的门前。她摸摸两条又黑又粗的麻花辫，将它们甩到背后，想了想，又将左边的辫子拽过肩头。深呼吸一次，第二次时，隔壁宿舍的门开了，李寒森拎着暖壶出来，对她道："马凤兰同学，又来找项老师啊？"马凤兰稍显窘迫地说："我来还书。"

没有书架，项老师的书靠墙在写字台上戳成一列，三四十本，多是俄国文学作品。马凤兰看得很快，因为当时没有其他娱乐和消遣，一有空闲便拿出来如饥似渴地读。书里所描写的那个世界和人物她虽然不熟悉，但并不妨碍引起她情感上的共鸣，当安娜在莫斯科火车站与渥伦斯基相遇，她被一种喜悦、骄矜的感情所袭击，这不正与马凤兰初次见到项辛时的心情如出一辙吗？不过项老师和那个彼得堡的花花公子一点儿都不沾边，马凤兰相信他一定是个对感情认真和专一的人。看完一部接着看一部，当她看完第四部，也就是《静静的顿河》时，还有几天就是寒假，而项老师也要回家过春节（这是知青们两年才有一次的探亲假）。马凤兰从没如此讨厌过假期，她多希望日子能这样按部就班地持续下去，不被任何事、任何人干扰，打断，直到地老天荒啊！少女的心中第一次有了哀怨。

像往常一样，师生先聊了聊《静静的顿河》，主要是马凤兰谈感受，项辛偶尔插一两句。她说她很喜欢肖洛霍夫的文字，读起来很舒服，不像上次看《罪与罚》时那么折磨人，陀思妥耶夫斯基的文学世界充斥着强烈的情感，几乎人人都处于精神崩溃的边缘，又被撕裂得极其细腻，每个人物都像一颗不定时炸弹，肖洛霍夫在人性洞察方面的深刻其实不输陀思妥耶夫斯基，可他始终是理智的、冷静的，如同静静流淌的那条顿河。项辛露出赞许和惊讶的表情，半晌才道："你的理解力很棒，在文学鉴赏方面很有天赋。明天我要回家过春节，我把备用钥匙给你，你想看什么书，随便拿，过完年我还会带新的过来。"马凤兰说了一声谢谢，低着头，闻到项辛衣服上的肥皂味，还混合着成年男子的体味。那气味令她心跳加速，意乱情迷。她一把抱住项辛，将头埋在他怀里，颤抖着说："我喜欢你，我不想让你走。"项辛没有推开她，先是木头似的僵了片刻，随后才轻轻揽住她的腰。他的心跳就在她耳边，她快哭了。

很多年后回想起来，马凤兰依旧佩服自己年少时的大胆，那种奋不顾身和破釜沉舟之后再也没有过。更令她欣喜若狂的是，她的告白项辛居然接受了，而且和她偷偷摸摸地谈起了恋爱。虽说是师生，但项辛只比马凤兰年长六岁半，算得上同年代的人。两个人从文学谈到人生，从一株草谈到一颗星，从乡村谈到城市，从面条谈到面包，从立春谈到初夏，直谈到身边的很多人都发觉了他们的事，而马凤兰的父母大概是最晚知晓的。

麦收时节，知青们响应号召，积极参与到生产劳动中，与老乡们打成一片。割麦，捆麦，再将麦捆子装上毛驴车，拉到场上，等待打麦机到位。那几天，午饭和晚饭多在指定的几个老乡家轮着吃。项辛没有轮流到别人家，一到饭点就被马凤兰拽回她家。从不挑食的马凤兰第一次跟母亲提出对饭菜的要求，让她尽量擀面条或是焖米饭，菜也要好点儿，即使没肉，也要有鸡蛋或豆腐。吃饭时，马凤兰还给项辛夹菜，把好菜往他那边推。父母再不敏感，也能看出女儿怀了春。得知女儿正在和项老师谈恋爱，父母并没有阻拦，只问了几个关键问题，确保女儿和项老师只是拉拉手抱一抱，保持着纯洁的精神恋爱便放了心，随后又叮嘱两句。等到完成两年的高中学业，女儿周岁二十，在乡下已该谈婚论嫁，如果她能嫁给项老师，将来说不定能成为城里人，这种机会简直可遇不可求。两位老人内心是同意，甚至满意到极力撮合这门亲事的，毕竟他们想不到一年后一切都将被改写。

项辛的父母都是机关干部，得知儿子搞了个乡下姑娘做女朋友后，生怕他就此扎根农村，做出错误的决定，于是动用一切关系，要将项辛调回城里。热恋期一过，项辛意识到自己之所以和马凤兰恋爱，除了她的确有吸引他的地方之外，更主要之处在于他在乡下过于寂寞，恋爱在很大程度上让他不至于无聊。如果是在城里结识马凤兰，他觉得他不会和她恋爱，顶多玩玩而已。同时，他受够了乡下生活，并渴望逃离，因此当他有了正当理由回城时，并没有多做停留，甚至没有和马凤兰告别就走了。那是1976年5月23日，马凤兰永远记得那个日子，当她像往常一样神采奕奕地走进校园，在课堂上等待着项辛时，进来的却是班主任。

起初，马凤兰并不相信自己被甩，她对项辛尚抱着满满的期待，总觉得他有不得已的苦衷，回家也许只是办事，用不了多久就会回来，回来跟她说对不起，说他对她的真心始终没变。不管同学怎么劝，校长和李寒森如何跟她解释项辛被调回了城里，她都充耳不闻，直到那次毕业旅行，她才敢于直面现实，并陷入失恋的悲伤和痛苦之中。6月中旬毕了业，几个同学商量着去唐山玩，由李寒森带队。李寒森自从下乡后还没回过城，就连过年也是响应"不断革命，破旧立新"的号召，在学校连过了两个春节。县城到唐山有公交车，可他们从来没坐过，乡上到县城只能骑车，经过商量，最后一致决定骑车去唐山，方便而快捷，反正年轻，不就八十多公里嘛！

上午八点出发，十二点多一行人抵达唐山市内，李寒森把他们带到一处中学的教室内。他从这里毕业的，依然认识这里的老师，因此能说上话，老师同意他们将这里当成临时招待所。每个人将各自带的干粮摆在课桌上，大家围坐着吃完，又喝了带的水，随后再次出发。先后去了动物园、百货大楼和烈士陵园，李寒森在小饭馆买了包子、炒面、饺子等食物，请大家吃。吃过晚饭，再次来到教室，晚上他们将躺在桌子上对付一宿。

马凤兰再三央求李寒森带她到项辛家，她说她一定要当面问清楚，只有亲耳听他说要分开，她才能死心。他拗不过她，亦出于同情，只得答应。骑行半个多小时，来到一栋楼前。李寒森带她爬到六层，马凤兰敲了门。开门的是个中年妇女，问他们是谁，要找谁，语气冷漠。马凤兰猜测她应该是项辛的母亲，便道："我找项老师，我是他的学生。"妇女道："他不当老师了，你找错了。"李寒森上前："阿姨，我是项辛的同事，之前来过，我叫李寒森。"妇女盯着他："你找他什么事？"李寒森道："工作上的事，当面问问他。"妇女满脸疑惑，转身走开，朝一个房间喊道："项辛，有人找你。"

身着背心裤衩、趿拉着拖鞋的项辛见到两个不速之客并无太多惊讶，只扫了一眼马凤兰，便赶紧将目光移开，然后道："你们下去等会儿，我换件衣裳。"只那一眼，马凤兰就什么都明白了。项辛还是以前的项辛，没有胖也没有瘦，可他看她的目光和以前不一样了，那里面再无半点儿爱意，甚至连情义都没有，比看一个陌生人更加生分。在楼下等待几分钟，换成短裤和短袖的项辛下了楼，带他们走到小区外面，买了三瓶北冰洋汽水。

汽水很甜，在一定程度上缓解了马凤兰内心的苦。项辛说他已经找到工作，不会再回临溪乡，又对马凤兰说："我们没办法继续下去了，你回去好好过日子，别再来找我。"他很虚伪，很自私，马凤兰在那一刻才发现，他甚至不敢说出他的真实感受，只会避重就轻，强调客观因素。她仰脖喝了一大口汽水，连同眼泪一起咽下，在心里泛酸水，随后点了点头。临别时，她佯装不在乎地笑笑，看了他最后一眼，夜色中他的表情很是模糊。从那个转身之后，她彻底陷入了伤心、无助和痛苦的纠结中，对未来和自己失去信心。她不明白为何他的爱会随着时间慢慢消失，而她正好相反，对他的思念一天比一天多，连饭都懒得吃，其他的更不想干。

父母的开导没什么大作用，李寒森来过两次，劝她走出来。她说："我也想忘掉，可有什么办法？"李寒森道："最有效的是找个人进入新恋情，再不就是让自己忙起来，没时间想其他，渐渐的也就淡忘了。"马凤兰说："这辈子我都不想再恋爱，还是找个活计干吧。"李寒森露出过来人那种宽容的笑容道："那就上班吧。"乡上有个药瓶厂，刚好招收女工，很多女同学都在那里，赚些零花钱。马凤兰也去了。有白班和夜班，七天一倒。那天刚好赶上夜班，凌晨三点多，马凤兰正在机器前操作，忽听得轰隆隆似滚雷之声，而窗前一片腥红。她心想：怎么今儿天比往常亮得早呢？可看起来又不像日出。正纳闷儿，机器大幅度颤抖，只听女工们叫喊着："地震啦，地震啦，快跑啊。"还没等她反应过来，便被同伴推搡着奔出厂房。

得知唐山发生了大地震，马凤兰首先且唯一想到的就是项辛。不顾父母的劝阻，她骑着自行车偷偷出了门。她记得大概路线，真要想不起来，鼻子下面还有嘴不是。凭着一股子蛮劲，一路骑行到玉田县城时，马路上陆续出现一辆辆卡车，车斗里载着各种各样的伤员，有老有少，有男有女，有的头缠着绷带，有的胳膊断了，有的腿烂了。他们表情痛苦、麻木、迷茫，甚至绝望。马凤兰不再前行，经过打听，得知这些人都是在地震中相对来说受伤较轻的，正被送往唐山周边没有受到地震破坏的县城医治，养伤。她被眼前的这一幕深深震慑，人类在灾难面前的无助和悲惨令她全然忘记了失恋的痛苦，也不再惦记着项辛是生是死。

马凤兰来到县医院询问是否需要人手，她想为照顾伤员出一份力。穿着白大褂的妇女问："你上过卫校吗？"她摇头。对方道："那不行。"马凤兰道："我可以学，或者干点儿别的，不需要技术的。"对方稍微考虑，又问她家在哪里，多大了。得到答复后，对方道："行，特别缺人，你就边干边学吧。"在参与照顾伤员的过程中，马凤兰接触了部分医学常识，随之产生浓厚的兴趣，于是在伤员们陆续痊愈返城后，她上了卫校。毕业后回到村里行医，在进入21世纪之前，她是整个临溪乡（20世纪90年代末升级为镇）最具声望的赤脚医生。

项辛的死讯是在地震后两个多月，李寒森（他因为没有提前回城而躲过一劫）告知马凤兰的。当时，她"哦"了一声，什么都没说。很多天以后，她正在校园里独自看小说时，一片半黄半绿的树叶掉在膝盖上，她盯着树叶，想到项辛宿舍门前的那棵白杨树，突然泪如雨下。书页很快被打湿，她哭出了声，抽泣得马上就要断气似的。

三

广场舞的曲子在两三个月内基本不会更换,就连播放顺序也是固定的。这段时间,压轴的那首舞曲明显带着 20 世纪 80 年代迪斯科的特色,歌词亦有一股怀旧和复古气息,女歌手的声线自带电音,马凤兰不由得随之抖脚哼唱:

北京开往莫斯科的快车 / 越过西伯利亚伏尔加河 / 穿过施华洛奇的森林 / 来到迷幻的克林姆林宫……在这莫斯科郊外的夜晚 / 听不到那崇高的誓言 / 谁还会为理想而战斗 / 谁还会为爱情而牺牲……莫斯科不再相信谁的眼泪 / 她也不会再相信谁 / 曾经英俊的少年 / 他的年华已不再……

一曲终了,马凤兰只觉得鼻子发酸,眼睛发痒。一扭头,刚好与向老头那热烈且带着一丝爱慕的目光相遇。

马凤兰起身,随手拿上坐垫道:"马上散,我准备撤。"向老头道:"我送你。"她大概记得他住的方位:"不顺路吧。"他道:"我不想这么早回去,一个人,怪冷清的。"俩人并排走着,她问他:"你有几个孩子,都在身边?"他道:"俩儿子,一个闺女,倒是都在唐山,但只有周末才过来点个卯,有时也吃顿饭。孙男娣女小时候经常住我们这儿,那时候可热闹啦,现在最小的都上五年级了,再没人来。长孙在外地上大学,挺懂事的,偶尔跟我们视频,嘘寒问暖。"她道:"孩子还是小时候好,跟你亲,可每个人都有自己的生活要过啊。"他道:"是啊,一直陪你的只有老伴,难过的是最后走的那个。"她道:"归根结底,还得自己找乐。"他问:"你呢,大儿子在老家?"她道:"嗯,老大在农村,开大挂,辛苦得很。"临别时,向老头似乎意犹未尽,问她:"周末有空吗?出来转转。"马凤兰有点儿开心,多少年没人对她说过这种话了,可是她没时间,只得婉拒:"这个周末得回老家,一家人团聚。"向老头道:"那就改天,反正有你微信。"

每个月马凤兰至少回老家一次,基本都在周末或小长假。自从她到城里后,老房子大多数时候是空的。杨铁军年轻时没怎么出去过,眼瞅着老了倒是赶上一波打工潮。之前两口子一直在家侍弄十多亩地,主要种大葱、白菜、萝卜、土豆等蔬菜。全村的人都种,一到收获季节,有卡车专门过来收购,随即发往周边城市。后来,随着其他镇子种菜的越来越多,还有人扣大棚,蒙薄膜,竞争愈加激烈,利润锐减,有时还赔钱,不少人种回秋麦和玉米,或者干脆将地包给他人。杨铁军外出打工后,马凤兰管理着家里的地,好在从播种到收获一律机械化,用不着她出力气。如今家里的地也没闲着,到了农忙时节,两口子谁有时间谁就回老家。杨铁军先是跟着大货车装卸货,干了几年,力气跟不上了,如今在天津某个市场卖牛羊肉的铺子帮忙,雇主是本村人的远亲,一天十二个点,两百块,管吃管住。

开车从唐山到兰泉河只要一个半小时,经过镇上的超市,志强问马凤兰要不要买点儿菜。美娇道:"大哥他们不是在家做饭吗,还用你买?"马凤兰道:"咱们明天下午才回呢,买点儿你们和杨墨想吃的。"志强和美娇下了车,马凤兰和杨墨待在车内。杨墨问:"奶奶,爷爷在家吗?"马凤兰道:"在,你爷昨晚就回家了。"他又问:"爷爷给我买魔幻陀螺了吗?"她道:"到家你就知道了。"说完,她给杨铁军发语音:"魔幻陀螺你买了吗？杨墨惦记着呢。"杨铁军暂时没回复。

志强和美娇提着两个塑料袋回到车内，其中一个装满零食和饮料，另外一个有蔬菜和猪肉，也许还有熟食。美娇绝不会多买，她是和老大媳妇比着呢，生怕买多了吃亏。马凤兰明白，可她才不管，无论是家庭聚餐还是逢年过节，她什么都不准备，就连瓜子、糖块、花生也让两个儿子置办。她曾和儿子儿媳们开诚布公地说过："老大买大货车，老二买楼，搞得我和你爸半辈子攒的俩钱都没了，以后养老都得靠你们，更别说置办年货。"她说得虽有些夸张，倒也有几分实情。杨铁军背着儿子们说她："没见过你这样当妈的，跟儿子还耍心眼儿。"她道："不耍行吗？还是自己手里有钱花着痛快，往后你干不动了，更没进项。"

汽车停在家门口那棵核桃树下。大孙子并没有像往常一样跑出来，一连声喊着"奶奶"，就连大儿媳惠玲也没出来迎她。这让马凤兰略感失落，更多的是纳闷儿。下车，领着小孙子进院，只见志远扎着围裙在水龙头下收拾一条鲤鱼。马凤兰更觉奇怪，问他："惠玲呢？杨阳呢？"杨墨问志远："大爷，我大哥呢？"志远道："去他姥家了，跟他妈。"马凤兰道："为啥？"志强没意识到不对劲，调侃志远："哟，今儿大哥当厨娘啊！"眼见志远似有难言之隐，马凤兰没再多问，对美娇道："帮你哥打打下手。"美娇道："我放下东西就来。"志远道："用不着你，歇会儿吧。"堂屋里杨铁军在煮排骨，正揭锅拿筷子戳软硬。水汽腾腾中，他问马凤兰："咋样？行了吗？"马凤兰瞟了一眼："行啦，浮沫撇撇，再捞出来，用烧燃气的那个高压锅，电的不好使，让美娇炖，你不会。"杨铁军道："知道。"一到自个儿家，马凤兰顿时女当家上身。

少了惠玲母子俩，尤其是大孙子不在，饭也吃得不像以往那么热闹。加之人人似乎各怀心事，搞得马凤兰才干掉一碗米饭就没了胃口，即使满桌佳肴，亦无从下箸。饭毕，美娇自觉收拾碗筷，往日都是妯娌俩一起做饭、收拾桌子。志强心疼媳妇，跟着一块儿收拾，接着又在堂屋洗涮。马凤兰这才问志远："他们娘儿俩晚上回来不？"志远道："不回。"马凤兰问："为啥？娘家有事？"志远支吾半天才鼓起勇气道："妈，我俩想离婚。"她愣怔片刻，盯着大儿子："为啥？"志远道："过不到一块儿，没感情了。"她道："当初我就嫌她矮，怕影响后代，可架不住你愿意啊。这才几年，孩子才多大，就没感情了？"志远没言语，歪头不看她。

"不对，肯定有原因。"马凤兰刨根问底，"你有相好的了？"

"没有的事，你儿子像那种人吗？"志远依旧低着头。

大儿子确实并非风流种子，老二也不是，他们老杨家就没这种人。马凤兰看着大儿子，突然觉得有些陌生，一晃儿子都已三十开外，眼角有了细纹，一脸常年在外奔波的沧桑。她记得老大在她因为气管炎而剧烈咳嗽时心疼得掉眼泪，安慰她说长大后为她找个好医生；记得他第一次拿到工资给她买了件呢子大衣；更记得老大临盆时横生倒养，在家折腾了一天一夜还是没出来，铁军只得找到"鱼鹰张"，开着全村唯一的拖拉机，拉她到县医院做剖腹产，尽管做完后差不多没了半条命，可当她听到孩子的哭声时，一切疼痛瞬间消失。生老二很顺利，从宫缩到出生才用了三个多钟头，两个人的生产方式似乎也预示着往后的人生，老二的人生比老大顺利得多。尽管两个人成绩都不好，可老二在职校选的数控专业很是热门，毕业后进了好单位，不仅工资高，还算得上铁饭碗，加之他懂得应酬，会来事儿，不断升职加薪，且娶了一个比自己经济条件好点儿的老婆，两个人一起赚钱，压力减轻不少。老大初中毕业后就进入了社会，直到现在依然靠出力气赚钱，前几年从车上不小心摔下来，腿上打了好几颗钢钉。虽说手心手背都是肉，但马凤兰对老大一直存有特殊的感情。一方面，老大厚道、老实，在媳妇和老妈之间，他更听老妈的话。而老二在国企混得风生水起，若非有心计之人，那是不可能的，且怕老婆，有时甚至将老妈排在老婆之后。更重要的在于老大是她第一个孩子，那份初为人母的快乐、激动和忐忑让她难以忘怀，轮到老二时，所有的感觉已非初次，如果老二是女儿，则另当别论。有些时候，她还挺想有个女儿的。

"那惠玲？她在家和人乱搞了？"马凤兰想她毕竟年轻，老爷们儿总不在家，难免闲得慌，村里也不是没发生过类似的事。

"她也没有。"志远道，"至少我没发现异常，就是最近回娘家有点儿勤。"

"她跟她妈不是不亲吗？是不是她妈又搞什么幺蛾子？"马凤兰向来不待见这个亲家。

"你可别瞎猜了，没事也让你疑心疑鬼整出事。"铁军抽空说两句，紧赶着喷云吐雾，好像那是续命的仙丹。马凤兰被二手烟呛得连咳几声，见他那股悠闲劲儿，无名之火由心底腾起，斥责道："你也说句话，别跟没事人似的，你是不是早知道了？"

"比你早不了几个钟头。"铁军掐掉烟，随手扔在地上拿鞋底碾着。

"那烟灰缸是摆设啊？"此刻马凤兰看谁都不顺眼，见什么都想戗两句。

铁军不理这茬儿，继续道："儿子都当爹了，还管他干啥？

213

再说，离婚现在也没啥稀奇的，过不到一块儿还非要绑一起，搞得谁都不舒服，连孩子也跟着受气，还不如分开。"

"你说得倒轻巧，就算俩大人没关系，离了再找，可杨阳呢？不管跟着谁，总得摊上后妈或者后爸，你敢说对他心理没影响？"马凤兰怼完铁军，又对大儿子道："你让惠玲和杨阳明儿回来一趟，我要当面问清楚。"

"妈，您就别插手了。"志远道，"我能弄清楚，我先回那头歇会儿。"

说完，志远抬腿便走。马凤兰想叫住儿子，铁军道："算啦，让他去吧，等他想说的时候自然会说。"堂屋没了动静，马凤兰喊了志强两声，没人答应，又喊杨墨，依旧没得到回应。铁军道："一家三口出去转悠了，嫌你唠叨。"马凤兰叹口气："我还不是为了他们好。"铁军道："少操点儿心吧，要不是你管这管那，志远和惠玲也到不了这地步。"她道："什么意思？他们感情不和跟我有啥关系？"铁军道："当然有，老大就听你的话，难怪惠玲说他是'妈宝男'。"马凤兰问："她敢这样说？"铁军道："她当然不敢当着你的面说，不过，人家也没说错，你就是霸道惯了，控制我一个还不够，还想控制俩儿子，幸亏志强有主心骨，不然早晚也得离。"

马凤兰气急，瞪着他："要不是我管你，你那些坏毛病早把家败光了。怎么着，你还觉得自个儿委屈了？是不是也想离婚啊？"铁军一点儿都不急，像要故意气她似的，摆出一副云淡风轻的样子道："倒退二十年，我还真没准考虑考虑，现在啥都来不及喽。""哟，"马凤兰来了劲头，嘲讽道，"人老怕什么，心年轻啊，我看你是这几年到处跑，见了世面，心门大开，本性暴露，不安于室了。"铁军小学毕业，最烦吵架时马凤兰妙语连珠，这既让他觉得自己没文化，好像配不上她，又让他想起马凤兰年轻时的那段师生恋，于是烦躁地说："你别没事找事，天天忙得抽根烟的工夫都没有，剁排骨剁得胳膊疼，累得沾枕头就着，好不容易歇两天，我可没工夫跟你瞎掰扯。"马凤兰没再多说，望着眼前这个男人，简直不能相信竟和他过了大半辈子。

◦ 四 ◦

从卫校毕业后没多久，通过相亲，马凤兰结识了杨铁军，相处三个多月便赶在春节前结了婚（因为据说次年打春两次，为寡妇年）。交往一段时间后，她觉得这小伙还不错，虽然各方面不能跟项辛比，却自有招人喜欢之处，尤其那张嘴，见人说人话，见鬼说鬼话。其实她不喜欢油嘴滑舌的人，但总比老实巴交、三脚踹不出一个屁来的强，这在人情为主的乡下非常重要。婚后的日子起初还算美满，杨铁军勤劳能干，吃得下苦，脑瓜子活泛，除了种地，还养了猪和牛，有时还会上集卖水果，收入挺不错。直到入冬，地里没了农活，特别是近腊月后，杨铁军赌博上了瘾，夫妻之间开始闹矛盾，并逐渐升级。那是20世纪80年代初的北方，天寒地冻时的确没什么活计可干，全都猫冬。一开始，杨铁军只是看人家玩，后来禁不住诱惑，参与其中，赢了钱后很兴奋，输了钱便想着捞回来，于是越玩越大，越玩越上瘾，玩得昏天黑地，废寝忘食，甚至两夜没着家。

那时，志远只有三四个月大，马凤兰偶尔还要出诊，幸好有婆婆帮忙照看。但婆婆不会住在这里，不管多晚她都要回到老宅。夜里，西北风鬼哭狼嚎，刮开了堂屋的后门（厚重的老式木门），砰——咣——砰——一下下来回撞击着门框和墙壁，撞得马凤兰心发颤。她起身披上棉衣，拉开灯，壮着胆子来到堂屋，挂好被风掀掉的棉门帘，再插好门闩。风呼啸着，从缝隙灌进来，门板被风吹得像有人在外面用力推，马凤兰找来一根擀面杖粗的木棒顶在门闩的位置，才算稳固。明天一大早，她就把杨铁军薅家来，就算又打又骂，吵得整个兰泉河都知道，她也要把他弄家来。马凤兰想：我才不管他有没有面子呢！

然而，没等她去找，铁军自己回来了。蓬头垢面，胡子拉碴，黑眼圈熊猫似的，衣服也不脱，倒在炕上便睡。马凤兰本想叫醒他，跟他大吵一架，见他这副模样，估计连话都没力气说，于是脱掉他的鞋，给他盖了被子，让他睡个够。直到次日，吃过早饭，马凤兰道："走啊，你怎么不出去接着赌？"男人自知理亏，低着头，正欲点烟，马凤兰手持笤帚疙瘩一把打掉他手中的烟盒："就知道抽，我问你，输了多少钱？"铁军摸摸兜，低声道："不到三十块。"马凤兰心疼得想哭，骂道："败家玩意儿，三十块够买二十斤猪肉，我连一件十几块钱的裤子都舍不得买，你这样不务正业，日子真是没法过了。"铁军连忙赔不是："是我不好，我就是想玩玩嘛，谁知道会这样，以后我再不玩了，也不看热闹了，就在家看着大儿子，陪着你们俩。"马凤兰面色稍霁，心想姑且信他一回吧，哪个男人不爱玩，不会犯错呢，钱没了再赚呗。

铁军老实了七八天，手痒没忍住，在腊月初八那天下午又玩上了。"鱼鹰张"的老婆揪着自家男人的耳朵在路上遇见出诊归来的马凤兰时，告诉她："马大夫，快去看看，你家铁军也在大老霍家玩呢，一天天正事不干，总想着耍钱，赶明儿我报警，让他们进局子里过年去，要不长不了记性。"马凤兰没来得及回家，背着药箱去了大老霍家。果然，一屋子男人，炕上一拨,地下围着圆桌一拨,骂骂咧咧,玩得兴起。她一眼瞧见老爷们儿,扯着嗓子叫了一声:"杨铁军!"铁军吓得不轻,手握的牌险些掉落,但他不想丢了面子,看看她道:"等我玩完这把。"马凤兰不语,等他玩完。路上,她一言不发。铁军赔着笑,说了几句好话,她都没什么反应。他前脚才进得堂屋门,马凤兰抄起门后用来顶门的木棒,照着他的后脑勺儿就是一棒。这一下很实在,连在屋里看孩子的婆婆都听见了闷响,连忙出来,只见儿子白眼一翻,昏倒在地。

"妈呀,你下手咋这么黑!有啥事不能好好说。"婆婆哭喊着扑在铁军身上。

"我又不是没跟他说过,谁让他撂爪就忘!"马凤兰嘴里这么说,心里还是害怕的。铁军头戴毛毡帽,她觉得打下去应该没问题,谁承想他竟如此脆弱?她蹲下身,翻翻他的眼皮,又摸摸脉搏和鼻息,松了一口气道:"没事,待会儿就能醒过来。"与婆婆合作,将铁军连抬带拉,弄到炕上。半个多钟头后,他终于醒来,睁开眼便道:"我发誓,以后再也不碰。"

志远五岁时,马凤兰怀了二胎。所有人都想要这个孩子,包括她自己。计生办的人得知她怀孕后,隔三岔五找她做工作,让她打掉。可她油盐不进,推三阻四,铁了心要生,那些人便说要带她去县医院做掉。她害怕了,连夜跑到娘家,一直待到志强出生才回。既然生了,只能交罚款。要八千块,上门好几次,杨铁军最后拿出三千块,年前卖猪的钱。不够,对方眼见再也抠不出一分钱,便要拉东西,当时家里最值钱的只有一台黑白电视机和两辆自行车。

先把自行车装上了双排座小货,留着齐耳短发的主任在房间里扫视一番,便朝着电视机走去。马凤兰箭步上前,挡在电视机前面说:"这个不能搬,我儿子放学回来还要看动画片。"

主任道:"这可由不得你。"马凤兰从怀里掏出一把剪刀,在胸前比画着:"谁敢动?我死给你们看!"真要闹出人命可不好收拾,主任只得对其他人道:"再去看看,还有其他值钱的吗?"最后,他们抬走了四袋小麦。距麦秋还有三个多月,马凤兰只能从娘家暂时借来两袋。上卫校时她入了党,因为超生,被开除党籍。志强直到七岁才上了户口,之前一直黑户。

两个男孩,压力有点儿大,起码得在他们二十岁之前攒好盖房娶媳妇的钱。除了种植各种蔬菜和经济作物,杨铁军也搞养殖,主要为猪和牛。志强小学二年级那年暑假,家里有五头牛,都是公的,它们本该在上个冬天就卖掉,春节前夕是卖牛的最佳时期。但那年的牛肉价格很低,甚至低过猪肉。杨铁军决定再等等,他希望等到其他养牛户的牛全都出了,按照物以稀为贵的规律,说不定能够翻盘。可他预测错了,肉牛市场一直低迷,他沮丧、灰心,继而迁怒于这几头牛,不再像平时那么精细、耐心地伺候它们,有时还会骂骂咧咧。

这些牛的脾气都很大,基本上只有杨铁军能制服它们。那天午后,志强和父母尚在午睡中,志远在姥姥家,突然狂风大作,暴雨如注。杨铁军惊醒,想到要把拴在兰泉河边吃草的牛牵回牛棚,怕它们淋湿后生病,或是引起躁动,挣开绳子逃脱。志强打着伞,父母穿着雨衣,在几乎让人窒息的雨幕中来到兰泉河边。前四头牛还算老实,被他们三人连拉带赶以及用食物诱惑,才深一脚浅一脚地回到牛棚,最后一头是脾气最坏的,平时牵它时,脑袋都会像拨浪鼓似的晃来晃去,瞪着两只铜铃大的眼睛,若不是鼻子上穿了铁环,它才不会任人摆布。不知是不是恶劣的天气影响了它的情绪,杨铁军牵它时,它一动不动,仿佛某些风景区的雕像。气得他拿鞭子直抽它,志强则在旁边攥着一把青草引诱,马凤兰提着食桶招呼它。它仿佛看穿了人类的把戏，伸出舌头卷走志强手里的青草后往前迈了两步，嚼完再次站定。杨铁军气急了，鞭子落在它的脑袋上，一下比一下狠，在十几鞭过后，它被彻底激怒，犹如西班牙斗牛附身，狂乱地蹦跳，奔跑，杨铁军拽着牛绳，不肯撒手。马凤兰吓得在雨中大喊，让男人赶紧撒手。杨铁军没有放开它，而是它靠力气挣脱了绳子，在惯性作用下，他差点儿摔个狗啃屎。跑了几圈后，公牛将注意力集中在了志强的身上，放低脑袋，拱起两只犄角，像一辆失控的汽车朝着他撞来。若是被它的犄角豁到身子，就算死不了也得丢掉半条命。志强几乎被吓傻，站在原地愣了片刻才转身飞奔。但显然来不及了，牛很快追上来，在关键时刻，杨铁军推开了儿子。志强倒地时，伞飞了出去，牛犄角没有戳中人，而是对准了那把伞，将它顶个稀巴烂。可是在它转身时，一只脚刚好踢到杨铁军的后脑勺儿，他当即晕了过去，志强和马凤兰坚持不懈地大声疾呼，他才稍微有了意识，睁开了眼。

那头牛没有跑丢，它被村里几个大男人制服了。出院后，杨铁军将它们卖掉，自然赔了本钱。在医院观察了三四天，确定脑袋内部没有问题后，杨铁军才回家。事后回忆，他说他当时昏昏沉沉迷迷糊糊的，但能听见老婆和儿子在喊他，他努力不让自己昏过去，他怕再也醒不来，那一刻他想到了死。一旦他死了，父母亲人肯定会悲伤过度。除此以外，他将留下一个妇道人家，两个尚未成年的儿子。也许老婆会改嫁，儿子们将有后爸，否则他们要如何顺利长大，完成学业？后院的厢房还没有盖好，牛会被卖掉，院子里还会充满生气吗？很有可能人走屋空。他觉得不能就此松懈，于是用尽力气睁开了眼。

后来，尤其是当马凤兰和杨铁军吵得非常厉害乃至生出离婚的念头时，她都会想起一家三口共同面对危险的情形。那一刻，她和杨铁军将彼此看得通透，即便只是一瞬间的理解和怜悯，亦足以令两个人相濡以沫一辈子。

◦ 五 ◦

晨起，马凤兰腰疼得厉害，适当活动两圈才算好点儿。她知道这是火炕过硬所致，她已睡惯了志强家弹性十足，又贴合身体曲线的柔软床垫。做早饭时，她不时捶捶酸痛的后背。杨铁军不屑道："才过几天好日子，身子就这么娇贵啦？我看你还是赶紧回来吧。"之前马凤兰跟他说过一回家睡觉就腰酸背疼，还曾让他将火炕拆了，换成床铺，但被他严词拒绝："我爱睡热炕头，你一年到头能在家睡几天？再说，冬天怎么办？成宿插着电褥子？你能赚出几个电费钱？"马凤兰无法反驳，当时没再多说。可现在情况有变，待到下半年小孙子上幼儿园，儿媳妇刚好能接送孩子，她再没必要继续留在儿子家。届时，她将回到老家，过着从前那样的日子。一想到此，她竟有些不舍，有些不甘。舍不得儿孙只是一方面，更多的是那种城市生活——尽管严格意义上来讲，她觉得自己在唐山的主要活动区域其实和真正的都市还差着层次，因为她之前曾被在首都安家落户的侄子带到过北京游玩几日，还曾随外甥女去过一趟深圳。但北京和深圳能去一次已足够，她没有任何资本和理由奢求留在那里，唐山是她唯一有可能留下来的城市——管它几线呢，至少不是农村。

"我不想回来。"马凤兰一边过滤刚榨好的豆浆，一边轻声说，如同梦呓。

杨铁军耳朵尖，朝她投来不可置信的目光："不想回也得回，你还想长住？"

马凤兰确实打算过，于是趁机将计划和盘托出。志强曾和她说过考虑再买一套房，孩子还小，将来就算用不着也能卖掉，当作投资也不错。马凤兰赞成，同时打上了这套房的主意。等到房子下来，她和杨铁军先过来住着，在城里找个活儿干。她觉得在城里养老更合适，乡下空气虽然比城里好，可医疗条件和居住舒适度都比不上城市。但志强的第二套房始终没买上，于是她想着租个房子住也不错，她打听过房租，并不高。

"你真是异想天开。"听了她的如意算盘，杨铁军泼冷水，"年纪那么大了，折腾啥？你还想找工作？谁敢要？再说，你能干什么？"

"年纪大怎么了？我健康啊，月嫂、保姆干不了，我还不能做护工？正对口。"马凤兰道，"你怎么总是打消我的积极性？"

"护工？说得轻松！你平时被人伺候惯了，连鞋都要我送到你跟前，哪里伺候得了别人？你知道那活儿多累多脏吗？快别丢人现眼啦，老老实实在家待着，干点儿力所能及的，咱这个年纪，没病没灾，别拖累孩子们，就等于赚到了。"

老伴的话在理，可马凤兰听着不是味儿，好像她已是个没用的人，便道："你不让我留唐山，那我就去天津，反正总不能两地分居。"

"你去天津干吗？过段时间我都不想干了，万一累出个好歹，赚那仨瓜俩枣还不够医药费。"

"你倒挺惜命的。"马凤兰发觉老伴鬓角的白发似乎又多了，便没再接着反驳，瞥了一眼尚无动静的西屋，"还真睡得着！"铁军道："让他们睡呗，这才几点，年轻人觉多，咱们老啦，没那么多瞌睡。"马凤兰压低声音："睡得晚，半夜我起来解手，快一点钟了，灯还亮着，准是看手机。"铁军道：

"少管点儿闲事吧,人家不爱听。"她道:"我才懒得管,睡到吃晌午饭都行。"

一声车响,马凤兰择着手里的葱,往外观望,只见志远的车熄了火。车门被推开,杨阳连颠带跑朝着马凤兰奔来,大叫"奶奶",激动得像小狗,扑上来抱住大腿磨蹭。马凤兰扔掉葱,摸着大孙子的头,余光瞥见惠玲和志远进了院子,惠玲提着一箱牛奶。马凤兰问孙子:"你啥时候来的?"杨阳仰头:"一大早我爸去接我们啦。"惠玲走进堂屋,撂下牛奶,拣起葱剥掉烂叶子,叫了马凤兰一声"妈",朝儿子道:"放开你奶,看你老弟起床了没。"马凤兰瞄了一眼西屋道:"还睡呢。"惠玲的"妈"叫得比美娇自然得多,从婚礼上改口到现在叫了快十年,竟有些真情实感在里面似的,美娇很少叫,不到迫不得已或是有求于她多数都以"您"代称。马凤兰想:也许这跟大儿媳的成长环境有关。

惠玲是抱养的,据她说八九岁时便知晓了这个秘密,那时候多年不孕的养母有如神助,突然怀胎,且生了儿子。之前她就听过村里人或小伙伴说她是"要来的",可她没当回事,以为是闹着玩。自从有了男孩后,父母将之前对惠玲的关爱全部转移到了她的弟弟身上,甚至更多,中年得子彻底激发了这对夫妇体内的奉献精神和爱意。惠玲的生活无论从精神还是物质上,质量明显下降。那一家三口美满和谐,惠玲光是站在旁边就显得多余,她忽然意识到那些传闻并非空穴来风,于是在某个夏日午后,她心平气和地向正在洗衣服的养母询问:"他们都说我不是你们亲生的,真的吗?"养母用一种陌生而见外的目光盯着她许久,才悠悠地说:"没错,你是抱养的。"惠玲眼神飘忽,一时无言。养母接着说:"不用担心,我们不会不要你,你也别想着找到亲生父母。"惠玲想要的并非这种保证,她没想那么多，除了一点儿失落，更多的是释怀。尤其是渐渐长大后，她愈发意识到父母之前对她的好不过是出于人道主义，就像对待小猫小狗差不多，毕竟不是自己身上掉下来的，不可能做到视如己出。她渴望尽快离开这个家，且走得远远的。怎奈她成绩平平，靠读书跳出农门，以地理距离为借口与这个家决裂是不可能了。初中毕业后她开始在各种厂子打工，后来去了县城，做服务员时认识了杨志远。本想找个天南地北的对象远走高飞，可爱情来了认准了这个人，哪里还顾得了其他，到头来连小县城都没逃出，不得不与养父母继续维系着，尽一份养女的责任。

早饭过后，惠玲说要去集市逛逛，问马凤兰等人有没有东西要买，或是与她同行。美娇两口子齐摇头，说一会儿要带儿子到兰泉河边钓鱼，杨阳也跟着去，志远昨天就已答应帮村里的人拉两趟大头菜到县城，杨铁军只想躺着。马凤兰道："我跟你去，正想买几包耗子药，不然门槛子都得被它们嗑成渣渣。"集市不过三四里地，娘儿俩骑电动车没用十分钟便到了。集市以前规模挺大的，近年来由于乡村超市的普及，赶集的人和卖东西的人越来越少，集市亦缩水不少，但还是有人，多是年纪大的。逛习惯了城里的商超，马凤兰才发现这里出售的商品那么多山寨货，极其廉价，甚至比拼多多上的还差劲，根本入不了她的眼，她简直难以想象以前的生活用品几乎全部由此采购。怪不得志强两口子不来呢，确实没什么可看，没什么值得买。惠玲却逛得饶有趣味，买了头花和五块钱十双的丝袜，又选了一件二十块钱的衬衫。马凤兰说不好看，料子也不好，惠玲说："穿着玩呗，反正不贵。"

手提着装了耗子药的塑料袋，马凤兰跟着惠玲来到水果摊，后者称了两斤桑葚和一个十多斤的西瓜。太阳升高，热得很，惠玲买了两根冰棍，婆媳俩坐在一棵柳树下的石墩上嘬着。马凤兰终于逮到机会，问了憋在心中很久的疑问："你和志远闹矛盾啦？昨天他说你们俩要离婚，是真的？"惠玲道："没有，我根本没想过，只是吵架时的气话。"马凤兰道："我就说嘛，离婚哪能那么随便，吵架为什么？"惠玲问："他没跟您说？"马凤兰道："他不想说，我问不出来，就说你回娘家有点儿频。"惠玲道："其实不是回娘家——不对，确实是回娘家，不过不是养父母家，是我的亲生父母家。"马凤兰惊得差点儿丢掉手中的冰棍："啥时候找到的？"惠玲平静地说："相认还没一个月，我也是刚适应，知道的人不多，您是第三个。"

马凤兰很是好奇，随之产生诸多疑问，惠玲一一解答。

惠玲平时在短视频平台上发一些日常生活，有时会拍自己和儿子，还曾直播过两三次，可她不是当网红的料，发了几十条也才不到一百个粉丝。偶尔也有评论，某一天甚至收到一条私信，来来往往聊了几次后，那个粉丝问她是不是抱养的，她马上反问对方如何知道，继而想到这个粉丝原是有备而来，之前的聊天其实都在围绕着她的身世，在套她的话。对方道："孩子，我是你亲妈。"惠玲愕然，不知所措，马上退出软件，好几天没再登录。可终究没忍住，平复心情之后她还是上了软件，对方给她发来好几条信息，全是向她道歉，并解释当年为何要将她送人。原来在她上面有两个姐姐，父母为了要个男娃才接着生，却生出一对龙凤胎，养四个孩子压力太大，只得将惠玲给了人。母亲说她这些年一直都没忘记惠玲，在她很小的时候还曾去过养父母家，给她送过玩具和衣服，但养父母让她不要再来，后来还搬了家。

"然后，你就和他们见面了？"马凤兰的眼神像是看穿了惠玲。

惠玲想，婆婆是个人精，在阻止她嫁给志远时养母就曾说过："你那婆婆不是个善茬儿，玩心眼儿你玩不过她。"惠玲当时反驳道："我觉得挺好，像个没心没肺的人，话也不多。"养母哼了一声："咬人的狗不叫。"

"志远不让我去，我一开始也不太想去，只跟他们视频了两次，禁不住我妈的软磨硬泡，我还是答应带着老公和孩子去见一面，反正又不远，他们俩住县城。"惠玲扔掉还剩一口的冰棍，盯着马凤兰道："说实话，最开始见面挺尴尬的，毕竟没在一起生活过，没有共同的记忆，光是血脉相连有多大用？还不如跟您亲呢！他们倒是上赶着，打那之后，我妈隔三岔五就跟我联系，让我带着杨阳过去，每次都给孩子红包和礼物，请我们下馆子，吃的都是硬菜。"

"你亲妈亲爹有什么目的吧？"马凤兰思忖道。

"可能起初没有，见到我以后，发觉我这人好说话，心地善良，才冒出那种想法吧。"惠玲道，"一开始我只当他们想弥补以前亏欠我的，好让他们自个儿好受些，渐渐熟络后，我爸提议我和志远、杨阳搬到城里住，让孩子在城里接受条件更好的教育，还说可以送我们一套房，我这才明白让我和志远为他们养老是他们的真正目的，我那个双胞胎哥哥定居在深圳，姐姐嫁到四川，一年顶多回来一趟，他俩的退休金虽然不少，但还是想身边有个可靠的人，不想以后进养老院。"

"志远不同意是吧？"马凤兰问。

"到底是妈了解儿子，志远坚决不同意，一点儿商量余地都没有的那种。我还在犹豫，不知如何选择，要是为了杨阳的前程，应该这么做，可没有一丁点儿感情基础，哪怕是亲生父母，日后产生矛盾、纠纷，肯定非常麻烦。"惠玲发愁道，"再

225

说，养父母如果知道了，还不定闹得怎样呢！这事儿肯定瞒不住。我跟亲妈亲爸说需要考虑一段时间再答复，志远就跟我急，命令我赶紧回绝，以免又生出幺蛾子，他说他这辈子只给爸妈养老，正牌岳父丈母娘也可以照顾，但那些没良心的有多远让他们滚多远，还说我要是答应了，就跟我离婚。"

"志远从小就这样，凡事一根筋，不懂得变通。"马凤兰道。

"嗯，志远说拿人手短，其实他的担心也有理，毕竟我不了解亲生父母的为人。"

"能把亲生骨肉送给别人的好不到哪儿去，就算当时条件艰苦，政策严苛，怎么就不能再忍忍？"马凤兰道，"这事急不得，沉几天再说，你也别总去他们那儿，倒像是为钱，还有好处才献殷勤，回头我跟志远唠唠。"

惠玲轻轻点头。

◦ 六 ◦

赶集归来，婆媳俩着手准备午饭。马凤兰见炕上没躺着铁军，而自来水龙头接着橡胶管子延伸至后院，便猜到他在浇园子。她家的后院足有两个篮球场那么大，因此舍不得荒废，年年必种植菜蔬和玉米、红薯等，甚而栽有苹果树、柿子树和樱桃树，每至收获季节，果实累累，望之令人愉悦。马凤兰迈过后门槛，看见杨铁军蹲在韭菜畦边薅草，水管对准黄瓜架，细水流进土地缝隙，嫩黄瓜上顶着花，其他菜畦皆已浇灌完毕。铁军干起活儿来是把好手，不仅不犯怵，且认真、仔细，就拿除草来说，保证一根草叶都见不着。这一点马凤兰不得不承认，就连肉铺的老板都夸他做事干净、利落，之前招过十多个伙计，至多不过月余便走人，只有铁军肯吃苦，有长性。这话是肉铺老板在村里的远亲说给马凤兰的,杨铁军跟她从不报喜,只抱怨累,吃得素。马凤兰心疼道:"那你晚上想吃肉了就买点儿,或者去外面吃一顿,别总舍不得,那么大岁数,没营养可不行。"杨铁军道:"你甭惦记我,反正每天都是我从冷库取货,砍、剁,趁他们不在藏一块,到晚上回到出租房自己炖。"

志强一家三口还有杨阳从兰泉河垂钓归来,志强拎的网兜里佝偻着几条筷子长的"鲫瓜子"。他丢给马凤兰:"妈,我钓的,炖了吧。"杨阳说:"我老叔钓的。"杨墨附和:"我爸钓的。"马凤兰差点儿信以为真,美娇道:"小小的人儿就撒谎。"志强笑着改口:"有俩是我钓的,剩下几条是个同学给的,正好碰见他在钓,非要给我。"美娇道:"你面子可真大。"志强对马凤兰说:"野生的,好吃,放几个朝天椒。"马凤兰道:"知道,你去后院看看你爸需要帮忙不。"马凤兰刮鳞,开膛,收拾内脏。惠玲剥蒜,切葱段,剁辣椒,准备炖鱼的配料。待到鱼下锅,马凤兰将饧好的面做成卷子,粘在锅壁。婆媳俩接着炒了三个菜,拌了俩凉菜,切了一斤猪头肉,开了一个黄桃罐头,就此午饭齐备。鱼锅揭开时,给人送大头菜到县城的志远刚好进门。

饭吃到一半,志强收到一条微信,下意识地读了出来。原来是公司的人事部门负责人在群里发的,说下周末到青岛团建,周五下午出发,周一上午回,可带一个家属加一个八岁以下的儿童。美娇道:"为什么去青岛?挺远的。"志强道:"近处好玩的都玩过了,坐高铁也不算远。"明摆着,美娇和杨墨同行刚好。可铁军似乎看出了马凤兰的心思,故意道:"把你妈也带着,哪怕让她自己花钱也行。"马凤兰剜了铁军一眼:"我不去,折腾。"志强道:"我妈不喜欢海边,上次去北戴河,她总闹着回家。"

若不是儿子提这茬儿，马凤兰差点儿忘了。上次去北戴河，美娇她妈也在，凡事都先可着她合适，仿佛她是个女王，不管点餐、出行方式，还是游玩项目的选择，或是时间安排，从未征求过马凤兰的意见，就好像她只是某个人的附属，没有一点儿说话的权利。被忽略、被轻视的感觉让马凤兰恨得牙根痒痒，但她隐忍不发，只嚷着快回家，唠叨着不好玩，没意思，钱倒是没少花。她是故意扫其他人的兴，可儿媳（她应该是看出来但假装没意识到）和儿子没感受到她的愤愤不平，还真以为马凤兰不喜欢海边，不爱吃海鲜呢，就像讽刺漫画里那个把鱼头留给年迈母亲的儿子一样蠢钝。经此遭，她便暗下决心，以后再也不跟他们出来玩。

铁军偏不识相，或是故意让马凤兰难堪，继续煽动道："让你妈看着杨墨，你们俩才能敞开玩。"马凤兰往铁军碗里丢了一块猪头肉，挑衅道："要不我去天津找你吧，我还没看过海河呢，再到劝业场逛逛，小时候在天津的表姑每次来老家给我们的零食都说在劝业场买的。"铁军道："我可没空，礼拜天更忙，哪儿都想去你还，也不看看兜里几个钱，长那命了吗？"马凤兰道："这么多年了，我跟你去过哪儿？北京、深圳还是沾了我侄儿和外甥女的光，你压根没想过带我出去！"铁军道："别说带你了，我自己都懒得溜达，在天津快两年了，只在出火车站时见过海河，其他时候基本待在菜市场。"志远连忙解围："妈，我爸本来就不爱动，以后我带你去，别说天津，大上海都行，河有啥看头，去看黄浦江，'浪奔浪流，万里滔滔江水永不休'……"惠玲笑着打断老公的即兴演唱："我要跟着。"杨阳道："我也去，我要坐飞机。"

午饭后，一大家子人各自回岗。开往唐山的车上，志强说："妈，你真想出去玩，过半个月咱们去潘家口水库转转，据说那儿风景不错。"听了上半句，马凤兰还以为儿子要带她一块儿去青岛呢，原来是要过后补偿，她假装感兴趣道："在哪儿，远吗？"志强道："不远，迁西那边，跟承德交界。"美娇道："那边没啥好玩的，农家院、水库那一套。"马凤兰道："我没想出去玩，跟你爸较劲而已，等你有空再说吧。"志强笑叹："你们俩啊，都那么大岁数了，还总戗戗。"

周五中午，志强和美娇从幼儿园接上杨墨，赶回家中，拉上行李箱，饭都没吃便出了门，说到高铁站再吃。临走前志强交代母亲几句，无非看好门户、防电防燃气泄露之类。马凤兰答应着，站在落地窗前望着一家三口从单元门出来，神采奕奕。她心里空落落的，坐回餐桌前，扒拉一碗米饭，注视着鱼缸内来回游动的鱼发呆。手机响了一声，她滑开，向欣发来微信问她明天有没有时间出去转转。自从加上微信后，向欣偶尔会给她发消息，大部分是不需要回复或者只回复表情即可的那种问候或祝福。她说："现在就可以，你有空吗？"他回复语音："我随时有空，发你家位置给我，我开车过去，你想去哪儿？"马凤兰分享位置给他，想了想才说："我想去地震遗址纪念公园看看。"

唐山地震遗址纪念公园于 2008 年 7 月初步建成开放，以原唐山机车车辆厂铁轨为纵轴，以纪念大道为横轴。自从照看孙子杨墨以来，马凤兰便一直想来看看，但小辈们对此没有记忆和情结，嘴上说着有时间带她去，其实都不想来。铁轨扭曲变形，残墙上还记录着那场灾难恐怖的表情。在此驻足片刻，心情不由得沉重，当年的惨况连同自己的青春呼啸着涌入脑海。不远处，伫立着 13 面高 7.28 米的黑色纪念墙，上面镌刻着在大地震中罹难的 24 万同胞的姓名。每个名字不仅隐藏着一个家庭的哀恸，还牵连着很多只有当事人才知道的哀恸。马凤兰的目光抚摸着黑色墙壁上的名字，她不忍细看，既希望无意中发现"项辛"，又不敢直视。向欣也一脸肃然，盯着纪念墙，在车上时他告诉她他的父母还有好几位亲人都在地震中遇难，他之所以幸免是因为当晚睡在厂里，平房，跑得及时。

有个男人的影子在身后徘徊，欲上前又退缩，马凤兰进园不久便感觉到了这个鬼鬼祟祟的家伙。她忽地转过身，男人被吓住几秒，随后道："你是马凤——兰，是不是？"男人的确眼熟，马凤兰瞅了他半晌，终于记起："李寒森，李老师！"男人凑上前："对，是我啊，真是想不到，能在这里碰见你。"两个人互相打量着彼此脸上的皱纹和头上的白发，相互慨叹："老啦，都老啦。"她问："您一直生活在唐山吗？早退休了吧？"李寒森道："我和老伴几年前搬去了南方，和儿子一家生活，这次来唐山看姐姐，想着来这里走走，你呢？这是你老伴？"向欣马上道："是的，以前就听凤兰提过您。"马凤兰没有澄清，只在心里骂了向欣。

叙阔之间，李寒森注意到马凤兰腕子上的手表："你还戴着？"

她点头，这块上海牌的机械表是她和项辛恋爱时，对方送给她的，这些年来修过很多次，表链也换了好几条，但始终戴着。项辛的生命虽然停止了，可表针还嗒嗒地走着，就像她第一次扑进他的胸膛听见的心跳声一样。马凤兰蓦然发现表链松了不少，甚至能塞进两根手指，手臂松弛而干瘪，皮肤皱巴巴的，攥上去如同秋后的老丝瓜，她简直不敢相信年轻时有过滚圆的胳膊。回头还是换个带扣的皮链吧，松紧能调节，虽然和表盘的样式不搭。

李寒森投来饱含深意的目光，没再多说。快出园时，李寒森邀请"夫妻俩"吃饭。马凤兰拒绝了，说还有事，然后加了李老师的微信，说以后有空可以聊天。

离开公园，上车后，向欣问："那个李老师是你的老情人吗？"马凤兰道："不是，就我中学时的老师，原来是个知青。"向欣道："我看你俩不简单。""哼，自以为是，你能了解我多少？就在那儿妄自揣测！"心里不满，马凤兰板着脸道，"你刚才为什么装我老伴？"向欣道："我看那人对你旧情难忘，怕你吃亏。怎么，你生气啦？"马凤兰道："你还没资格让我生气。"向欣道："时间还早，咱们去南湖逛逛吧。"马凤兰道："行，一会儿我请你吃晚饭，感谢你带我玩。"

南湖公园很大，到底上了年纪，绕湖不到三分之一，俩人便体力不支，坐长椅上歇着，聊着各自的婚姻和往事。斜阳的光芒如同万根绣花针在地上刺出两个老人悠长而孤独的影子。马凤兰提出吃晚饭，让他选择餐馆，两个人吃了一顿小火锅。向欣想要付账，马凤兰坚决买了单，她不想欠他人情。

饭毕，他开车送她到小区门口。他随她下了车，马凤兰嘱咐他回去小心点儿。他说："你不邀请我上去坐坐吗？"她道："不方便。"他说："家里不是没人吗？"她道："那是我儿子的家，不是我的家。"他道："那去我家？"她提高声音："你想干吗？"被她看穿了坏心思，他稍显尴尬道："没事儿。"她说："那就回去吧。""我明天再找你。"他贼心不死。她道："再看吧，我不一定有时间。"

七

回到志强家，马凤兰先给自己量了血压，高低压和心率都正常，便没有吃药。男人终归是男人，甭管多大年纪，遇见心仪的女人，首先想到的还是肌肤之亲。马凤兰可不想晚节不保，

231

再说，这老头儿并不老实。在与其闲聊中，马凤兰了解到向欣的老伴是因宫颈癌去世的，根据多年行医的经验，她非常清楚导致此病的最主要危险因素就是HPV感染，而HPV病毒则多数通过性传播。该病毒在男人身上造不成太大的影响，顶多长些湿疣，对女人却有致命的风险。出于职业习惯和健康意识，她本人以及两个儿媳都接种了九价疫苗，她觉得女人应该保护好自己。向欣的老伴很有可能是通过向欣才被传染的，说明向欣对他老伴并不忠诚——当然这只是原因之一，也可能由于生产时接触了不洁的医疗用具，或是她本人有外遇。不管真相如何，向欣今天某些不当的表现，都让他在马凤兰心目中的印象大打折扣。她暗自决定，以后要冷着他，至少要保持距离，不给他任何产生非分之想的信号。

年纪大了觉少，马凤兰醒来上个厕所再也睡不着，看手机才过五点。正当她刷短视频时，志远打来了电话。这个时间大儿子打电话还挺少见，莫非出了什么事？她首先想到的是志远和惠玲是不是又吵架了。当她接听才知道竟是杨铁军骑电动车时栽了个跟头，目前正在医院。志远说："妈，别着急上火，问题不大，我爸戴了头盔，就是左胳膊轻微骨折。"马凤兰问："你们现在过去吗？"志远道："我爸不让，但我们肯定要去，您跟着吗？"她道："来吧，拉上我。"

挂掉电话，马凤兰给杨铁军打了过去。打了两次才被接听，杨铁军道："准是志远告诉你的吧，甭担心，我没事儿。"听他中气十足，马凤兰的心撂进肚里，问他详细情况，得知他下班路上自己摔的，并不是跟人撞了，车速不快，后果不算严重。杨铁军道："别小题大做，医生说观察两天，没有脑震荡或者后遗症啥的就能出院，你甭过来，我用不着伺候。"

"死撑！口不对心！"挂断电话，马凤兰想，要是真不去，那他肯定不好受，说不定还得生闷气，日后一旦争吵就得拿出来指责她心里没他，不管用不用人伺候，她都得去一趟。

一个多小时后，志远的车到了小区门口，惠玲坐在副驾驶。儿媳给马凤兰带了豆浆、鸡蛋和小笼包，说是路上买的。志远再次安慰她："妈，您吃吧，我爸没事，人家还给我发了一张自拍呢。"马凤兰吃着小笼包看照片，只见铁军靠在床头，左小臂被吊带绑定，脸上浮着疲倦的笑意。她哼道："没正形，骨折可疼了，就算没移位，也会有炎症，不知用的什么消炎药，你爸对抗生素过敏。"惠玲道："大医院正规，用药前都会做皮试。"志远道："我爸这叫乐观。"

夫妻俩一唱一和，融洽至极。马凤兰想起了惠玲跟她说过的事，看来小两口达成了一致。她试探性地问惠玲："亲生父母那边又跟你联系了吗？"惠玲也不藏着掖着："没事了，可能见我犹豫，不想再让我为难，他们先做了决定，去深圳跟儿子团聚，准备把这边的房子卖掉。其实我也想好了，不想再为志远揽负担，只是还没想好怎么说。"马凤兰道："只要能跟儿媳处得来也没问题，要是两个人都硬朗，暂时不过去也可以。"志远道："我看他们未必住一起，估计在儿子家附近租个房子。"马凤兰道："那也行，有个照应。"惠玲带着几分郁闷道："他们这样搞，倒让我觉得不好意思，好像亏欠了他们似的。"

马凤兰的手机响了一声，是向欣给她发来的微信，还想约她出去。她想了想，如实回复，并且分享了实时位置给他，说自己正在高速上。向欣嘱咐她开车小心点，她没再回复。继而开解惠玲："你可别那么想，不管你怎么做，都是他们亏欠你更多。"志远道："我妈说得对，反正不管多困难，我是不会把孩子给人的。"马凤兰道："那个年代，也能理解。"

横跨潮白河之后，高速路两边的水域面积明显增多，接二连三出现白茫茫的一大片或是一小片水洼,其中水草丰盛,芦苇荡辽远。马凤兰不由得感叹:"果然下洼子,到处是水。"志远道:"'九河下梢天津卫',入海口就在这边嘛。"

下高速后又行驶了二十多分钟,抵达医院。在前台问过护士,三人来到病房。杨铁军的病情确实如他所述,没多大问题,只是除了左臂轻微骨折,左手也有挫伤,尤其虎口处肿得如同猪蹄子。马凤兰摸了一下,疼得杨铁军赶紧躲避道:"别碰,疼。"马凤兰嗔怪道:"那么大的人了,骑车子怎么不小心点儿?"杨铁军满不在乎道:"马有失蹄,人有失足,该着,躲也躲不掉。"马凤兰嗤笑了一声。

志远从外面给杨铁军买了早餐回来,铁军边吃边道:"一会儿你们都回去,反正看见了,没啥大事。"志远道:"我们开了两个多小时的车,好歹让我们歇会儿,吃过中午饭再回。"马凤兰将一碗小米粥递到铁军跟前:"有本事你自己喝。"杨铁军右手拿着塑料小勺往嘴里送了一口,得意道:"难不成还要你喂?一只手耽误不了吃饭,也耽误不了上厕所解裤腰带。"喝下半碗小米粥,开始吃烧饼夹里脊和煎蛋,一只手撕掉外面的纸袋有点儿难,试了几次都没成功,杨铁军只能看向老婆。马凤兰帮他撕掉纸袋的上半截,塞到他手里道:"你倒是接着逞能啊!"等他吃到一半,她又撕掉下半截,接着又给他剥去水煮蛋的壳。杨铁军咽下鸡蛋,喝光剩下的小米粥,说:"你妈留下就够了,你俩回去,该干啥干啥。"志远道:"我俩吃完午饭再回,一会儿出去转转,等可以出院了给我打电话,我来接你们。"惠玲问马凤兰要不要一起去商场或者海河边转转,她说:"你们去吧,我以后再去。"

中午,在医院附近的小饭馆吃的炒菜米饭,四个菜都给杨铁军拨出了一点儿。窗外经过几个穿着校服的小学生,叽叽喳喳，不知说着什么。志远对马凤兰道："妈，我和惠玲商量好了，打算卖掉大挂，再凑点儿钱，弄个首付，在县城买房，这样杨阳就能在县城上学。"马凤兰道："那挺好，你的腰不适合老开车，想好以后干点儿啥营生了吗？"惠玲道："我表兄两口子在自助餐厅管收拾桌子，刷盘子洗碗，一个月都能赚个小一万，县城工作多，肯定能找到合适的。"志远道："出去就比在家赚得多，只要不怕苦，不偷懒。"马凤兰道："首付不够的话，我和你爸还有点儿，但是出不了太多。"志远道："我觉得差不多，实在不够再找你们。"

午饭后，志远和惠玲稍作休息便先行返回。本来不想将铁军住院的事告诉老二，怕影响他们一家人游玩，但晚上志强给马凤兰发来视频邀请，她只得接听，并简单告知，让他不用担心，明天下午差不多就能出院。志强问询嘱咐一番，随后告诉父母一个消息，说美娇自己测出已怀孕，等回去再去医院检查，但基本不会出错。兴奋一番，挂断视频后，铁军说："你不是爱住城里吗，这下又称心了。""唉，"马凤兰叹道，"我懒得再给他们当老妈子，可又不想让他们请保姆，花钱倒是小事，就怕对孩子不好。"杨铁军道："你就再辛苦几年吧。"马凤兰道："等胳膊好了，你也找个轻省点儿的活儿。"他道："再说，人家老板还等着我痊愈呢！"

次日下午，医生给杨铁军又做了一遍检查，结果正常，手臂上的伤口换了药，再过一周到当地诊所或让有经验的医生拆下即可。办完出院手续，杨铁军让马凤兰告诉志远明天上午再来接他们，晚上他想带马凤兰看看海河夜景，甚或坐一坐游船。晚饭后，两个人坐地铁来到津湾广场，西天尚余一抹绯红，各色灯火皆已点亮，在逐渐浓厚的夜色中愈加璀璨。先来到游船码头，问清时间，买了两张票。听说成人票一百块一张，马凤兰说要不算了，说两百块给孙子买点儿啥都比连个响也听不见强。可杨铁军执意要买，说："奢侈一回怎么啦？大不了老子一天白干。"马凤兰知道他的牛劲上来了，只得依他，没再多说。

距开船时间还有一个多钟头，两个人走过解放桥，来到对面。这里更加宽敞，人也更多，有一群穿着红色连衣裙的女人在跳广场舞，有少年在练习滑板，有人骑单车转悠，很多唱歌的主播将这里当成演出场地，对着麦克风和声卡高歌。晚风轻拂，波光粼粼的水面看起来深不可测。马凤兰心情舒畅，不由得感叹："这可比老家的兰泉河好看多了。"杨铁军奚落道："净说外行话。"旁边的一个女网红正在声情并茂地演唱：

  人间一场烟火／你曾盛开过／刻几人在心窝／从此孤独活／江南花已凋落／怎堪再斟酌／可怜良辰无多／竟似无人说……

往日此种情境之下，马凤兰定会羡慕这些悠闲的城里人，周围越热闹，她心里愈凄清。可今天却有一种暖暖的满足感，尽管这些喧嚣和辉煌依旧与她无关，她依旧只是路过这个城市，但她并不觉得惆怅，谁还不是人间过客呢？但她身边坐着的这个人与她的生命彼此辉映、关照，哪怕大多数时候都是浑浑噩噩，身不由己的，可人活得不就是心里有人、眼巴前有人、身后还有人吗？

终于坐上夜游船，景物明明没变，可坐在船上和站岸上看的感觉大相径庭，两岸千万道光束交错折叠，乱花渐欲迷人眼，前者的视觉享受显然比后者更强，犹如一场灯火的交响乐在马凤兰眼前奏响，但也让她觉得自己更像观众，更加冷静和审慎，仿佛与岸上的人处于两个世界。待到船体驶离码头，匀速前进后，马凤兰和杨铁军站上甲板，凭栏眺望。暖风拂面，马凤兰的手不自觉地摩挲另一只手臂，这才发觉少了什么。她定睛细看，没错，腕表不知去向，没准是上船时人挤人弄丢的吧，也许上船之前——她有点儿无法原谅自己没在第一时间感到不适，或许少了一份负重只能让人更加舒适。她很快原谅了自己，像什么都没发生。但杨铁军也发现了，并无惋惜，只说："那块表早过时了，就你还当个宝贝，明儿我给你买新的。"她答应着，说戴不戴都行。她很想跟他说说这块表的来历，她相信说出来也不会破坏气氛，他不会和一个死人置气。想了想，她还是没说，人这一辈子，有些话、有些事注定无处倾诉，无人倾听，只能埋在肚子里，生根发芽，长成大树，叶落，腐烂。

　　没过多久，摩天轮闯进视野，夜色中仿佛一枚闪闪发光的巨大戒指，而马凤兰直觉得她所在的这艘船将要从中一穿而过。杨铁军炫耀："这是天津之眼，但网友们叫它分手之眼。"马凤兰道："你还什么都知道。"他说："手机上看的，天天给我推荐景点和打折饭馆。"她问："为什么叫分手之眼？"他答："只要坐过的情侣最后都会分手，就像被诅咒了。"思考片刻，马凤兰道："那是因为他们太年轻，这不就是竖起来的旋转木马吗？不好玩。"杨铁军道："咱俩真应该上去坐坐。"马凤兰不解："为什么应该？"杨铁军道："咱俩坐一圈，魔咒准能被打破。"

图书在版编目（CIP）数据

门前一树马缨花 / 焦冲著 . -- 石家庄：河北教育出版社，2024.9. --（燕赵秀林丛书：文学）. -- ISBN 978-7-5545-8857-4

Ⅰ . I247.7

中国国家版本馆 CIP 数据核字第 20242GF373 号

燕赵秀林丛书·文学

门前一树马缨花

MENQIAN YI SHU MAYINGHUA

作　　者	焦　冲
出 版 人	董素山　汪雅瑛
责任编辑	王　丽　赵艳林
装帧设计	李关栋
出版发行	河北出版传媒集团

河北教育出版社 http://www.hbep.com

（石家庄市联盟路 705 号，050061）

印　　制	石家庄名伦印刷有限公司
开　　本	787 mm×1092 mm　1/16
印　　张	15.25
字　　数	178 千字
版　　次	2024 年 9 月第 1 版
印　　次	2024 年 9 月第 1 次印刷
书　　号	ISBN 978-7-5545-8857-4
定　　价	78.00 元

版权所有，翻印必究